OETINGER TASCHENBUCH

Katrin Bongard lebt in Potsdam. Dort arbeitet sie als Drehbuchentwicklerin für Film und Fernsehen und als Autorin. Für ihren Debütroman »Radio Gaga« erhielt sie den Peter-Härtling-Preis, den Preis der Jury der Jungen Leser Wien sowie den Jugendbuchpreis Goldene Leslie.

Katrin Bongard

KISSING MORE

Oetinger Taschenbuch

Außerdem bei Oetinger Taschenbuch erschienen:

Schattenzwilling
Loving
Kissing

Für N.

Immer Freund, nie Lover

Unser Motto: einsam, aber schneller

MIX
Papier aus verantwortungsvollen Quellen
FSC® C014496

Das für dieses Buch verwendete FSC®-zertifizierte Papier Danube liefert Salzer Papier, St. Pölten, Austria. Der FSC® ist eine nicht staatliche, gemeinnützige Organisation, die sich für eine ökologische und sozialverantwortliche Nutzung unserer Wälder einsetzt.

1. Auflage 2015
Originalausgabe

Umschlaggestaltung: Zero Werbeagentur
Druck: GGP Media GmbH, Pößneck
ISBN 978-3-8415-0364-0

www.oetinger-taschenbuch.de

EINS

Noah

Eine Woche vorher.

Ich sitze im Zug nach Hamburg, sehe aus dem Fenster, blinzele gegen das Licht. Draußen sausen Felder vorbei, kaum verlässt man die Stadt, ist die Landschaft flach und übersichtlich, als wäre alles ganz einfach zu erklären, nur dass niemand auftaucht, der das für einen übernimmt. Zwei Monate in Berlin, und ich habe noch nicht einmal geklärt, wo ich genau wohnen will. Oder doch. In ihrer Nähe.

Was war das zwischen Emmy und mir?

Selbst Leo kann mir das diesmal nicht erklären, und er ist doch sonst ein Meister darin, Dinge sorgfältig zu durchdenken, Pro und Kontra, aber wenn man selber verliebt ist, ist es damit wohl vorbei. Ich muss grinsen. *Leo und verliebt.* Und ausgerechnet in das Mädchen, vor dem er mich wochenlang gewarnt hat. Die alle abschleppt. Dabei hat mich von Anfang an nur ihre Freundin interessiert. *Emmy.*

Ich schiebe den linken Ärmel meines Hoodies hoch, starre auf den Folienverband am Puls meines Handgelenks. Ein Geschenk von Matti. Die Spuren der Vergangenheit, die der Körper tragen muss. Seine Worte –, und seine Theorie, dass es dann erträglicher wird. Ein Abschied, eine Trennung. Aber dafür habe ich mich nicht tätowieren lassen. Im Gegenteil. Ich habe nicht vor, aufzugeben. *Diesmal nicht.*

Mein Handy klingelt. Leo. Mir fällt ein, dass ich mich nicht richtig verabschiedet habe.

»Alter, wo bist du?«

»Ich sitz im Zug.«

»Ich will ja jetzt nicht kleinlich sein, aber eine SMS oder ein Zettel auf dem Küchentisch oder so wäre schön gewesen. Ich dachte, du bleibst?«

»Ich muss das erst in Hamburg klären. Mit Nele und der Wohnung.«

»Verstehe. Warte mal, Fiona wird wach, ich geh ins Bad.«

Ich höre Geräusche: Schritte, Türenschließen, und sehe Leo vor mir, wie er sich in das winzige Bad einschließt.

»Aber bitte keine anderen dringenden Geschäfte erledigen.«

Leo lacht, seine Stimme klingt leicht verändert. »Und was war gestern im Segelclub? Das war doch nett. Warum bist du so plötzlich verschwunden? Dein Vater, oder?«, fragt er.

»Ich dachte nicht, dass er kommt.«

»Aber es war wahrscheinlich.«

Leo hat recht. Wieder ganz der kühle Denker, was vielleicht auch an den Kacheln im Bad liegt. Aber er konnte das immer schon besser, sich beherrschen, die Dinge rational angehen. Ich höre ihn ausatmen.

»Oder lag es an Emmy? Ihr habt miteinander geredet, den Beamer aufgebaut. Ich dachte, da läuft wieder was?«

Ich drehe mich schnell zum Fenster, denn ich spüre die Hitze im Gesicht und habe das Gefühl, alle sehen zu mir herüber. Blöd genug, in einem Ruheabteil zu telefonieren, wo überall »Pst«-Piktogramme hängen.

»Wie steht ihr zueinander?«, hakt Leo nach. Wie immer unerbittlich.

»Keine Ahnung.«

Zwei Mädchen sitzen schräg gegenüber und starren besonders intensiv zu mir herüber. Ich schiebe den Ärmel meines Hoodies nach unten.

»Und wieso warst du gestern Nacht noch bei Matti?«, bohrt Leo weiter.

»Ein Geschenk.«

Er schweigt, aber ich kann seine Gedanken hören. Und kann es dann auch gleich sagen.

»Ein Tattoo.«

»Ich hoffe, nicht im Gesicht«, sagt er todernst, und ich muss lachen.

Die Mädchen glotzen wieder.

»Hör mal, alle fragen mich, was mit dir los ist. Warum du im Segelclub einfach abgehauen bist. Ob du jetzt nach Berlin kommst. Warum du so seltsam bist.«

Alle? Auch Emmy?

»Du weißt, warum.«

»Ja, aber solange du deine Informationssperre verhängt hast, rede ich auch nicht.«

»Ich klär das schon.«

»Warte nicht zu lange. Hast du schon mit Nele gesprochen?«

»Nein.«

»Na bravo!«

Ich höre ein Klopfen und Fionas gedämpfte Stimme.

»Ich komme!« Und dann leise zu mir: »Ich muss Schluss machen. Halt mich auf dem Laufenden, okay?«

Ich lege auf und fahre mir über das Gesicht. Einmal will ich alles richtig machen. In der richtigen Reihenfolge, im richtigen Tempo. Aber gibt es das überhaupt? Ich setze die Earphones ein. *Kadavar. Black Sun.* Das Intro dröhnt in meinem Kopf. Ein vibrierender Gitarrensound. Ich denke an Emmy.

Das war kein Irrtum. Dort in ihrem leeren Zimmer auf der Matratze, neben ihr. Das war echt. Unsere Gespräche, die Berührungen, der Sex. Es hatte sich noch nie so richtig angefühlt. Wirklich? *Warum hat sie mich dann weggeschickt? Schluss gemacht?* Ahnt sie, dass etwas mit mir nicht stimmt, ich ein Zerstörer bin, wie mein Vater gerne behauptet? Und alle ins Unglück ziehe, die mich lieben und mir zu nahekommen.

Es ist nicht vorbei.

Etwa eine halbe Stunde später weckt mich ein zweiter Anruf, und ich schrecke hoch. Eingeschlafen. Zu viele durchgemachte Nächte. Meine Mutter.

»Ja?«

»Noah? Dr. Berghöff hat sich gemeldet. Du hast den Termin bei ihr verpasst. Wo bist du gerade?«

»Im Zug nach Hamburg.«

»Sie hat dich nicht erreicht. Sie klang besorgt.«

Keine große Neuigkeit, Dr. Berghöff ist immer besorgt.

»Ich musste noch was in Berlin erledigen.«

Meine Mutter schweigt, und ich habe nicht vor, mich zu rechtfertigen.

»Was ist mit dem Motorrad? Hast du schon einen Käufer gefunden?«, sagt sie schließlich.

»Nein.«

»Dein Vater will es aus der Garage haben.«

»Es hat drei Jahre dort gestanden, und auf einmal stört es?«

»Du weißt, wie er ist.«

Allerdings. »Ich behalte es.«

»Noah, du ...«

»Sag ihm das. Ich hole es ab.«

»Aber ... du wolltest doch nicht mehr fahren. Es verkaufen.«

Mir fällt die Fahrt auf Emmys XT ein. Die Geschwindigkeit, das Gefühl, wieder lebendig zu sein. Ihr Körper an meinem.

»Ich hab's mir anders überlegt.«

Sie seufzt. *Natürlich.* Ihr gefällt das nicht. Aber ich habe lange genug alles zurückgehalten. Und wofür? Ich hole Luft, sehe aus dem Fenster in die flirrende Hitze. Ich will mein Leben zurück.

»Grüß Nele von mir«, sagt sie, wieder gefasst.

»Klar, mach ich.«

Kurz bevor ich ankomme, wähle ich Berghöffs Nummer. Ich rechne nicht wirklich damit, dass sie abhebt, obwohl es ihre Notfallnummer ist und sie immer sagt, wenn man auf dem Fensterbrett im fünften Stock steht und kurz davor ist, herunterzuspringen, dann kann man sie anrufen. Kein Problem. Was ich mir sehr gut vorstellen kann, obwohl ich es noch nie ausprobiert habe.

»Berghöff!«

Ich bin so überrascht, ihre Stimme zu hören, dass ich einen Moment brauche.

»Äh, Noah.«

»Sie haben unseren Termin verpasst.«

»Stimmt.«

Einen Moment ist Schweigen in der Leitung.

»Tut mir leid«, füge ich hinzu.

»Haben Sie jetzt Zeit?«

Der Zug fährt in den Hauptbahnhof ein. Noch zwei Stationen bis Altona.

»Ich komme gerade mit dem Zug an. Jetzt gleich?«

»Ein Patient hat abgesagt, wenn Sie in einer halben Stunde hier sein könnten?«

»Okay.«

Eine Therapiestunde. Nicht unbedingt das, was ich mir gerade wünsche, aber vielleicht sollte ich dort anfangen. Bei Berghöff. Und alles entwirren.

Ich nehme meinen Rucksack von der Gepäckablage. Im Gang stehen die Mädchen vor mir und starren schon wieder.

»Hey«, sagt eine der beiden, eine zierliche Rothaarige mit blauen Augen, so als ob wir uns kennen würden, was ich einen Moment lang sogar glaube. Warum starrt sie mich sonst so an? Sie reicht mir eine Karte.

»Falls du mal Zeit hast.« Sie lächelt und dreht sich zu ihrer Freundin zurück. Die beiden kichern leise. Es ist die Visitenkarte eines Cafés aus Berlin. Auf der Rückseite steht *Hannah*, daneben eine Handynummer.

Es gab eine Zeit, da bin ich dreimal die Woche zu Berghöff gegangen. Vermutlich hätte ich auch in den Zoo gehen und mit den Giraffen reden können oder mit ihnen schweigen, denn es ging hauptsächlich darum, überhaupt etwas zu tun, statt wie betäubt zu Hause zu sitzen und die Wand anzustarren. Ich habe es Nele und meiner Mutter zuliebe getan, die sich Sorgen um mich gemacht haben und denen man Berghöff als erfahrene Gesprächstherapeutin empfohlen hatte. Rückblickend hat es tatsächlich gutgetan, dass jemand wusste, was los ist, auch wenn ich in den Sitzungen fast nichts gesagt habe.

Seit Anfang des Jahres bin ich nur noch einmal wöchentlich zu ihr gegangen und die letzten zwei Monate gar nicht, schließlich war ich in Berlin, das wusste sie. Ich wollte früher zurückkommen, doch dann war da Emmy, und ich hatte das Gefühl, alles hinter mir lassen zu können. Für sie. Neu starten zu können. Ich lache leise. *Natürlich ist das absurd.*

Seit sie mit mir Schluss gemacht hat, bin ich wie paralysiert. *Warum?* Lag es wirklich nur an Julian? Immerhin bin ich mit ihm in den Segelclub gegangen. Als sein Partner. Aber vielleicht hat es mich auch nur gereizt, die Leute dort zu provozieren. Wie in alten Zeiten. Da hätte nur noch die Prügelei gefehlt. Und ganz sicher wollte ich Emmy treffen. Sie überraschen, in ihre Augen sehen, ihre Stimme hören. Und wenn ich schon in den Streit zwischen ihr und Julian geraten bin oder vielleicht sogar der Grund dafür war, dann wollte ich die Sache auch wieder in Ordnung bringen. Was mir hoffentlich mehr oder weniger gelungen ist. Eine Stimme lacht leise in mir.

Ohne Hintergedanken?

Verdammt, natürlich nicht ohne Hintergedanken. Aber jemand, der so viel kaputt gemacht hat wie ich, kann ja auch ein Mal im Leben etwas wieder heil machen.

Als ich bei Berghöffs Praxis ankomme, bin ich verschwitzt. Ich bräuchte jetzt eher eine Dusche als eine Gesprächstherapie.

Die Praxis liegt im zweiten Stock, eine großzügige Altbauwohnung, Sisalteppich, weiße Wände, weiße Ledersofas im Vorzimmer, keine Sprechstundenhilfe. Berghöff kommt auf mich zu und reicht mir die Hand.

»Hallo, Noah, kommen Sie rein.«

Ich benutze vorher ihr Bad, wasche mich, kühle mich ab und gehe dann in ihr Sprechzimmer, wo mir alles vertraut ist. Der Geruch nach frischen Lilien, das abstrakte Bild an der Wand.

»Setzen Sie sich.«

Ein helles, cremefarbenes Leinensofa, auf dem ich sitzen darf. Draußen Leder, drinnen Leinen, bestimmt ein Konzept. Vom Kühlen zum Warmen, vom Formalen zum Persönlichen. So macht man das, oder? Berghöff sitzt mir gegenüber in einem Sessel, zwischen uns der Couchtisch, auf dem nur ein großer Filzuntersetzer liegt. Satt und rot und zufrieden. Jeder schwere oder spitze Gegenstand wäre vermutlich auch zu gefährlich. Steine, Muscheln, sogar einen Bildband könnte man noch durch die Gegend schleudern und Schaden damit anrichten. Dafür hat man bei Berghöff zwei weiche Sofakissen.

»Nun ...«, sagt sie und stellt ihre Uhr.

Nach neunzig Minuten wird ein Wecker klingeln, egal wo wir dann stehen.

»Wie geht es Ihnen?«

»Gut.«

Ich schiebe meinen Hoodieärmel über mein Handgelenk, aber sie hat den Folienverband schon entdeckt.

»Ein neues Tattoo?«

»Ja.«

»Und darf ich fragen, was für ein Motiv?«

»Nichts Besonderes. Es war nur ... ein Geschenk von Matti.«

Sie nickt. Ich weiß, ich bin jetzt für sie ein wildes und verschrecktes Tier, das man aus der hintersten Ecke des Zimmers locken muss. Und so fühle ich mich auch. Ich bin es nicht gewohnt, mich zu öffnen, auch nach einem Jahr noch nicht. Ich würde ihr gerne helfen, plaudern, lachen, normal sein, aber alles hier erinnert mich an die Vergangenheit, als würde sie hier in diesem Raum jedes Mal auf mich warten, mich anspringen, in meiner Erinnerung herumwühlen, die alten Wunden aufkratzen.

»Und die Albträume?«

»Besser. Sehr viel besser.«

Sie lächelt. »Ja, Sie sehen gut aus. Erholt. Und der Haarschnitt steht Ihnen auch gut.«

Komplimente, um mich aufzulockern, mich zu entspannen.

»Ich werde nach Berlin ziehen.«

Sie hebt eine Augenbraue.

»Ach ja?«

»Ja, ich habe ein Zimmer gefunden.«

»Und Nele?«

»Ich werde es ihr erklären. Ich denke, sie wird das verstehen.«

In Wahrheit habe ich keine Ahnung, wie sie es aufnehmen wird. Wenn sie es nicht schon ahnt, denn ich war noch nie so lange weg. Außerdem weiß sie, dass mir Berlin und Leo immer gefehlt haben.

»Das mit dem Studium wird auch klappen, ich muss nur ein Semester wiederholen.«

»Sie wollen es also beenden?«

Ihr Ton ist leicht fragend, das Studium war oft ein Thema in den Sitzungen.

Ich zucke mit den Achseln. Ich sehe mich nicht mit einem Patienten in solch einem Raum sitzen und über seine Probleme reden. Ich sehe mich auch nicht in einem Büro, drinnen, eingesperrt, Statistiken für eine Firma auswerten. Aber ich mag es, mich mit Psychologie zu beschäftigen, ich könnte mich auf Sportpsychologie spezialisieren.

»Wollten Sie nicht nach dem Grundstudium zu Medizin wechseln?«

Nein, mein Vater wollte, dass ich das tue. Nach dem Unfall war alles anders. Damals war ich meinem Vater dankbar. Und heute? Ich atme aus, immer wenn ich in letzter Zeit an ihn denke, verkrampfe ich mich, ich halte den Atem an, die Wut zurück. *Negative Gefühle anderen gegenüber blockieren Sie am Ende selbst*, hat mir Berghöff erklärt. Von ihrem Platz auf der Spitze des Therapeuten-Mount-Everest aus mag das alles richtig sein. Aber in der Praxis würde ich mich gerne betrinken, prügeln und dann alles in einem tiefen Rausch ausschlafen und vergessen.

»Ich denke, ich bleibe bei Psychologie. Ich könnte auch Sport dazunehmen. Ich war beim Arzt.«

Sie richtet sich leicht auf, überrascht. Ich weiß, ich habe den Zeitzünder an der Bombe gezogen, aber ich bin mir noch nicht mal sicher, ob ich sie hier hochgehen lassen will. Andererseits – warum nicht? Wozu ist diese verdammte Therapie denn überhaupt da, wenn nicht, um alles aufzuklären?

»Sie haben sich also das Zweitgutachten geholt. In Berlin?«

»Ja, ich wollte einen Spezialisten. Sonst hätte mein Vater die Diagnose nicht akzeptiert.«

»Es gibt auch in Hamburg Spezialisten«, sagt Berghöff und fällt dabei etwas aus ihrer professionellen Therapeutenrolle.

Natürlich, aber ich wollte einen Berliner Arzt. Schließlich soll er auch später noch mein Verbündeter bleiben.

»Und ... ich nehme an, Ihre Vermutung war richtig?«, sagt Berghöff und klingt nun eindeutig so, als ob dies ein Bereich ist, den eine Therapeutin nicht mehr abdecken kann. Was gehen sie die falschen Diagnosen von Kollegen an? Erst recht nicht, wenn derjenige sie für meine Therapie bezahlt. Indirekt, aber immerhin. Aber ich kann damit auch nicht zur Polizei gehen oder vor Gericht. Wer wird einem Arzt eine vorsichtige Prognose vorwerfen? Es heißt *ärztliche Meinung*, nicht Urteil.

»Haben Sie mit Ihrem Vater gesprochen?«

»Ja. Sicher.«

»Und?«

Ich lasse mich zurück auf das Sofa fallen. Was denkt Berghöff? So viel müsste sie nach einem Jahr doch über meinen Vater wissen. Er irrt sich nie, das tun höchstens die anderen. Er macht auch keine Fehler. Wie ich. Menschen wie er machen keine Fehler, einfach weil sie sie nicht so nennen.

»Er hält seine Einschätzung für richtig. Golf und Sportsegeln kommt vermutlich noch infrage.« Ich lächele bitter. »Und Schach.«

Aber sicher weder *Dirtbiking* noch *Parkour* oder irgendeine andere Art von Bewegung. Bei der man etwas aufs Spiel setzt, seine körperlichen und mentalen Grenzen austestet. Und genau das will ich. Habe ich immer gewollt. Und er hasst das. An mir und überhaupt.

»Und was sagt der andere Arzt?«

»Dass ich mit dem richtigen Training in einem halben Jahr wieder ganz fit werden kann. Komplett.«

Berghöff nickt.

Ich starre auf die Uhr, die auf dem Tisch liegt. Warum sitze ich überhaupt hier, wenn ich mir meine Fragen alle selber beantworten kann? Ich muss noch so vieles klären.

Wie lange noch?

Berghöff bemerkt meine Unruhe. »Und ... wie läuft es sonst so? Mit Freunden?« Sie beugt sich vor. »Mit Beziehungen?«

Ich denke an Emmy. Nur will ich auf keinen Fall mit Berghöff über sie reden. Es zerreden oder von ihr analysieren lassen. Ich will noch nicht mal, dass sie etwas von ihr weiß oder auch nur ihren Namen erfährt. Meine bisherigen Kurzbeziehungen kennt sie sowieso, die waren nie wichtig, obwohl sie Berghöff immer besonders interessiert haben. Warum ich nie bei einem Mädchen geblieben bin, es in der

Regel nur eine Nacht war. Wie wichtig mir Sex ist und warum ich langfristige Bindungen immer vermieden habe. Ich denke an den Zettel des rothaarigen Mädchens in meiner Tasche, die Telefonnummer. Früher hätte ich sie angerufen, weil ich mich nach Gesellschaft gesehnt habe, einem Gespräch, und Sex wäre dann einfach so spontan passiert. Es war nie das Wichtigste und meist auch nicht das Beste.

Doch auch das hat sich seit der Begegnung mit Emmy geändert. Mit ihr ist alles wichtig, groß, bedeutend. Der Sex mit ihr war wie ein intensives Gespräch zwischen unseren Körpern. Ganz anders als der schnelle und oberflächliche Sex mit den anderen Mädchen.

»Noah?«

Ich schrecke aus meinen Gedanken hoch und verstehe. Es heißt *Gesprächstherapie*, weil man etwas erzählen soll. Ich stehe auf.

»Ich denke, ich gehe jetzt besser.«

Ihr Blick flackert leicht.

»Sie sollten ... es ist noch so viel Schmerz und Wut in dir.«

Allerdings.

Auf einmal ist sie beim Du, wohin sie immer wechselt, wenn mein Verhalten ihr kindisch vorkommt.

»Ich danke Ihnen für die Gespräche im letzten Jahr.«

»Aber ... deine Zeit ist noch nicht um.«

Ich lächele. Auf einmal bin ich mir sicher.

»Doch. Ich denke schon.«

ZWEI

Emmy

Ich stelle meine nackten Füße gegen das Armaturenbrett und entspanne mich. Kolja schaut kurz zu mir, aber in einem Auto, in dem fettige Pizzakartons, ketchupverschmierte Pommesschalen und leere Colaflaschen herumfliegen, sollte das erlaubt sein. Ich bin noch leicht betrunken, auch zwei *Cortados* im *Coffee Cross* haben daran nicht viel geändert. Außer dass das Koffein mich zusätzlich aufgeputscht hat und mein Herz nun doppelt so schnell schlägt. Das alles kommt zu der allgemeinen Aufregung hinzu.

Ich bin verrückt! Was mache ich hier?

Gerade noch bei dem Picknick auf der WiWiss-Wiese neben der Uni und jetzt unterwegs mit Kolja?

Im Radio kommt *Bruno Mars* mit *Talking to the Moon*. Ich drehe lauter und ignoriere Koljas Protest. Ich muss das jetzt hören. Dieses Lied hat mich die letzten Tage über Wasser gehalten, meinen Liebeskummer geheilt, es ist doch ein gutes Zeichen, dass es jetzt im Radio kommt, oder?

Wir sind schon fast drei Stunden unterwegs, und langsam beginne ich, es zu realisieren. Wir fahren tatsächlich nach Hamburg. *Zu Noah.*

»Bist du dir sicher, dass du weißt, wo er wohnt?«, frage ich.

Kolja sieht zur Seite und grinst. Im Gegensatz zu mir ist er ruhig und entschlossen. »Klar. Ich musste doch wissen, wo ich ihn erreiche, ihm den Vertrag hinschicke. Er wollte eigentlich schon vor einem Monat zurück nach Hamburg und alles klären.«

»Ach ja?«

Kolja lacht. »Was weißt du eigentlich über ihn?«

»Eine Menge mehr als du über Julian.«

»Bist du dir da sicher?«

»Okay, machen wir den Test: Was hört Julian für Musik? Was macht er für Sport? Und wo wohnt er?«, frage ich.

Kolja beschleunigt, um zu überholen, der alte Passat schnauft und fliegt fast auseinander. Obwohl ich froh bin, dass Kolja sich beeilt, möchte ich doch gerne lebendig in Hamburg ankommen.

»Ich denke mal, Julian ist nicht so ein Musikfreak«, sagt Kolja. »Ich schätze, er hört die Dinge, die du ihm empfiehlst. Bestimmt machst du ihm Mix-CDs, die alle in seinem Beetle herumfliegen.«

Okay, nicht ganz falsch.

»Sport? Ich habe gehört, er macht gar keinen Sport. Das hätte es mir übrigens sehr erleichtert, ihm etwas näherzukommen. Na ja, vielleicht reitet er. Oder Golf. Seine Eltern haben doch Geld, stimmt's?«

Ziemlich richtig.

»Bis er sich geoutet hat, hat er bei seinen Eltern gewohnt, und jetzt? Keine Ahnung. Bei dir? Du hast gesagt ... er sucht ein Zimmer?«

Fast ein Volltreffer.

»Gar nicht mal schlecht. Er wohnt bei meinem Vater.

Vorübergehend. Und, ja, er sucht ein Zimmer. Da ist doch noch eins in eurer WG frei, oder?«

Kolja nickt.

»Wir sind zu viert. Drei Jungs und Mia. Till zieht zum Ende des Semesters nach Lübeck.«

Ich sehe nach draußen in die flirrende Hitze und drehe die Lüftung höher.

»Ist das eine Klimaanlage oder nur ein Ventilator, der die heiße Luft verteilt?«

Kolja lacht. »Jedes System hat seine Grenzen. Das haben wir doch in Psychologie gelernt. Warum studierst du das überhaupt?«

Ich lasse das Fenster etwas herunter und schiebe meine Hand nach draußen. »Nicht weil ich ein Psycho bin, falls du das meinst. Ich weiß, dass man sich durch ein Studium nicht selbst therapieren kann.«

»Na, das ist ja beruhigend. Wir gehören also zu den Normalen.«

Da bin ich mir allerdings nicht so sicher. Ich finde, wir benehmen uns gerade beide wie Psychos. Zusammen nach Hamburg fahren? Einfach so?

»Gut. Und warum studierst du dann?«

Das T-Shirt klebt mir am Körper, ich wickele es nach oben, fächele mir Luft damit zu. Es ist angenehm, dass ich mir keine Sorgen machen muss, ob ich Kolja damit anmache. Ich brauche einen Moment. Warum studiere ich Psychologie?

»Mich interessiert die menschliche Psyche. Klar, auch meine eigene. Warum ich bestimmte Dinge tue, was mich verletzt, warum ich bestimmte Dinge mag. Warum andere anders sind als ich.« Ich sehe zu Kolja. »Seit wann weißt du, dass du Jungen lieber als Mädchen magst?«

»*Woah!* Das ging jetzt aber schnell.«

»Okay, du musst es mir nicht sagen. Aber ... es sind Dinge, die ich Julian von dir erzählen kann. Falls unser Deal irgendwie funktionieren sollte.«

»Schon okay.« Kolja runzelt die Stirn. Ich hätte gedacht, dass er sofort eine Antwort hat, doch sie kommt zögernd. »Eigentlich wusste ich das schon immer. Du weißt schon, beim Fußball, in der Schule. Es war immer klar.«

»Mädchen haben dich nie interessiert?«

»Nie körperlich.«

Überhaupt nie?

»Und«, frage ich vorsichtig weiter, »seit wann bist du in Julian verliebt? Ich meine, wann und wo hast du ihn das erste Mal gesehen?«

Kolja überlegt. »In der Mensa. Mit dir. Letztes Jahr.«

Ich versuche mich zu erinnern. Julian geht fast nie in die Mensa, wir waren höchstens ein paar Mal dort.

»Und du wusstest sofort, dass er schwul ist?«

»Oh nein, am Anfang nicht. Ihr wart ja immer zusammen. Ich habe es nur gehofft. Und dann habt ihr ja noch angefangen, euer Partyspiel zu spielen.«

»Bitte?«

»Die Küsserei. Und ich muss sagen, am Anfang habe ich es euch echt abgenommen.«

Nichts, woran ich gerade gerne erinnert werde.

Kolja deutet auf ein Ausfahrtsschild. »Wir sind gleich da. Schon einen Plan?«

Mein Puls rast.

»Plan?«, krächze ich.

»Na ja, was du sagen willst, wenn wir bei Noah sind. Willst du vorher anrufen?«

»Ich habe seine Nummer gar nicht. Und den Nachnamen kenne ich auch nicht.«

Kolja sieht zu mir, hebt die Augenbrauen. »Was?«

Ich lache verlegen. »Es gab den Moment irgendwie nicht.«

»Oder ihr wolltet es nicht.«

»Bitte keine tiefenpsychologischen Deutungen.« Ich nage an meiner Unterlippe. »Meinst du, ich sollte vorher anrufen?«

Wir haben die Autobahn verlassen, landen mitten im Berufsverkehr und stehen im Stau. Gerade ist mir die Verzögerung allerdings sehr recht.

Kolja überlegt. »Ich finde, der Überraschungsmoment hat was. Ich würde nicht anrufen.«

»Stimmt«, sage ich, obwohl ich nicht eine Sekunde darüber nachgedacht habe. Mein Gehirn ist wie leer gefegt, und ich habe ein ungutes Gefühl im Magen, eine Art Lampenfieber.

»Wo müssen wir überhaupt hin?«

»Hamburg-Altona. Ottensen. Du hast doch ein iPhone, frag mal dein Navi.«

Er nennt mir die Straße, und mein Herz schlägt noch schneller. *Bin ich ein Teenager, der schon rot wird, wenn irgendjemand Noahs Namen ausspricht?*

Als wir in der richtigen Straße ankommen, ist es Spätnachmittag. Die Hitze hat etwas nachgelassen, ich bin trotzdem verschwitzt. Kolja hält vor einem der mehrstöckigen Mietshäuser. Die richtige Hausnummer.

»Ich müsste duschen.«

Kolja zieht die Augenbrauen hoch. »'tschuldigung? Du siehst wohl zu viele Filme, wo die Leute nach einer Liebesnacht immer frisch geschminkt und gekämmt aufwachen und so tun, als ob sie die ganze Nacht phantastischen Sex gehabt haben. Das hier ist die Realität! Hier in diesem Haus wohnt die Liebe deines Lebens, und du willst eine *Dusche*?«

Ich nehme meine Beine vom Armaturenbrett, ziehe sie auf den Sitz und lege meine Arme um sie. *Ich habe Angst.*

Kolja lehnt sich zu mir rüber und schnuppert ganz ungalant an meinem T-Shirt.

»Du stinkst jedenfalls nicht.« Er beugt sich nach hinten und kramt zwischen Büchern und Seminararbeiten auf dem Rücksitz herum.

Wohnt er eigentlich in seinem Auto?

»Ich hatte hier irgendwo noch ein Deo ... aha, da!«

Es ist ein Männerdeo, aber ich schiebe meinen Arm unter das Shirt und sprühe mich ein. Sofort riecht das ganze Auto nach Moschus. Ich sehe vorwurfsvoll zu Kolja, der nur breit grinst.

»Ich find's geil.«

»Und was jetzt?«

»Du gehst zur Tür und klingelst. Dann ins Haus, bis zur Wohnung, und sagst Hallo!«

Unmöglich. Dieser Teil des Plans ist absolut schlecht durchdacht.

»Soll ich mitgehen?«, fragt Kolja.

Noch schlimmere Vorstellung.

Er sieht mich auffordernd an. »Also, wenn wir hier noch länger im Auto sitzen, dann fangen wir ganz sicher an zu stinken. Mit oder ohne Deo.«

Ich öffne die Beifahrertür, die Wärme strömt ins Auto, doch die Luft ist angenehm frisch.

»Okay. Bis gleich.«

Ich habe weder vor zu klingeln, noch, nach oben zu gehen. Ich hoffe, dass mich niemand von welchem Zimmer auch immer beobachtet und wir nach meinem Scheinversuch einfach wieder zurückfahren. Egal, wie verrückt das ist. Eine Dummheit wird jedenfalls nicht besser durch eine noch größere Dummheit.

Ich trippele barfuß über den heißen Asphalt bis zur Haustür.

Acht Klingelschilder starren mich an. Verdammt, ich weiß noch nicht mal, wohin ich meinen Finger ausstrecken muss, um Kolja zu täuschen. Aber er war ja wohl kaum schon mal hier. Ich wähle einen Klingelknopf in der Mitte und simuliere ein Klingeln. Warte. Kolja steigt aus seinem Passat.

Was soll das jetzt?

Er kommt zu mir, fixiert meinen ausgestreckten Finger.

»Du kennst doch seinen Namen gar nicht.«

Ich krümme meinen Finger zurück, ich werde nicht gerne beim Schwindeln erwischt.

Kolja scannt das Klingelbrett. »Ah, hier!«

Und bevor ich auch nur *Halt* denken kann, saust sein Finger auf den Klingelknopf und bleibt dort eine gefühlte halbe Minute liegen.

Behrens / Roth

Zwei Namen, eine Zweier-WG, wie heißt er?

»Behrens«, sagt Kolja und beugt sich dicht zu einer Gegensprechanlage. Doch es schnarrt nur, und ich werfe mich instinktiv gegen die Tür, die sofort aufspringt. Obwohl ich Kolja nicht dabeihaben wollte, bin ich nun doch froh, dass er mich begleitet. Es sieht harmloser aus, fast als wären wir zufällig vorbeigekommen. Obwohl das natürlich absurd ist.

Aus Berlin?

Ich gehe die Treppe hoch, nach der Höhe des Klingelschilds zu urteilen wohl zweiter Stock, und Kolja bleibt dicht hinter mir, als wollte er verhindern, dass ich weglaufe. Mein Herz hämmert nun gegen meinen Brustkorb, so fühlt sich das wohl an, kurz vor dem Herzinfarkt. Oben geht eine Tür auf, nächster Treppenabsatz, ich werde langsamer, aber Kolja schiebt von hinten.

Wir sind oben, eine Tür steht leicht offen, ich sehe auf einen warmen Holzfußboden und eine bunte Mischung aus Schuhen, Pumps und Turnschuhen, und Jacken an einer Garderobe.

»Komme!«, ruft eine weibliche Stimme, dann wird die Tür aufgerissen. Vor uns steht ein Mädchen, etwas älter als ich, in einem Bikinioberteil und einer Jeans, mit hellen Haaren und einem Lächeln.

Tolle Figur, nettes Gesicht.

»Hi!«

Sie legt leicht fragend den Kopf schief, da ich nichts sage. Nichts sagen kann. *Wer ist das?* Zwei Namen, zwei Leute in einer Wohnung. Wer sagt dazu WG? Ich würde das Beziehung nennen.

»Hallo«, antwortet Kolja für mich. »Wir wollen zu Noah.«

Er legt einen Arm um meine Schulter und lässt ihn dort entspannt liegen. Erst jetzt merke ich, dass ich zittere.

Sie verschränkt ihre Arme. »Noah ist nicht da. Sorry.«

Da ist ein Misstrauen in ihrer Stimme, das mich hellhörig macht. Es klingt nicht nach Mitbewohnerin. Es klingt nach *Freundin*.

»Wann kommt er denn zurück?«, fragt Kolja.

»Keine Ahnung. Kann ich was ausrichten?«

»Nein, nein«, sage ich schnell, bevor Kolja auf die Idee kommt, mich vollständig zu blamieren. »Schon okay, wir waren nur gerade in der Gegend.«

DREI

Emmy

Wir sitzen wieder im Auto, es ist heiß und stickig, mir läuft der Schweiß Arme und Beine hinunter.

»Gerade in der Gegend?«, sagt Kolja und zieht die Augenbrauen hoch.

»Mir ist nichts Besseres eingefallen.«

Kolja seufzt und lässt den Kopf zurück auf die Kopfstütze sinken. »Und was jetzt?«

»Keine Ahnung.«

Ich will nach Hause, sofort, in mein Bett unter die Bettdecke.

»Sein Haus beschatten?«, überlegt Kolja ernsthaft. »Immerhin sind wir zwei Stunden gefahren. Wenn wir warten, dann …«

»Ich will hier weg. Schnell!«

Kolja lässt die Scheiben an Fahrer- und Beifahrerseite herunter und seufzt. Gerade bereut er es vermutlich, dass er mit mir hierhergefahren ist oder überhaupt etwas mit einem Mädchen zu tun hat. Er legt den ersten Gang ein.

»Und wohin?«

»Egal. Nur weg. Und ich hab Hunger.«

Kolja lacht kehlig und erinnert mich an Julian. Er fährt um die Ecke und an den Straßenrand, nimmt sein Handy heraus und googelt.

»Tja, mal sehen, ob hier ein Restaurant in der Nähe ist.«

Ich hänge mich aus dem Fenster. Die Hitze killt mich.

»Da wäre ein Café, auf der anderen Straßenseite«, sage ich, und Kolja sieht erstaunt von seinem Handy auf.

»Wir können es aber auch vorher googeln.«

Er fixiert mich mit zusammengekniffenen Augen. »Warum so zickig?«

»Hör mal, wie würde es dir gehen, wenn du jemanden, der dir wichtig ist, in seiner«, ich setze Anführungsstriche in die Luft, »›WG‹ besuchst und feststellst, dass er eigentlich mit seiner Freundin zusammenwohnt!«

»Moment, nicht so schnell. Woher willst du wissen, ob sie seine Freundin ist? Vielleicht ist sie nur *eine* Freundin.«

»Klar doch ...«

Ich suche meine Flip-Flops, nehme das Flanellhemd und die Tasche vom Sitz und steige aus. Kolja haut auf die Hupe, und ich lehne mich durch das Beifahrerfenster zurück zu ihm ins Auto.

»Was?«

»Wo willst du hin?«

»Was essen.«

Es ist nach fünf, und ich habe seit dem Frühstück und einem Mandeltörtchen im *Coffee Cross* nichts mehr zu mir genommen. Das ist nicht gut für meine Laune.

»Okay, ich parke.«

Kurz darauf sitzen wir im *Café May*. Rote Wände, ein Raum mit Tischen und Bänken, ein Raum mit bequemen Sofas und Sesseln. Ich bin begeistert, und meine Laune hellt sich etwas auf. Besonders als ich sehe, dass es eine

Kuchentheke, Sandwiches und eine Karte mit kleinen Gerichten gibt. Wenn ich Stress habe, läuft mein Stoffwechsel auf Hochtouren.

Wir setzen uns an einen Tisch an die Schaufensterscheibe des Cafés. Die Bedienung kommt, ein Mädchen in Jeans und schwarzem T-Shirt, und ich bestelle eine Kartoffel mit Quark, Salat und eine Weißweinschorle. Kolja nimmt das Gleiche, aber ein Glas Wasser dazu.

»Ich muss ja noch fahren.«

Ich stöhne. *Ach ja, die Rückfahrt.*

»Ich würde mich am liebsten hier wegbeamen.«

Kolja mustert mich, er hat wirklich schöne Augen. »Hast du das auch gesehen?«

»Was?«

»Sie hinkt etwas.«

»Wer?«, frage ich und sehe zu der Bedienung, die am Nachbartisch steht.

»Das Mädchen in der Wohnung.«

Ich habe keine Ahnung, worauf er hinauswill.

»Und?«

»Ich meine ja nur ...«

»Du hast auf ihren Gang geachtet? Ich dachte, Mädchen interessieren dich nicht.«

Er lächelt. »Stimmt. Aber Menschen.«

Meine Weinschorle und Koljas Wasser kommen. Ich nehme einen großen Schluck, ich bin so durstig. Ich spüre den Alkohol – wie viel Prozent Wasser sind in dieser Schorle? – und entspanne mich gleichzeitig.

»Danke für eben«, sage ich. Es war nett, dass Kolja so

getan hat, als wären wir zusammen, und ich nicht wie irgendein Groupie von Noah vor der Tür gestanden habe.

»Klar doch.«

Auf einmal bin ich traurig, der Alkohol macht mich verletzlich und offen. War ich nur eine kurze Affäre für Noah? Dann war es doch gut, dass ich die Sache schnell beendet habe. Nur fühlt es sich nicht so gut an. *Im Gegenteil.*

»Hey, es kann eine ganz einfache Erklärung geben«, sagt Kolja, der offenbar meine Gedanken lesen kann.

Er sieht entspannt aus dem Fenster. Ich sehe mich im Café um und bemerke den Blick eines Mädchens, das Kolja anstarrt. Er sieht gut aus. Keine Frage. Als sie sieht, dass ich es bemerke, schaut sie schnell weg.

»Wissen es deine Eltern?«, frage ich Kolja.

Er reißt seinen Kopf herum und blinzelt. »Bist du immer so direkt?«

»Du hast damit angefangen.«

»Stimmt.« Er grinst. »Und ja, sie wissen es. Schon eine ganze Weile.«

»Und ... finden sie es gut? Okay?«

Er zuckt mit den Schultern. »Normal, glaub ich. Ich denke, sie wussten es vor mir. Oder haben es geahnt.«

Ich denke an Julian. Warum habe ich nicht viel früher gesehen und geahnt, dass er Jungs liebt? Warum konnte ich mich so lange täuschen?

»Und wann hast du es deinen Freunden erzählt? In der Schule?«

Seine Augen verschatten sich leicht. »Schule war hart. Also, die ersten Jahre auf dem Gymnasium. Mit Schullandheimfahrten und so und den Mädchen ...«

»… die sich alle in dich verliebt haben.«

Er hebt entschuldigend die Hände.

Verstehe! Was kann er dafür.

»Und dann?«

»Ich habe mich geoutet, und dann wurde es schlimmer. Dumme Sprüche, und wenn ich beim Fußball mal jemanden angerempelt habe, hieß es gleich: *Tunte, geh mir von der Wäsche.* So Sprüche halt. Dann habe ich die Schule gewechselt. Ein Privatgymnasium. Meine Eltern haben das vorher besprochen, es war von vornherein klar.«

»Und?«

»Es war etwas besser.«

»Hattest du einen Freund in der Zeit?«

Kolja lacht so laut, dass das Mädchen vom Nachbartisch irritiert zu uns herübersieht.

»*No way*, Emmy. Es ist eine Sache, ob du dich outest, aber eine ganz andere, ob es ein anderer tut und sich dann noch zu dir als Freund bekennt. Das kannst du auf der Schule vergessen. Und ich hatte leider auch keine Freundin wie dich, die mir irgendwie den Rücken freigehalten hätte. Das ist der Nachteil, wenn du dich outest. Der Druck in dir wird kleiner, aber der nach außen größer.«

Ich schweige. Meine Probleme kommen mir auf einmal winzig vor.

Kolja nickt mir aufmunternd zu. »Erzähl mir was von Julian.«

»Was denn?«

»Na, zum Beispiel: Wie findet er mich?«

Es ist nur eine Sekunde, ein Zögern.

»Was?«, hakt Kolja sofort nach.

Ich suche nach den richtigen Worten, aber es ist schon zu spät. Koljas Augen weiten sich, er ahnt es.

»Also, na ja, er kennt dich halt nicht richtig«, stottere ich herum und mache es nur noch schlimmer.

Jemand bringt das Essen, nicht die Bedienung von vorhin, ein attraktiver Typ, er trägt auch ein schwarzes T-Shirt.

»Ein Bier, bitte!«, sagt Kolja.

»Und für mich noch eine Weinschorle«, sage ich und sehe fragend zu Kolja. Er muss doch noch fahren.

Er wirft die Hände hoch. »Ein Bier!«

Aber dann werden es drei Bier, und ich verstehe Kolja, denn auch ich will etwas in mir betäuben, die Gedanken dämpfen, den Schmerz lindern. Nach der dritten Weinschorle muss ich mir eingestehen, dass ich auch gleich ein Glas Wein hätte bestellen können und leicht betrunken bin.

Auch das Essen ändert nichts daran.

»Warum kann er mich nicht leiden?«, fragt Kolja, als wir aufgegessen haben.

Doch leider kann ich ihm keine gute Antwort darauf geben. Hauptsächlich, weil es keinen wirklichen Grund gibt und wir uns einfach ein Bild von Kolja gemacht haben. Der arrogante, selbstgefällige Kolja, der die Typen abschleppt und durch die Bars zieht und es trotzdem noch schafft, einer der besten Studenten im Fachbereich zu sein. Ein Vorurteil. Weil das irgendwie nicht zusammengehen kann. Erfolgreich und intelligent und auch noch beliebt. Ekelhaft.

Kolja lacht, als ich es ihm leicht betrunken zu erklären versuche.

»Erstens: Ich wette, du hast bessere Noten. Zweitens: Ich bin nicht blöd, aber auch nicht so viel schlauer als die anderen, und drittens: Wenn ihr mich schon blöd findet, wie kann ich dann beliebt sein?«

»Ich habe meine Meinung geändert.«

Er sieht mich von schräg unten an, als wollte er sagen: *Du bist nicht der Punkt!*

Wir sollten besser das Thema wechseln.

»Was machen wir jetzt?«, frage ich und meine die Gesamtsituation. Es ist sieben, wir sind wieder betrunken, wir hätten gleich in Berlin bleiben können.

»Hotel«, sagt Kolja.

»Hotel?«

»Ich kann nicht mehr zurückfahren, und du hast doch keinen Führerschein, oder?«

VIER

Noah

»Es ist also entschieden«, sagt Nele.

Ich nicke. Ich bin vor einer Woche aus Berlin zurückgekommen, und seitdem reden wir nun schon ununterbrochen über den Umzug, meine Entscheidung. Sie kann nicht sagen, dass ich es mir leicht gemacht habe, aber ich brauche den Wechsel. Auch für Nele ist es besser, das spüre ich.

Vor mir liegt eine To-do-Liste: Umzug organisieren, Zimmer klarmachen, ummelden, Bescheinigungen bei Uni abholen, renovieren, Job suchen und so weiter. Die Liste ist endlos, und ich bin sowieso nicht gut darin, Dinge der Reihe nach abzuarbeiten. Eher ein Experte für spontane Bauchentscheidungen.

Nele setzt sich. Ich hatte Angst davor, wie sie es aufnehmen würde, ob ich überhaupt ausziehen kann, ob sie ohne mich klarkommt.

Sie lächelt vorsichtig. »Wie finanzierst du dich nun weiter?«

Gute Frage. Eigentlich war der Plan, dass ich nach dem Grundstudium Psychologie zu Medizin wechsle. *Sein Plan.* Und er bezahlt das Studium. Weil ich seine Praxis übernehmen soll. Und Nele die Kinderarztpraxis meiner Mutter. Irgendwann war das mal ein Plan, der sich gut anhörte, sicher und logisch. Aber als ich zugestimmt habe, war ich vollgepumpt mit Schmerztabletten, stand also unter Drogen. Und nun bin ich aus diesem Plan irgendwie herausgewachsen. Ich habe die Entscheidung die ganze Zeit vor mir hergeschoben. Das letzte Semester mit Zweifeln verbracht. Erst ging es nur um die richtige Stadt, aber in Berlin war es klar. Und noch klarer, als ich mir die neue Diagnose geholt habe. Und ganz klar, als ich Emmy getroffen habe. Es geht um mein Leben, meine Zukunft. Ich bin kein Arzt. Und ich werde auch nicht zu einem, indem man mich finanziell gängelt und für behindert erklärt. Vielleicht bin ich auch kein Psychologe, aber immerhin interessiert mich das Studium. Und ich bin gut darin. Und dann ist da Emmy. In Berlin.

»Soll ich mit ihm reden?«, fragt Nele.

»Nein, das habe ich schon. Es hat keinen Sinn. Und ich habe keine Lust, sein Geld zu nehmen, wenn er nicht gut findet, was ich mache.«

»Es ist auch Mamas Geld.«

Ich seufze. »Du weißt schon.«

»Rechtlich steht dir Geld zu. Und Bafög wirst du nicht kriegen.«

»Ich werde nicht gegen ihn klagen.«

Wie auch? Der Mann hat mich wieder zusammengeflickt, als ich schwer verletzt auf seinem OP-Tisch gelandet bin. Ich kann ihm nur nicht aus Dankbarkeit mein ganzes Leben opfern.

Nele steht auf, geht zur Spüle, stellt ein paar Tassen und Teller zusammen, lässt Wasser in die Spüle einlaufen, gießt viel zu viel Spülmittel dazu. Ich weiß, es ist ein Zeichen von Unsicherheit. Sie hat sich das letzte Jahr an mir festgehalten, wir hatten eine gute Zeit.

Nele wischt über die Arbeitsfläche, schrubbt an einem unsichtbaren Fleck herum. Es ist wirklich sehr angenehm, mit jemandem zusammenzuwohnen, der immer abzuwaschen oder zu putzen anfängt, wenn ihn schwierige Fragen beschäftigen, aber mir wäre lieber, sie würde jetzt am Tisch sitzen bleiben und mit mir reden.

»Was denkst du?«, frage ich. Die Meinung meines Vaters ist mir unwichtig geworden, aber Neles nicht.

Sie dreht sich um und grinst. »*Ich* kann ja seine Praxis übernehmen.«

Ich grinse zurück. »Und Schönheitschirurgin werden? Was war mit *Ärzte ohne Grenzen*?«

»Du kennst doch Papa. Bis der aufhört zu arbeiten, kann ich das vorher noch alles machen.«

»Ja, aber ich bin mir sicher, wenn du HIV-Kranke in Afrika betreut hast, willst du keine Tränensäcke mehr in Deutschland operieren.«

Sie grinst breit, nimmt eine Handvoll Wasser vom Krahn und spritzt mich nass.

»He! Ich sage nur die Wahrheit.«

»Noah, du sagst, was du denkst. Das ist ein Unterschied.«

»Okay, ich denke, du wirst eine großartige Ärztin werden, egal was du machst.«

Sie zeigt mit einer Hand voller Schaum auf mich.

»*Das* ist die Wahrheit.«

Während Nele den Abwasch macht und entschieden ablehnt, dass ich abtrockne, sortiere ich die Umzugskisten in meinem Zimmer. Das Bett, eine Kommode, das Bücherregal; all das werde ich hierlassen. Ich habe Nele angeboten, die Sachen zu annoncieren, aber sie will das Zimmer vielleicht sogar möbliert vermieten.

Ich stehe im Türrahmen und sehe in den Raum. Eine Art Abschied. Übermorgen leihe ich mir einen kleinen Laster, hauptsächlich für meine große Matratze, fahre nach Berlin, kümmere mich um das Zimmer. Ich hole mein iPhone heraus und finde die SMS von Till.

200 Euro ist okay.

Ich nehme ihm sein Hochbett ab, dann ist das auch geklärt.

Nele stellt sich neben mich in die Tür. »Sandra kann beim Runtertragen helfen.«

»Ist nicht nötig«, sage ich, da ich weiß, dass Sandra frisch verliebt ist und meistens bei ihrem Freund übernachtet. Außerdem ist unser Verhältnis etwas schwierig, seit wir einmal miteinander im Bett gelandet sind.

Nele weiß das auch. »Und was mache ich mit all den Mädchen, die hier in den nächsten Wochen auf der Suche nach dir auftauchen werden?«

»Du hast ein völlig falsches Bild von mir«, nehme ich ihren neckenden Tonfall auf. »Das war eine Phase, die ist längst vorbei.«

Sie kneift mich in die Seite. »Ach ja? Vorhin war jedenfalls ein Mädchen da und hat nach dir gefragt.«

Erst denke ich, sie will mich nur testen, dann sehe ich ihren Blick. »Echt? Wer war es? Was wollte sie denn?«

Ich gehe im Geist einige Mädchen durch: meine Arbeitsgruppe an der Uni, die Braunhaarige aus dem Statistik-Seminar, Magda aus der Bibliothek.

Nele beobachtet mich, nickt. »Alles klar. Von wegen ›längst vorbei‹!«

»Und? Was wollte sie? Wegen Uni?«

»Keine Ahnung. Ein Typ war auch dabei.«

»Ein Typ? Namen? Gründe?«

Sie grinst und sagt nichts. Hält mich hin. Typisch kleine Schwester. Ich gehe ins Zimmer und rücke die Kisten zusammen. »Okay, dann eben nicht«, sage ich.

Ich weiß, dass ich sie so kriege. Kein Interesse zeigen, ganz entspannt tun. Es ist ein Spiel. Und dauert zwei Sekunden.

»Also, er war groß. Sah gut aus. Und sie war kleiner und blond.«

Sagt mir gar nichts.

»Und barfuß.«

Ich sehe auf. »Barfuß?« Ich drehe mich zu Nele.

»Schlank? Halblange Haare? Blaue Augen?«

Jetzt hat Nele mich. Und genießt es.

»Du kennst sie?«

»Vielleicht. Und der Typ? Hat er seinen Namen gesagt?«

Ich weiß, es ist verrückt, aber können das Emmy und Julian gewesen sein? Hier in Hamburg? Warum?

Nele lehnt sich an den Türrahmen, beobachtet mich. Ich kann meine Aufregung nicht mehr verbergen und gehe näher.

»Haben sie eine Nachricht hinterlassen?«

»Nö. Sie meinten, sie wären gerade in der Gegend.«

Etwas in mir sinkt wieder zusammen. *In der Gegend.* Also doch nur Leute aus Hamburg, der Uni, egal.

Sie deutet auf mein Handgelenk.

»Kann ich das jetzt endlich mal sehen?«

Der Folienverband ist ab, seitdem trage ich ein Schweißband über dem Tattoo.

»Später«, sage ich, aber sie schnappt schon meinen Arm und zieht das Schweißband vom Handgelenk.

»Emmy?«

Während wir das Gemüse für ein Abendessen schneiden, besteht sie darauf, dass ich ihr alles erzähle. Nur ist es nicht so einfach. Wie soll ich ihr erklären, warum ich mir den Namen eines Mädchens habe tätowieren lassen, mit dem ich noch nicht mal zusammen bin?

»Es war eine spontane Entscheidung«, sage ich.

»Eine spontane Entscheidung? Das ist ein Tattoo, das macht man nicht mal eben.«

Okay, stimmt.

»Gehst du wegen ihr nach Berlin?«

»Nein, ja, auch. Weiß nicht.«

Sie sieht mich skeptisch an.

»Johnny Depp hat sich den Namen seiner Freundin tätowieren lassen. Ich dachte, so was machen nur durchgeknallte Rock- oder Filmstars?«

Ich viertele die Zucchini und werfe sie zu den Auberginen und Tomaten in den großen Topf. Ein improvisiertes Ratatouille.

»Na ja …«

»Und wenn ihr euch trennt, was machst du dann? Es weglasern lassen?« Sie kichert. »Wenn ich Ärztin bin, dann kann ich das vielleicht schon machen.«

»Danke. Und wir sind nicht zusammen.«

»Was?«

Ich nehme die Paprika, die Nele mehr zerhackt als klein geschnitten hat, und tue sie zu dem restlichen Gemüse, rühre um. Ich spüre ihren Blick in meinem Rücken.

»Bist du ... verliebt?« Sie klingt verblüfft, als wäre das bei mir gar nicht möglich.

»Etwa unglücklich? Hast du dir deshalb die Haare abgeschnitten?«

Ich antworte nicht. Ich weiß, wie sich verliebt anfühlt, aber das mit Emmy ist anders. Stärker. Wichtiger. Größer. Aber das will ich Nele nicht erklären. Bisher war sie mir immer wichtiger als all die Flirts und Mädchen, die gekommen und gegangen sind. Doch seit Emmy hat sich das geändert. Ich drehe mich zu ihr um.

»Hey, du bist meine Schwester. Meine einzige und liebste, und das wird immer so bleiben.«

Sie nickt.

»Haben wir eigentlich noch Brot? Sonst gehe ich was holen«, sage ich, dabei weiß ich, dass wir keines mehr haben. Ich drehe das Gemüse auf kleine Flamme.

»Bin gleich zurück.«

Ich brauche den Moment allein. Dass ich ausziehe, ist schwer genug für mich, weitere Komplikationen sind gar nicht nötig. Leo findet, dass Nele zu sehr an mir hängt. Nun, sie ist meine kleine Schwester, und ich ermutige sie nicht. Dass sie mir nach einem Jahr nach Hamburg gefolgt ist ... was hätte ich sagen sollen? Und es war noch ein Zimmer frei. Wie hätte ich es ihr nicht geben können? Nach all dem, was passiert ist? Das müsste Leo eigentlich verstehen. Trotzdem spüre ich das schlechte Gewissen, sie alleine zu lassen. Sandra ist fast nie da, wer soll ihr helfen, die Einkäufe nach oben zu tragen, das Wasser, das sie literweise trinkt?

Auf dem Weg zum Bäcker checke ich meine Nachrichten. Eine SMS von Till.

Du musst noch mit Kolja reden. Er kümmert sich um den Mietvertrag. Ich bin ab morgen weg.

Stimmt, der Vertrag. Kolja war nicht gerade freundlich, als ich ihn die letzten Male getroffen habe, und ich frage mich, ob er mich in seiner WG überhaupt haben will. Aber er hat mir das Zimmer versprochen, also wird er keinen Rückzieher machen, und es wohnen ja auch noch zwei andere dort. Die Wohnung soll riesig sein, und auf Leos Couch kann ich unmöglich weiter leben. Ich will unsere Freundschaft damit nicht länger belasten, schon gar nicht seit er mit Fiona zusammen ist. Die noch dazu die beste Freundin von Emmy ist. Ich denke an Neles Blick, als sie das Tattoo entdeckt hat. Sie weiß, dass ich so etwas nicht einfach so mache.

Ich kaufe eine Stange Baguettebrot und laufe zurück. Bevor ich wieder nach oben in die Wohnung gehe, sehe ich nach der Post. Wir vergessen sie manchmal tagelang, aber Kolja wollte mir den Mietvertrag schicken. Oder auch nicht. Im Briefkasten ist nichts, außer der Stromrechnung und einem Brief, der an mich gerichtet ist. Ich kenne den Absender nicht und öffne ihn auf der Treppe beim Hochgehen.

Sehr geehrter Herr Behrens,

ich weiß nicht, ob Sie sich erinnern, aber ich war damals in den Motorradunfall verwickelt. Ich absolviere seit zwei Jahren das 12-Schritte-Programm der Anonymen Alkoholiker und befinde mich bei Schritt 9. Dafür möchte ich mich gerne mit Ihnen treffen. Ich wohne in Berlin. Sagen Sie mir doch bitte, ob das möglich ist.

Hochachtungsvoll

Bernd Möller

Darunter steht eine Telefonnummer. Ich starre auf den Brief. Einfache Formulierungen, mit der Hand geschrieben. Ich fange an zu zittern, wie oft, wenn mich etwas an den Unfall erinnert, und setze mich auf die Treppe, lege vorsichtig die Baguettestange ab. Ganz ruhig. *Nur einen Moment.* Auch beim zweiten Mal Lesen verstehe ich den Brief nicht. Ich habe keine Ahnung, wer Bernd Möller ist, und auch nicht, was der 9. Schritt der *Anonymen Alkoholiker* ist. *Rache?* Unsinn. Aber er ist ein Opfer, so viel ist wohl klar. Genau wie ich, nur dass ich zusätzlich noch der Schuldige bin. Was kann ich ihm sagen, außer: *Es tut mir leid.* Will er das hören? Denn alles, woran ich mich erinnere, sind die Minuten vor dem Unfall und das Aufwachen im Krankenhaus, das Gesicht meines Vaters. Der Rest ist weg, einfach ausgelöscht aus meiner Erinnerung.

Ich bleibe auf der Treppe sitzen, zitternd, schwitzend, eine Panikattacke, meist hilft es, einfach abzuwarten.

Ich stehe auf, die Beine zittern. *Das geht vorbei*, sage ich mir. Diese diffuse Angst, dass da damals noch viel mehr war, dass mein Vater es mir verschweigt, alle es mir verschweigen, mich anlügen, um mich zu schonen. Berghöff, die immer wollte, dass ich mir die Unfallfotos ansehe, mich mit dem Polizeibericht auseinandersetze. Die Wahrheit erfahre.

Ich kann das nicht.

Ich habe genug damit zu tun, das zu verarbeiten, was ich weiß, was offensichtlich ist. Meine Gedanken rasen, hetzen durch den Kopf, ich kann in diesem Zustand nie nachdenken, obwohl ich immer denke, ich müsste das. Alles in den Griff bekommen. *Unmöglich.*

Oben in der Wohnung kommt mir Nele schon entgegen. Ich reiche ihr den Brief mit der Stromrechnung.

»Hier. Sag Sandra, ich überweise meinen Anteil.«

Nele schaut mich fragend an.

»War das alles an Post?«

»Ja«, sage ich und stecke den Briefumschlag unauffällig in meine Hosentasche, bevor ich ihn vergesse.

FÜNF

Emmy

Kolja öffnet das Hotelzimmer, steckt die Karte in den Energieschlitz neben der Tür, macht Licht und lässt mich vor ihm eintreten. Okay, ein Doppelbett, zwei Decken, breit genug, das müsste gehen.

»Zweifel?«, fragt Kolja.

»Hauptsache, du blockierst das Bad nicht ewig«, sage ich.

Er schubst mich freundschaftlich. »Wir hätten auch zwei Einzelzimmer nehmen können.«

Ich muss grinsen, wenn ich daran zurückdenke, wie wir gerade eingecheckt haben. Erst hatten wir uns für zwei Einzelzimmer entschieden, bis ich darauf bestanden habe, sie zu bezahlen. Was Kolja nicht annehmen wollte, worauf wir auf ein Doppelzimmer umgebucht haben und ich endlich bezahlen durfte. Das war ja wohl das Mindeste, nachdem er die Benzinkosten übernommen hat.

»Die hat sowieso gedacht, wir sind verrückt.«

Kolja grinst. »Das lag nur an dir. Barfuß und ohne Gepäck, aber mit Goldcard.«

Ich werfe mich auf das Doppelbett und rudere mit Armen und Beinen, als läge ich im Schnee und würde einen Engel machen.

Das Bettzeug ist herrlich kühl und glatt. Kolja sieht mir zu und wirft seine Tasche neben das Bett.

»Welche Seite?«

»Fenster!«

»War ja klar.«

Ich richte mich leicht auf, stütze mich auf die Unterarme. »Was ist daran klar, du Superpsychologe?«

»War einfach klar. Am Fenster ist es sicherer. Und ich werde dich beschützen. Auch klar.«

Kolja lächelt charmant. Wenn ich nicht wüsste, dass er auf Jungs steht, könnte ich mich verlieben. Zumindest ein wenig.

»Warst du nie mit Mädchen zusammen?«, frage ich und weiß, dass ich nur so offen bin, weil ich Alkohol getrunken habe und leicht enthemmt bin.

Er schüttelt den Kopf.

»Auch nicht geküsst?«

Er legt den Kopf schief und sieht mich an, als ob ich gar nichts verstanden hätte.

»Ich geh mal duschen«, sagt er und verschwindet im Bad.

Ich rolle mich auf meine Seite und hole mein iPhone aus der Tasche. Ich sollte vielleicht Fiona anrufen. Immerhin wohnen wir jetzt zusammen, und sie fragt sich bestimmt, wo ich bin. Ihr zu sagen, dass ich mit Kolja in einem Hotel in Hamburg bin, verlangt allerdings eine ausführlichere Erklärung, also simse ich lieber.

Komme heute nicht nach Hause. Erkläre dir alles später. Mittwoch 11 Uhr *Coffee Cross*?

Ich überlege, ob ich auch Julian simsen soll, immerhin könnte er dazukommen. Ist schon wieder alles so gut zwischen uns? Doch davon abgesehen, gibt es den Deal mit Kolja. Also schon zwei Gründe, Julian einzuladen. Oder ein guter Vorwand.

Hi, Julian. Lade dich auf einen *Cortado* ins *Cross* ein. Mi um 11. Fiona kommt auch. Wanna come?

Ich höre, wie die Dusche im Bad abgestellt wird. Kurz darauf kommt Kolja aus dem Badezimmer, das Handtuch um die Hüfte geschlungen, nackter Oberkörper. Ich denke an Julian und dass er Kolja unbedingt besser kennenlernen muss.

»Du kannst«, sagt er.

Das Bad ist winzig und die Dusche nur mit einer Glaswand vom Waschbecken-Bereich abgetrennt. Es ist wunderbar, unter dem halbkühlen Wasser zu stehen, aber je nüchterner ich werde, desto stärker kommt die Traurigkeit zurück. Hat Noah die ganze Zeit eine Freundin in Hamburg gehabt? Durfte Leo deshalb nichts sagen? Sollte ich dann nicht froh sein, dass es vorbei ist? Dass ich noch rechtzeitig abgesprungen bin? Aber was heißt das schon, wenn ich jetzt hier bin, extra nach Hamburg gereist, um Noah zu sehen. Und dann ist seine Freundin auch noch nett und sympathisch, sodass ich sie nicht hassen kann. Stattdessen wäre ich auch gerne mit ihr befreundet. *Na toll!*

Erst als ich mich abtrockne, wird mir klar, dass ich keine frischen Sachen dabeihabe. Leider gibt es im *Motel One* auch keine Bademäntel, in die ich mich einwickeln könnte, das hätte ich mir schon denken können, als ich das künstliche Kaminfeuer in der Lobby gesehen habe. Hier ist alles günstig und auf das Einfachste reduziert. Ich schlinge mir eines der großen Badehandtücher um den Körper und wasche meine Unterwäsche, den BH und mein T-Shirt kurz im Waschbecken. Ich will die Sachen lieber halb nass als verschwitzt wieder anziehen.

Kolja liegt in Boxershorts auf dem Bett, angelehnt an das Kopfende, starrt auf sein Handy, nackter Oberkörper, ganz beschäftigt.

Ich hänge meine Wäsche an die Garderobe, vielleicht kann ich die Sachen später trocken föhnen.

»Hast *du* schon mal ein Mädchen – richtig – geküsst?«, fragt er, ohne aufzusehen.

Aha, da ist also doch noch jemand sauer wegen vorhin.

Ich setze mich neben ihn auf das Bett, auf meine Seite, lehne mich an das Betthaupt, sorgfältig darauf bedacht, dass mein Handtuch nicht abrutscht. Ich will hier keine falschen Signale setzen, ganz davon abgesehen, dass es Kolja vermutlich nicht interessieren wird.

»Nein«, gebe ich zu.

Fiona, natürlich, aber nicht mit Zunge oder auch nur mit annähernd erotischen Gedanken.

»Siehst du«, sagt er und blinzelt kurz zu mir herüber.

»Es war ja nur eine Frage.«

Für einen Moment sehen wir uns an, erstarren. Ich will Kolja küssen. Nicht, weil ich Gefühle für ihn habe, einfach um zu sehen, wie es ist. Ich bin nur neugierig. Wie seine Lippen sich anfühlen, ob er hart oder weich küsst, ob es mich erregen würde oder nicht. *Verrückter Gedanke.*

Kolja lacht leicht verunsichert. »Was ist los, Emmy?«

»Mich interessiert, wie es ist, dich zu küssen«, sage ich offen. Kolja hat diese Wirkung auf mich, ich sage sofort, was ich denke. Und ich bin anscheinend doch noch nicht ganz nüchtern.

Kolja verengt die Augen. »Okaayyy …« Doch er bewegt sich nicht von der Stelle.

»Schon gut. War nur so ein Gedanke.«

Ich seufze genervt, schließe die Augen, lasse den Kopf gegen das harte Kopfteil des Bettes sinken. Was ist nur los mit mir? Bin ich so verzweifelt, so verwirrt, so durcheinander? Warum provoziere ich Kolja, der sich mir gegenüber gerade wirklich anständig benimmt. Ich öffne die Augen und erschrecke, als Koljas Gesicht direkt vor meinem schwebt und mich ansieht. Er kommt noch ein kleines Stück näher, dann legen sich seine Lippen auf meine und küssen mich zärtlich, umfassen meine Lippen, saugen sanft. Es ist aufregend, mein Körper reagiert, auch wenn mein Verstand klar und etwas unbeteiligt bleibt. Seine Zunge streicht über meine Oberlippe, sein Mund umschließt meinen. Ich überlege, wie Julian diesen Kuss empfinden würde. Kolja ist ein guter Küsser, und wenn ich es nicht besser wüsste, würde ich sagen, er erzählt mir auch schon, wie es weitergehen könnte. Ich löse meine Lippen von seinen, lege meine Hand auf seinen Oberkörper und schiebe ihn sanft zurück.

»Danke, ich habe einen Eindruck bekommen.«

Kolja grinst breit und unverschämt frech, dann lacht er laut. »Und?«

»Kann ich weiterempfehlen, wenn du das meinst. Warum hast du das jetzt gemacht?«

Kolja wird ernst. »Ich wollte auch mal sehen, wie es ist. Für Julian, meine ich. Dich zu küssen. Hat er, also ... hat er schon mal einen Jungen geküsst?«

Kolja ist wieder leicht verunsichert, mittlerweile erkenne ich die Anzeichen, das Blinzeln, das Zucken um die Mundwinkel.

»Keine Ahnung. Ich glaube nicht.«

»Auch Noah nicht?«

Ich schicke ihm einen genervten Blick.

»War ja nur eine Frage.«

Mir wird kühl, für eine Sekunde hatte ich Noah vergessen. Die Klimaanlage läuft auf vollen Touren, ich sollte mir etwas anziehen. Ich stehe auf, nehme meine Wäsche und föhne sie im Bad trocken.

Als ich zurück aus dem Bad komme, liegt Kolja auf der Seite, die Augen geschlossen. Draußen ist es schon dunkel, ich ziehe die Vorhänge zu, lege mich auf meine Seite und lösche das Licht. Warum ist es so schwer, den richtigen Partner zu finden, warum kann ich meinem Gefühl nicht vertrauen, mit Noah, das fühlte sich so richtig an. *Und warum habe ich ihn dann weggeschickt?*

Ich sehe mit weit aufgerissenen Augen an die Decke, wo die Sprinkleranlage kleine Lichtzeichen morst, und zum roten Punkt am Fernseher, den man nicht abschalten kann, das habe ich schon versucht.

Kolja bewegt sich neben mir.

»Kannst du auch nicht schlafen?«, fragt er leise.

»Das rote Licht nervt, findest du nicht?«

Er lacht leise. »Wenn das das Einzige ist.«

Er steht auf und hängt seine Jeans so über den Fernseher, dass das Licht verdeckt ist.

»Danke. Ich fühl mich gleich weniger beobachtet.«

Kolja setzt sich zurück aufs Bett. Ich erkenne seine Umrisse im Dunkeln.

»Meinst du, es hat überhaupt Sinn?«, fragt er, und ich weiß, dass er von Julian redet. Offenbar sind wir beide gerade in derselben Stimmung. Leicht deprimiert. Ich mache Licht, Kolja blinzelt überrascht.

Ich angele nach meinem iPhone auf dem Nachttisch. »Gib mir deine Telefonnummer und Adresse. Ihr habt doch ein Zimmer frei, und Julian sucht ein Zimmer. Er könnte bei euch einziehen. Dann kann er dich auch besser kennenlernen.«

Kolja runzelt die Stirn. »Das Zimmer wollte Noah eigentlich haben.«

»Ach ja? Sieht das so aus? Ich habe eher den Eindruck, er bleibt in Hamburg.«

Ich sehe Kolja herausfordernd an, und er diktiert mir zögernd seine Adresse, Festnetz- und Handynummer. »Jetzt habe ich mehr Informationen von dir, als ich von Noah habe«, sage ich mehr zu mir selbst.

Kolja grinst. »Was soll ich sagen? Ich habe *dich* geküsst statt Julian.«

Wir lachen beide, auch wenn es eher aus Verzweiflung ist.

Kolja steht auf und sieht sich um. »Ich habe Durst. Gibt es hier eigentlich keine Minibar?«

»Nein, schon nachgesehen.«

Er nimmt sein Handy.

»Was spielen? 'ne Runde *Quizduell*?«

»*Quizduell?* Was ist das?«

»'ne App. Ein Spiel!«

Und so kommt es, dass wir die halbe Nacht auf dem Bett sitzen und versuchen, uns gegenseitig in *Quizduell* zu schlagen. Wodurch ich erfahre, dass Kolja sich am besten in *Macht und Geld* und *Im Labor* auskennt und ich Experte in *Musik und Hits* und *Kunst und Kultur* bin.

»Wir sind das perfekte Team«, sage ich und stöhne, weil Kolja natürlich wieder seine Lieblingsdisziplin gewählt hat.

»Woher soll man wissen, wie viele Ecken ein Dekagon hat?«, sage ich. Das hört sich verdammt nach Mathe an, und darin war ich noch nie gut.

»Ganz einfach. Deka heißt zehn auf Griechisch«, sagt Kolja entspannt.

»Oh, wie konnte mir das entfallen. Dann heißt deka-dent wohl: *zehn Zähne.*«

»Nein, das kommt von *cadere*, lateinisch *fallen*, und heißt *kulturell im Verfall oder Niedergang begriffen*. Deine Bildung zum Beispiel.«

Ich sehe von meinem iPhone auf. »Du warst auf einem humanistischen Gymnasium und ich auf einem mit künstlerischem Schwerpunkt. Das ist der einzige Unterschied, Klugscheißer.«

Kolja grinst. »Okay, der Antrag auf Freundschaft ist angenommen. Und übrigens: Ich habe gewonnen.«

SECHS

Emmy

»Du fährst also tatsächlich wieder Motorrad«, sagt Fiona und schiebt ihre Sonnenbrille nur so weit von der Nase, dass sie mich fragend ansehen kann. Ich nehme den Helm ab und lege ihn auf die Bank vor dem *Coffee Cross*.

»Ja, das ist wie beim Reiten, man steigt einfach wieder auf.«

Ich ziehe die Lederjacke aus, und Fiona legt den Kopf schief.

»Ist das Sweatshirt neu?«

»Nein.«

Es ist nicht neu, sondern von Noah, er hat es mir damals am See geliehen, und ich musste es heute Morgen einfach anziehen. Ich liebe den Geruch, doch so richtig zugeben will ich das nicht, daher führe ich das vor Fiona nicht weiter aus.

Ich bemerke Julians Ledertasche, aber ich sehe ihn nirgends. Fiona deutet in den Laden und grinst.

»Da ist eine neue Bedienung.«

Ich werfe einen Blick ins Café. Julian steht an der Theke und unterhält sich mit einem jungen Spanier, während der alte Spanier in der Küche hantiert.

»Und?«

»Irgendwann muss er ja über Noah hinwegkommen.«

Ich zucke leicht zusammen und vielleicht auch ganz unsichtbar und innerlich, als Fiona seinen Namen ausspricht, und im nächsten Moment fällt mir auf, was sie meinen könnte.

»Flirtet er?«

»Schon die ganze Zeit. Er wollte ja eigentlich nur unsere Kaffees bestellen, aber ich sitze hier schon seit zehn Minuten vernachlässigt in der Sonne.«

Ich setze mich leicht beunruhigt. Dass Julian sich auf einmal für irgendwelche spanischen Barista interessiert, ist nicht Teil des Plans.

»Du hast Leo«, sage ich und schiele von meinem Platz wieder zum Tresen. »Wer in einer Beziehung steckt, darf sich nie wieder beklagen, dass seine Freunde ihn vernachlässigen. Wie lange hast du nicht mehr in deinem Bett geschlafen?«

»Gerade gestern, wobei mir einfällt: Wo warst du noch mal?«

Es ist nicht sehr warm, und ich glühe trotzdem.

»Bei Noah?«, platzt Fiona etwas zu laut heraus, und ich werde noch röter. Im Grunde stimmt es ja, ich war bei Noah in Hamburg, aber eigentlich stimmt daran natürlich überhaupt gar nichts. Für einen kurzen Moment überlege ich zu lügen, aber die Wahrheit ist schon verrückt genug. Und dann hatte ich mir seit dem Streit mit Julian geschworen, von nun an immer die Wahrheit zu sagen. Oder meistens.

»Nein«, sage ich daher erst einmal nur, und zum Glück kommt Julian in diesem Moment mit einem Tablett mit *Café Cortados* nach draußen, und ich muss es nicht weiter erklären.

Auch Julian glüht. Wir begrüßen uns freundlich und leicht distanziert, da wir immer noch nicht richtig über alles geredet haben und sich unsere Freundschaft in einer Art Heilungsphase befindet.

»Ich war am Montag beim Picknick auf der WiWiss-Wiese, wo warst du?«, sage ich betont munter.

Er sieht mich an, Augenbrauen hochgezogen, und erinnert mich stark an Kolja. »Was hast du denn da gemacht?«

»Was ist die WiWiss-Wiese, und was habe ich nicht mitbekommen?«, fragt Fiona und schnappt sich einen Kaffee vom Tablett. Sie kann es nicht haben, wenn sie nicht weiß, was abgeht.

»Da war ein queeres Sommerpicknick, und ich dachte, ich würde Julian dort treffen.«

»So eine Art Blind Date im großen Stil?«, fragt Fiona.

»Einfach ein Picknick«, sage ich und überlege, wie ich nun auf Kolja komme.

Fiona deutet auf das Tablett, genauer auf eine Papierserviette mit einer Telefonnummer.

»Ist die von dem schnuckeligen Spanier, mit dem du dich die ganze Zeit unterhalten hast?«

Julian faltet die Serviette und steckt sie in seine Tasche.

»Er hat einen Freund, der einen Freund hat, der vielleicht eine Wohnung für mich hat.«

»Verstehe«, sagt Fiona und nimmt genüsslich einen Schluck von ihrem Kaffee. Sie rührt den *Café Cortado* nie um, sondern löffelt die Kondensmilch zum Schluss aus dem Glas. Während sie sich entspannt, sehe ich den zweiten Teil meines Plans gerade zu Staub zerfallen, doch ich will nicht aufgeben, es ist alles so genial vorbereitet.

»Apropos Wohnung, Julian. Ich weiß, wo ein Zimmer frei wird. Ich meine nur, weil der Musiker doch bald zurückkommt.«

Julian starrt abgelenkt ins Café. »Ja, wo denn?«

»Bei, also ... es ist eine größere WG, vier Leute, und die Wohnung muss der Wahnsinn sein. Altbau, Schöneberg.«

»Vier Leute?«, sagt Julian skeptisch.

Ich nehme die Hände hoch. »Ich dachte nur. Ich meine, wenn du lieber wieder zu deinen Eltern zurückziehen willst ...«

Was ein wenig gemein ist, da es ein Albtraum für Julian wäre, wieder in die Villa seiner Eltern ziehen zu müssen.

»Wie hast du davon gehört?«, fragt Fiona.

»Beim Picknick. Ganz zufällig. Ich habe gesagt, dass du vielleicht Interesse hast. Vielleicht. Ich dachte, wir könnten uns die Wohnung heute ansehen. Nur mal so.«

»Jetzt?«

»Nachher. Sie sind da. Also, die Leute in der WG. Einer auf jeden Fall.«

Julian überlegt einen Moment.

»Okay. Warum nicht«, sagt er entspannt, und ich atme erleichtert auf.

»Gut, dann sag ich Bescheid. So in einer Stunde?« Ich wende mich an Fiona. »Kommst du auch mit?«

»Okay.«

Ich hatte Kolja gesagt, so gegen Mittag, und bestätige den Termin per SMS. Ich sehe, dass er mir eine Spielanfrage zum *Quizduell* geschickt hat, und kann nicht widerstehen.

»Welcher Stern gehört nicht zum Sternbild Orion?«

Julian und Fiona sehen mich irritiert an. Okay, nicht die Art von Fragen, die ich sonst immer stelle. »Schnell!«

Ich halte Julian das Display hin, und er tippt auf *Sirius*.

Richtig.

»Woher weißt du das?«

Julian zuckt lässig mit den Achseln. »Weiß doch jeder, oder?«

Fiona winkt ab. »Also ich nicht. Was ist das? Ein Spiel?«

»Ja, eine App.«

»Gegen wen spielst du?«

»Ach«, sage ich, »da kann man gegen jeden spielen. Im Netz. Ganz egal.«

»Kann ich mal sehen?«, fragt Julian. Ich wusste, das ist die zweite Sache, mit der ich ihn kriegen kann.

Ich erkläre ihm kurz, wie das Spiel funktioniert, dass er nur wenige Sekunden für die Antwort hat, verschiedene Wissensgebiete wählen kann und sechs Runden gespielt werden.

»Du kannst das Spiel gerne zu Ende machen«, sage ich und versuche, mir meine Aufregung nicht anmerken zu lassen. Julian spielt gegen Kolja. Und ohne zu wissen, gegen wen er spielt, packt ihn der Ehrgeiz, das Spiel zu gewinnen.

»Puccini komponierte *La Bohème*, oder?«

Ich nicke, richtig, Julian jubelt. Am Ende gewinnt er. Teamwork, würde ich sagen.

»Das muss ich mir auch holen«, beschließt Julian, sucht auf seinem iPhone nach der App und registriert sich.

»Und welchen Namen hast du?«

Ich sage Julian meinen Nutzernamen und Koljas. *Psycho999*.

»Der ist besonders stark bei Politik und Naturwissenschaft.«

Julian nickt.

»Alles klar, können wir nun wieder zurück zum analogen Leben kommen?«, murrt Fiona.

Ich nehme endlich entspannt meinen Kaffee, rühre um und trinke. Mein Verkupplungsplan läuft, wenn auch ganz anders, als ich gedacht habe.

Um eins machen wir uns auf. Julian und Fiona fahren im Beetle, ich auf meiner XT. Sie fahren hinter mir her, ich kenne den Weg.

Schöneberg ist einer meiner Lieblingsbezirke in Berlin. Es gibt einen ruhigen Kiez, tolle Restaurants und Läden, aber wenn man will, kommt man von dort sowohl schnell nach Berlin Mitte oder auch in den Süden der Stadt. Und die Uni ist auch nicht so weit weg. Das alles preise ich Julian an, während wir auf ein fünfstöckiges Mietshaus mit prächtigem Stuck zulaufen. Ich suche Koljas Namen auf dem Klingelbrett.

»Weißt du eigentlich, wer hier alles wohnt?«, stellt Fiona die längst überfällige Frage. Ich ziehe sie etwas beiseite und flüstere es ihr ins Ohr. Sie starrt mich fragend an, aber es ist keine Zeit für lange Erklärungen, denn ich habe schon geklingelt.

»Emmy?«, höre ich Koljas Stimme leicht verzerrt durch die Gegensprechanlage. »Hast du meine Nachricht bekommen?«

»Ja«, sage ich schnell und drücke die Tür auf, als es schnarrt.

»Welche Nachricht?«, fragt Fiona, die, seit ich den Namen Kolja erwähnt habe, etwas misstrauisch ist.

Ich lache nervös. »Keine Ahnung. Gehen wir erst mal hoch.«

Im dritten Stock steht die Tür offen. Ich höre Stimmen und bleibe abrupt stehen.

»Noah?«, fragt Fiona, und mir wird klar, welche wichtige Nachricht ich übersehen habe.

Kolja kommt aus einem der hinteren Räume.

»Hey!«, begrüßt er Julian und Fiona mit einer allumfassenden, lässigen Geste. Nur ich merke, wie aufgeregt er ist.

»Hallo, Kolja, hier wohnst du also«, sagt Fiona, als hätte er sich die letzten Jahre irgendwo versteckt.

»Ihr kennt euch ja«, sage ich und lächele leicht entschuldigend zu Julian.

»Du wärst sonst nicht mitgekommen, aber er ist ganz nett«, flüstere ich ihm leise zu, als Kolja und Fiona vorgehen.

»Wieso wäre *ich* nicht mitgekommen?«, flüstert Julian zurück. »Ich dachte, *wir* können ihn nicht leiden.«

Wir betreten hinter Fiona und Kolja das große Berliner Zimmer der Wohnung.

»Hi, Emmy«, sagt Noah, und etwas in meinem Magen zieht sich sehnsuchtsvoll und gleichzeitig panisch zusammen. Dass Noah hier ist, heißt, dass an meinem Plan mit Julian etwas schiefläuft. Gleichzeitig freue ich mich so, ihn zu sehen, dass ich fast vergesse, dass es keinen wirklichen Grund dafür gibt. Wir sind nicht zusammen. Er hat eine Freundin. Aber das ist es, was meine Gefühle für Noah ausmachen. Ich kann nichts dagegen tun. Egal, ob mir das passt oder nicht. Ich bin machtlos.

»Du wohnst also auch hier?«, sagt Julian mit Blick auf Noah und sieht fragend zu mir mit diesem *Was-soll-das-nun-wieder?*-Blick.

Keine Ahnung. Echt nicht!, morse ich mit meinen Augenbrauen zurück.

»Du kommst wegen dem Zimmer?«, sagt Kolja zu Julian und macht gleichzeitig eine entschuldigende Geste zu Noah. »Ich war mir nicht sicher, ob du das Zimmer nimmst.«

Julian folgt Kolja in eines der Zimmer nach vorne heraus, und Fiona begibt sich allein auf Wohnungsbesichtigung.

Die Wohnung ist unglaublich. Das Berliner Zimmer ist offenbar der Gemeinschaftsraum mit einer riesigen Sitzgruppe, einem Beamer, einer großen Stereoanlage und einer Wand von Büchern. Aber das nehme ich nur aus den Augenwinkeln wahr, während Noah auf mich zukommt. Ich hatte vergessen, wie gut er aussieht. Und mir fällt ein, dass ich sein Sweatshirt anhabe. Ich ziehe die Lederjacke etwas zu, doch ich bin mir sicher, dass Noah sein Shirt schon erkannt hat.

»Hallo, Noah. Also, dein Sweatshirt, ich …«

»Schon okay. Du kannst es behalten.«

Ich werde rot, *erwischt*, aber Noah tut so, als würde er es nicht bemerken und als wäre es normal, dass ich in seinem Shirt herumrenne. Er nickt zu meinem Motorradhelm, den ich in der Hand halte.

»Kannst du wieder fahren?«

»Ja, alles wieder okay.«

»Und Julian? Will er hier einziehen?«, fragt er mit gesenkter Stimme.

»Ich dachte, du gehst zurück nach Hamburg.«

Er nickt. »Bin ich auch. Um dort den Umzug zu regeln.« Es klingt ein wenig vorwurfsvoll.

»Dann bleibst du jetzt hier?«, frage ich sicherheitshalber.

»Ja. Das war die Idee.«

Wir sehen uns an. Es gibt so vieles, über das ich mit Noah reden will, aber nichts passt in diesem Moment.

»Wie geht es dir?«, fragt er.

»Gut. Sehr gut.«

Eine glatte Lüge. Ich vermisse ihn, ich habe nach unserem letzten Treffen im Segelclub vor einer Woche nur unter Liebeskummer gelitten, ich bin ein emotionales Wrack.

Wir schweigen einen Moment.

Noah fährt sich durch das kurze Haar, ich kenne die Geste. *Verlegenheit.*

»Wir bleiben Freunde, oder?«, sagt er leise, und mir schießen die Tränen in die Augen, weil ich so froh bin, dass er das sagt, und gleichzeitig spüre, dass es so viel weniger ist, als ich mir wünsche. Aber ich bin selber schuld, ich habe mich von ihm getrennt.

»Ja, natürlich.« Ich schlucke. »Ich kann eine gute Freundin sein.«

Noah nickt. »Ich weiß.«

Kolja kommt mit Julian zurück in den Gemeinschaftsraum.

»Das Zimmer ist großartig«, sagt Julian, und ich merke, wie gut ihm die ganze Wohnung gefällt. Er blickt zu Noah. »Aber du wolltest hier einziehen, oder? Das wusste ich nicht.«

»Tja, ich ...«, sagt Kolja und sieht Hilfe suchend zu mir.

»Kann ich kurz mit dir sprechen?«

Noah und Julian schauen sich verwundert an. Ich folge Kolja in den Flur, außer Hörweite, trotzdem flüstern wir.

»Ich habe dir gesimst. Noah hat alles mit Till geklärt, ihm das Hochbett abgekauft, ich wusste das nicht.«

»Und jetzt?«

»Ich muss Noah das Zimmer geben.«

Ich nicke. So sehe ich das auch.

»Aber dann kann ich ihn für dich auskundschaften. Soll ich nach der Freundin fragen?«

»Nein, nein«, sage ich und bin mir ganz sicher.

Wir stehen einen Moment unentschlossen im Flur, und ich weiß, dass Kolja gerade von der Idee Abschied nimmt, hier mit Julian zu wohnen. Und es fällt ihm nicht leicht.

»Du bist übrigens verdammt gut in *Quizduell* geworden«, sagt er.

»Ich hatte Hilfe.«

»Ist JUJU22 der, für den ich ihn halte?«

»Er ist gut, oder?«

»Ja. Wir texten uns schon.«

Ich lächele. »Das kann eine Version von *E-Mail für dich* werden. Ich habe ihm nicht gesagt, dass du es bist.«

Kolja stöhnt, und wir müssen beide lachen. Wir sind die schlechtesten Verkuppler, die die Welt je gesehen hat.

Im Berliner Zimmer warten die anderen. Fiona steht vor dem Bücherregal und sieht sich die Buchtitel an. Hält sich also raus.

»Tja«, sagt Kolja. »Das war ein Missverständnis. Ich habe Emmy gesagt, dass das Zimmer noch frei ist, weil ich nicht wusste, dass Noah schon alles mit Till geklärt hatte.«

»Alles klar«, sagt Julian, macht einen Schritt zurück und hebt die Hände.

»Stimmt nicht ganz«, sagt Noah zu Kolja. »Ich hätte dir Bescheid sagen müssen. Wenn Julian ...«

»Also was jetzt?«, sagt Fiona, die als Einzige einen klaren Kopf in der Sache bewahrt.

»Ich zeige dir mal den Rest, vielleicht willst du nicht mehr einziehen, wenn du die Küche gesehen hast«, sagt Kolja, lächelt charmant und flirtet unglaublicherweise mit Julian.

Die beiden gehen durch das Berliner Zimmer in den hinteren Teil der Wohnung.

»Die Küche ist toll«, sagt Noah und grinst. »Da gibt es nichts, was einem nicht gefallen könnte, die ist sogar sauber.« Wir lachen beide, und ein Schwarm kleiner Vögel fliegt in meinem Magen auf. Die Verliebtheit ist einfach zurückgekehrt, so als hätte es nie Missverständnisse oder Trennungen gegeben.

Noah beugt sich leicht zu mir. »Hör mal, wenn Julian das Zimmer will ... ich kann noch 'ne Weile bei Leo wohnen. Ich finde bestimmt was anderes.«

»Ich halt mich da raus«, sage ich. »Du bist jetzt auch mein Freund, da kann ich keinen vorziehen.«

Noah lächelt. »Ich sehe schon, es ist ein Vorteil, dein Freund zu sein.« Er schaut kurz weg, lässt den Blick durch das Zimmer schweifen, dann zurück zu mir. »Es tut mir übrigens leid, dass ich auf diesem Charity-Ding im Segelclub so schnell abgehauen bin. Es war nur ... ich hatte keine Lust, meine Eltern zu treffen.«

»Wegen Julian und deiner Rolle als sein Lover?«

»Nein, nein, das wäre mir egal gewesen. Mein Vater und

ich, wir verstehen uns gerade nicht besonders.« Er blinzelt. »Hattest du noch Spaß mit ... wie hieß er noch?«

»Johannes. Ja, wir haben uns köstlich amüsiert. Leider musste ich irgendwann in die Küche und abwaschen, während er die Tombola-Lose ziehen durfte. Du wurdest übrigens auch am Beamer vermisst.«

Noah lächelt auf seine besondere Art, ganz fein und leicht. »Hat der Typ aus dem Club also bis zum Schluss nicht gemerkt, dass wir nicht zum Personal gehören? Wobei – mit dir abwaschen, da habe ich wohl was verpasst.«

Wir spinnen die Vorstellung noch ein bisschen weiter, auch wenn ich weder abgewaschen noch mich mit Johannes amüsiert habe, sondern kurz nach Noah traurig und durcheinander nach Hause gefahren bin. Und ganz klar flirten wir miteinander.

»Ich werfe eine Münze«, sagt Kolja, als er merkt, dass sowohl Noah als auch Julian das Zimmer gerne nehmen würden, aber dem anderen den Vortritt lassen wollen. Ich weiß schon nicht mehr, was ich mir wünsche.

»Kopf«, sagt Noah, und Julian nickt. »Zahl.«

Kolja wirft die Münze hoch, schnappt sie geschickt aus der Luft, klatscht sie auf seinen Handrücken und deckt auf.

»Kopf!«, sagt Julian, und ich höre die Enttäuschung in seiner Stimme. Seltsam, ich hätte schwören können, dass er noch auf dem Weg hierher sicher war, dass er auf keinen Fall in eine WG ziehen will. Kolja lässt sich nicht anmerken, ob ihm die Entscheidung passt oder nicht, aber Noah atmet unauffällig erleichtert auf.

»Na dann – willkommen bei uns«, sagt Kolja zu Noah.

SIEBEN

Noah

Erst jetzt realisiere ich es vollständig. Alle sind wieder gefahren, und Kolja und ich sind allein in dieser gigantischen WG. *Wahnsinn, ich habe das Zimmer.* Ich kann einziehen.

Ich hole den Pritschenwagen und parke ihn in der zweiten Reihe vor dem Haus. Parkplätze sind in der Gegend echt ein Problem.

Auf der großen Ladefläche sehen meine Sachen fast verloren aus. Zehn Umzugskisten, zwei Wäschesäcke, eine Stehlampe, eine Tischplatte mit Böcken und meine große Matratze. Es ist seltsam, wie wenig man braucht, um irgendwo ein neues Leben anzufangen. Hier. An der Uni, in der vertrauten Stadt. Dafür bin ich hergewechselt und – für Emmy. Mein Herz hat wie immer verrücktgespielt, als ich sie gesehen habe. *Freundschaft?* Warum habe ich das gesagt? Aber was hätte ich ihr sonst anbieten können, nachdem sie mit mir Schluss gemacht hat? Es ist immerhin ein Anfang.

Nach einer Stunde haben wir die Sachen oben. Ich wische mir mit dem Schweißband über die Stirn. Vielleicht sollte ich es immer tragen, denn wie soll ich Emmy und allen anderen erklären, warum ich das getan habe? Wir sind kein Paar. Auch wenn ich dazu stehe. Hundert Prozent.

»Wann musst du den Wagen wegbringen?«, fragt Kolja.

»Erst heute Abend.«

Wir stehen in meinem neuen Zimmer, einem riesigen, hellen Altbauzimmer mit Parkettfußboden, Stuck an der Decke und einem Balkon. Meine Kisten sind in dem großen Raum verteilt und sehen noch verlorener aus als auf der Ladefläche des Sprinters. Das Zimmer ist bestimmt über vierzig Quadratmeter groß. Ich blicke zum Hochbett, eher einer Hochebene. Kolja folgt meinem Blick.

»Till hat das selbst gebaut. Er will das Studium abbrechen und eine Lehre als Tischler in Lübeck anfangen. Hat er viel dafür verlangt?«

»Zweihundert Euro.«

»Das ist fair, so viel hat ihn schon allein das Material gekostet. Sollen wir die Matratze noch zusammen nach oben legen?«, bietet Kolja an.

Die Matratze ist leicht, aber mit zwei mal zwei Metern sperrig, daher bin ich dankbar für die Hilfe. Danach setzen wir uns nach oben und sehen runter.

»Irre Aussicht«, sage ich und stelle mir vor, hier mit Emmy zu schlafen, zu sehen, wie sie aufwacht, ihren leicht verhangenen Blick, ihre zerzausten Morgenhaare. Warum habe ich sie gefragt, ob wir Freunde sein wollen? Weil es nicht nur um Sex geht. Obwohl der großartig war.

»Sind das all deine Sachen?«, fragt Kolja und holt mich aus meinen Gedanken.

»Ich habe noch ein Motorrad bei meinen Eltern stehen, das würde ich gerne noch hierherholen. Gibt es eine Möglichkeit, es in den Hof zu stellen?«

Kolja überlegt. »Also, im Sommer kannst du es auf der Straße abstellen und im Winter vielleicht nach hinten bringen. Ich frag den Vermieter noch mal. Was ist das für eine Maschine?«

»Eine KTM-Cross-Maschine. Das Problem ist nur, dass sie ziemlich im Arsch ist.«

»Was ist denn kaputt?«

»Ehrlich gesagt, so genau weiß ich das nicht.«

Koljas Blick fällt auf meinen Unterarm, die feine Narbe, die sich über meinen Ellenbogen zieht.

»Ich hatte einen Unfall, bin drei Jahre nicht gefahren.«

Kolja sieht mich an, fragend, abwartend. Wenn man ihn nicht gut kennt, ist er spöttisch, sehr direkt, fast grob, aber wenn man mit ihm allein ist, möchte man sich ihm anvertrauen.

»Sieht nach ein paar Verletzungen aus. Bei einem Rennen?«

»Nein. Ganz normal im Straßenverkehr. Wobei ... ich erinnere mich an nichts.«

Ich spüre einen Stich in meinem Kopf. Ich rede nicht gerne darüber, es ist der Albtraum, der mich verfolgt.

Kolja mustert mich ernst. »Dann würde ich sagen: Glückwunsch, dass du überlebt hast.«

Wir steigen von der Hochebene und gehen in die Küche, wo ich den Mietvertrag unterschreibe.

»Tut mir leid wegen dem Chaos«, sagt Kolja, und er meint ganz sicher nicht die Küche, denn die ist aufgeräumt.

»Schon okay, ich hoffe, es ist in Ordnung, dass ich jetzt hier einziehe.«

»Klar, Hauptsache, du hältst dich an die Spielregeln. Also nur gleichgeschlechtliche Lover in dieser Wohnung.«

Ich sehe auf. »Was?«

Kolja lacht. »Ein Scherz, Mann. Wir haben hier nur einen Küchen- und Badputzplan, in den du dich eintragen solltest, der Rest ist Freiheit.«

Verstehe.

»Und der Gemeinschaftsraum? Kann ich den Beamer benutzen? Oder eine Platte auflegen?«

Kolja nickt. »Das meiste in diesem Raum hat sich in den Jahren angesammelt und gehört nun der WG. Der Plattenspieler ist meiner, für den Beamer haben wir zusammengelegt. Das Bücherregal sollten wir mal aussortieren, da steht eine Menge Schund drin, aber wir sind noch nicht dazu gekommen. Eigentlich sehen wir uns einmal die Woche zusammen eine DVD an, aber gerade ist alles etwas in Auflösung, weil Mia eine Fernbeziehung hat und meistens in Köln ist und Sven in den Semesterferien nach Schweden fährt und keine Ahnung wann zurückkommt.«

Ich denke an den DVD-Abend bei Julian. Im Nachhinein betrachtet war das ein Horror-Tag, da ich weder gemerkt hatte, dass Julian etwas von mir wollte, noch wusste, dass Emmy kurz vorher gegangen war, aber alles andere hat mir gut gefallen. Zusammen einen Film sehen, sich danach darüber unterhalten. Ich denke an Emmy. Ich will sie in nächster Zeit so oft wie möglich sehen.

»Wir könnten doch Leute zum Heimkino einladen. Julian hat das vorher immer bei sich gemacht, aber er ist ja jetzt bei seinen Eltern ausgezogen.«

Kolja blinzelt. »Hat Emmy dir irgendwas erzählt?«

Ich habe keine Ahnung, wovon er spricht. »Was sollte sie mir erzählt haben?«

»Schon gut. Ich dachte nur, sie und Julian ...«

»Ja, da gab es Probleme.«

Kolja grinst. »Julian war in dich verknallt, du in Emmy, Emmy in dich ... oder?«

Er sagt es so, als ob es Vergangenheit wäre.

»So in etwa.« Ich hätte nicht gedacht, dass sogar Kolja das mitbekommen hat.

»Auch einen Kaffee?«, fragt er, steht auf und füllt Wasser in eine Kaffeemaschine.

»Ja, gerne.«

Mir fällt der geniale Kaffee von Fiona ein, die Zeit in der WG mit Emmy. Damals war alles offen. Und jetzt?

Kolja stellt Tassen auf den Tisch.

Ich fahre mir durch die Haare, eine Geste, die ich mir angewöhnt habe, als sie länger waren.

Kolja reißt den Kühlschrank auf. »Milch?«

»Ja.«

Sein Handy liegt auf dem Tisch und brummt. Er greift danach.

»Sorry, ich bin mitten in einem Spiel.«

Während Kolja spielt, gieße ich uns Kaffee ein, nehme mir Milch.

»Bist du gut in Sport?«, fragt er. »Wissenstechnisch?«

Ich zucke mit den Schultern. »Kommt ganz auf die Sportart an.«

»Kinofilme?«

»Ja.«

»Welcher Schauspieler gewann einen Oscar für seine Hauptrolle in *Zwölf Uhr mittags*?«

»Gary Cooper.«

Kolja tippt. »Ey, richtig. Bleib jetzt bloß in meiner Nähe.«

»Gegen wen spielst du?«

»Jemand im Internet. Willst du mal?«

Er reicht mir sein Handy.

»Nein, ich fahr mal los und bring den Wagen zurück.«

»Wohin denn?«

»Kreuzberg.«

Kolja legt das Handy weg und trinkt einen Schluck Kaffee. »Hey, weißt du was?«, sagt er und grinst breit. »Warum holen wir dein Motorrad nicht jetzt ab? Jetzt hast du einen Laster.«

Als ich den Sprinter starte, springt das CD-Laufwerk an, und *Black Sun* dröhnt uns entgegen. Ich habe den Song praktisch auf der ganzen Fahrt von Hamburg nach Berlin gehört.

»Geil! Was ist das?«, fragt Kolja.

»*Kadavar*. Berliner Band.«

Ich nehme den Weg über die Berliner Stadtautobahn. Wir hören laut Musik, und ich versuche mich auf die Begegnung mit meinen Eltern vorzubereiten. Beide haben am Mittwochnachmittag ihre Praxen geschlossen. Meine Mutter hat ihre Praxis im Haus, also könnte sie da sein. Bei meinem Vater ist es eher unwahrscheinlich. Seine Praxis am Ku'damm ist zwar geschlossen, aber meist operiert er in einer Privatklinik in Dahlem. Wenn dann ein Termin ausfällt, kommt er allerdings gerne auf einen Kaffee nach Hause. Sollte ich vorher anrufen? Ich drehe die Musik leiser.

»Kolja? Ich habe einen Schlüssel, aber ich klingele und

schau mal, ob meine Mutter da ist. Die Maschine steht in der Garage, ich hoffe, sie lässt sich noch schieben.«

Kolja mustert mich von der Seite. »Hast du ein gutes Verhältnis zu deinen Eltern?«

»Wieso?«

»Na ja, du wirkst ein wenig gestresst.«

»Ja, mein Vater und ich verstehen uns gerade nicht so gut. Aber sonst ist alles cool. Sie haben es nur nicht so gerne, wenn ich spontan vorbeikomme.«

Kolja holt sein Handy raus. »Soll ich anrufen?«

»Schon okay. Wir sind eh gleich da.«

Ich biege in die Thielallee ein. Wenn sie erfahren, dass ich in Berlin studiere, wird das Thema aufkommen, warum ich nicht wieder bei ihnen einziehe. In das riesige Haus.

»Hey, so nah an der Uni wohnen deine Eltern?«

»Ja. Und sag jetzt nichts.«

Kolja lacht rau. »Schon klar. Ich könnte auch nicht bei meinen Eltern wohnen. Sie sind nett, aber ... ging echt nicht.«

Die Straße ist eng und vollgeparkt, und ich muss den Wagen ein paar Hausnummern entfernt abstellen. Wir laufen zu dem großen Einfamilienhaus zurück. Ich klingele und sage meiner Mutter durch die Sprechanlage, dass ich es bin. Als wir auf das Haus zugehen, steht sie in der Tür, sommerlich angezogen in heller Caprihose und Bluse, die Haare ordentlich frisiert und sorgfältig geschminkt. Dieses Gen habe ich eindeutig nicht geerbt, meine Jeans ist dreckig vom Umzug, mein T-Shirt verschwitzt, und die Haare sind nur deshalb ordentlich, weil sie raspelkurz sind.

Obwohl sie meine langen Haare nie gerne gesehen hat,

ahne ich, dass ihr der neue Haarschnitt noch weniger gefallen wird. Und richtig.

»Noah, was hast du mit deinen Haaren gemacht?«

Nun, das ist ja wohl offensichtlich. Wir umarmen uns leicht.

»Hi, Mama, das ist Kolja.«

Kolja lächelt und reicht ihr seine Hand, sie begrüßen sich höflich.

»Ich wollte das Motorrad abholen, es hat sich gerade angeboten, weil ich einen Laster habe. Hat Nele dir erzählt, dass ich nach Berlin ziehe?«

Sie nickt. »Wollt ihr was trinken? Kaffee, Wasser?«

Kolja sieht fragend zu mir, und ich nicke leicht.

»Ja, gerne.«

Meine Mutter führt uns in den großen Wohnraum, die Tür zur Bibliothek steht offen.

»Ich mach mal einen Espresso«, sagt sie.

Kolja sieht sich um und pfeift leise durch die Zähne, als sein Blick in die Bibliothek und auf die große Bücherwand fällt. Ich schiebe die Glastür ganz auf, die Wohnraum und Bibliothek verbindet.

»Hauptsächlich Fachbücher. Du kannst dich gerne einlesen.«

»Noah? Kommst du mal kurz?«, ruft meine Mutter, und ich gehe in die Küche.

Meine Mutter steht mit dem Rücken zu mir und hantiert an der kleinen Espressomaschine herum, die Nele und ich meinen Eltern zu Weihnachten geschenkt haben. Ich sehe sie zum ersten Mal, Nele hat sie besorgt und abgeschickt.

»Macht die guten Kaffee?«

Sie legt ein Kaffeepad ein, stellt eine Tasse unter die Maschine, schaltet sie aber nicht ein, sondern dreht sich zu mir um. Ihr Blick ist interessiert und betont freundlich.

»Ist das dein neuer Freund?«

»Kolja? Ja. Ich ziehe bei ihm ein«, sage ich.

Sie sieht mich fragend an, und erst dann verstehe ich, dass sie die Situation falsch deutet. Ich war nie, auch nur im Ansatz, an Jungs interessiert. Seit ich fünfzehn bin, habe ich Mädchen angeschleppt, und seit ich sechzehn bin, habe ich nicht nur in fast jedem Zimmer hier im Haus, sondern auch im Garten Sex mit ihnen gehabt. Gut, dann waren meine Eltern meist nicht da, aber glaubt meine Mutter wirklich, ich wäre jetzt auf einmal mehr an Männern interessiert?

»Bist du deshalb im Segelclub so schnell verschwunden?«, fragt sie vorsichtig. »Ich habe mit der Mutter dieses Jungen gesprochen. Julian. Ich dachte, ihr seid zusammen.«

Ah, alles klar, daher weht der Wind.

»Nein.«

Sie nimmt mich am Arm und zieht mich beiseite, obwohl wir in der Küche allein sind.

»Noah. Du weißt, wir sind tolerant. Aber bitte, pass auf dich auf. Es mag in den letzten Jahren nicht mehr viel im Gespräch sein, aber in meiner Praxis bekomme ich es immer wieder mit, wie lässig die Jugendlichen mit Verhütung geworden sind. Als ob es Aids nicht geben würde. Da gibt es eine Szene, gerade unter Homosexuellen ... nicht dass ich mich damit auskennen würde, aber du weißt schon, dass ...«

Sie harten Sex haben? Auch ungeschützt? Mit fremden Männern in Clubs, in Hinterräumen oder auf der Herrentoilette? So viel weiß ich. Aber davon bin ich wirklich Lichtjahre entfernt. Kennt sie mich so schlecht?

»Mama, ich bin nicht schwul. Kolja kenne ich von der Uni.«

Obwohl sie es gut versteckt, merke ich, dass sie erleichtert ist. »Ah so.« Sie lässt mich los. »Ich meine, denk nicht, dass mich das stören würde. Oder uns.«

»Genau. Euch stört nur, dass ich nicht Medizin studiere.«

»Wovon redest du?«

»Papa meinte, er wird mir kein Studiengeld mehr zahlen, wenn ich den Studiengang nicht wechsle wie besprochen.«

»Hat er das gesagt? Der beruhigt sich schon wieder. Wir sind doch dazu verpflichtet.«

Ich sehe sie skeptisch an. »Das klingt nicht gerade nach jubelnder Begeisterung.«

Sie muss lächeln. »Ja, stimmt.« Dann wird sie ernst. »Du weißt, dass die Praxis für ihn sein Ein und Alles ist. Er hat so viel aufgebaut und auf so vieles verzichtet, um an diesen Punkt zu kommen. Das waren keine einfachen Jahre. Und die Praxis ist eine Goldgrube. Jetzt, wo es läuft.«

»Die würde ich sowieso nicht übernehmen.«

»Okay, das müsst ihr miteinander klären«, sagt sie kurz, und ich höre heraus, dass auch sie meine Entscheidung nicht versteht. Sie dreht sich zurück zur Espressomaschine und beendet damit das Gespräch. Unsere Familie ist nicht gerade für ihre Herzlichkeit bekannt, eher kühle Professionalität – in allem.

Ich gehe zurück ins Wohnzimmer zu Kolja, der halb auf der Lehne eines Ledersessels sitzt und in einem Buch blättert.

Er hält es hoch, als ich komme: *Roche. Lexikon Medizin.*

»Was Interessantes gefunden?«, frage ich, obwohl ich es mir nicht vorstellen kann.

»Hab mal bei Homosexualität nachgeschlagen. Ich zitiere: *Eine Therapie-Notwendigkeit besteht allenfalls bei mangelnder Selbstakzeptanz und ist ausschließlich auf diese gerichtet, keinesfalls auf Umpolungsversuche in Richtung heterosexuellen Verhaltens.*« Er grinst. »Da ist man richtig beruhigt, oder?«

Ich frage mich, ob er das Gespräch in der Küche mitbekommen hat oder nur den irritierten Blick meiner Mutter. In jedem Fall ist Kolja sehr viel sensibler, als ich dachte.

»Sorry, meine Mutter war nur etwas verwirrt. Ich habe letztens Julian zu einem Event begleitet, und alle dachten, wir wären ein Paar. Meine Eltern waren auch da. Und jetzt komme ich mit dir an.«

Er klappt das Buch zu und stellt es zurück.

»Und ... wo warst du mit Julian?«

»Auf einer Charity-Veranstaltung eines Segelclubs. Sein Outing in der Öffentlichkeit.«

Kolja kneift die Augen ungläubig zusammen. »Er hat sich öffentlich geoutet?«

»Ja, ich denke, das war es mehr oder weniger.«

Kolja lächelt.

»Was ist?«

»Nichts. Wundert mich nur, dass er schon so weit ist.«

Meine Mutter bringt Wasser und kleine Tassen mit Espresso. Wir setzen uns in die Sofagruppe und verteilen den Kaffee.

»Wir wollen übrigens Pauls Geburtstag dieses Jahr groß

feiern. Es wäre schön, wenn du kommst«, sagt meine Mutter beiläufig, aber ich weiß, dass es ihr wichtig ist, das höre ich am Tonfall.

Ich schweige.

»Noahs Vater«, erklärt meine Mutter Kolja. »Er wird demnächst 55.«

»Hör mal, ich habe Streit mit ihm«, sage ich ruhig, »und ich denke, es ist besser, wenn ich nicht komme.«

Meine Mutter sieht mich leicht geschockt an. Es ist nicht schwer, ihre Gedanken zu lesen: Es ist eine Sache, sich in der Familie zu streiten, aber eine andere, wenn es die gesamte Verwandtschaft und die Freunde und Arbeitskollegen mitbekommen. Direkt oder indirekt.

»Er wird mich schon nicht vermissen«, sage ich.

»Natürlich! Du bist sein Sohn.«

»Der bleibe ich ja auch.«

Kolja hat den Blick gesenkt und hält sich höflich raus, obwohl meine Mutter bei ihm nach Zustimmung sucht.

Sie legt ihre Hand auf meinen Arm. »Überleg es dir. Bitte!«

»Okay.« Ich stehe auf. »Tja, dann kümmere ich mich mal um das Motorrad.«

Die Garage ist abgeschlossen, und beim Aufschließen merke ich, dass ich zittere. Ich wusste, dass mich die Sache vermutlich mitnehmen würde, aber wie immer geschieht alles so schnell, dass ich überrascht bin, jedes Mal wieder. Kolja steht neben mir und wartet geduldig, bis ich das Tor geöffnet habe, auch wenn er sich vermutlich fragt, wieso es so lange dauert.

Es steht kein Auto in der Garage, mein Vater ist unterwegs, daher fällt mein Blick gleich auf die Plane, unter der mein Motorrad steht. Kolja geht darauf zu, aber ich kann mich nicht bewegen. *Eine Panikattacke*, jetzt bin ich sicher. Kolja merkt nichts, hebt die Plane an, ich sehe den blauen Rahmen der Maschine, die Profile der Reifen. Erinnerungsfetzen kehren zurück, die Straße, die Sonne, die auf meinem Visier reflektiert, die Kühlerhaube, der Schmerz. Der Schweiß läuft mir den Körper hinunter, mein Herz rast. Wenn ich die Augen schließe, falle ich, daher halte ich sie aufgerissen, warte, dass der Herzschlag sich beruhigt, der Schmerz im Brustkorb aufhört.

»Noah?«

Kolja blinzelt aus der dunklen Garage ins Licht, ich stehe im Gegenlicht, noch hat er nicht bemerkt, was los ist. Er kommt zurück, an seinem Gesichtsausdruck sehe ich, dass er begreift. Er fasst mich vorsichtig an der Schulter und lässt gleich los, als ich aufstöhne.

»Nur einen Moment«, presse ich hervor. *Nicht anfassen, einfach warten*, möchte ich hinzufügen, aber es geht nicht.

»Soll ich deine Mutter holen? Sie ist Ärztin.«

Ich weiß.

Ich schüttele den Kopf. Die Gedanken sind das Schlimmste, das Gefühl, verrückt zu werden oder einen Herzinfarkt zu bekommen, einfach weil der Körper unter diesem Stress den Geist aufgibt, und manchmal wünsche ich es mir fast, nur damit es aufhört. *Alles gut, gleich vorbei!*, wiederhole ich innerlich wie ein Mantra. Es hat noch nie so lange gedauert, wird es immer schlimmer?

Kolja bleibt bei mir, hält mich im Blick. Es tut mir gut,

dass er da ist. *Wenn ich sterbe, bin ich nicht allein*, denke ich, irgendwo ist noch Platz für schwarzen Humor, zwischen den durchgebrannten Synapsen.

Ich brauche zehn Minuten, dann wird der Herzschlag ruhiger. Ich fröstele, mir ist kalt, auch das kenne ich. Leichte Übelkeit.

»Komm an die Luft«, schlägt Kolja vor, und ich drehe mich um, atme in die Sonne, den Sommer.

ACHT

Emmy

»Und? Wie gefällt dir das Zimmer?«, frage ich aufgeregt. Julians Meinung ist mir wichtig, und ich wippe nervös auf meinen Zehen.

Julian schaut sich gründlich um, dabei ist es übersichtlich. Ich nenne es puristisch, was sich mehr nach Absicht und einem Stil anhört. Eine Matratze auf dem Boden, eine Kommode, in der meine Kleider sind, ein Regal mit Büchern und DVDs. Den Schreibtisch habe ich noch nicht aufgebaut.

»Schönes Zimmer«, sagt Julian endlich, und ich atme erleichtert auf. Er ist wirklich so etwas wie ein großer Bruder für mich.

»Wo ist dein Bett hin?«, fragt er.

»Ich wollte es dann doch nicht aufbauen. Ich konnte mir nicht vorstellen, in einem Bett Sex zu haben, in dem ich vor Kurzem noch Harry Potter gelesen habe.«

»Na ja, vor Kurzem ...«, sagt Julian und lacht laut. »Aber verstehe schon.«

»Wie läuft es mit deinen Eltern?«, frage ich.

Seit Julian sich geoutet hat, machen sowohl seine Mutter als auch sein Vater auf unterschiedliche Art und Weise Stress.

»Na ja, wir reden wieder miteinander.«

»Ist deine Mutter über das Outing im Segelclub hinweg?«

Julian überlegt kurz. »Eigentlich hat sie es mit Humor genommen. Sie erzählt mir jetzt immer, wer alles schwul ist. Der Berliner Bürgermeister, fast alle Modedesigner und so weiter.« Er lächelt. »Bald kennt sie sich besser aus als ich.«

»Und akzeptiert sie, dass du ausziehst?«

»Ich habe angefangen, meine Sachen zusammenzupacken.«

Ich grinse. »Wenn du alles mitnimmst, musst du in ein Haus ziehen.«

Julian zuckt mit den Schultern. »Ich lass das meiste da. Nur die DVDs und meine Klamotten. Der Rest ist mir egal.«

»Und sonst so?«

»Na ja, nachdem sie ja immer dachte, das Schlimmste, was ihr passieren kann, bist du als Schwiegertochter.«

Ich stoße ihn an, und er lacht. »Ganz im Ernst, meine Mutter ist jetzt ein Fan von dir. Sie war ganz begeistert von dem Kleid, das du auf dem Charity-Event anhattest. Ich glaube, sie hat dich überhaupt noch nie in etwas anderem als Jeans gesehen.«

»Na ja, so ganz passend war ich vermutlich nicht angezogen. Da war dieser Typ, der mich und Noah für Personal gehalten hat.«

Julian blinzelt, und ich wette, es ist, weil ich Noah erwähne. Aber Noah, das ist ein anderes Thema, dafür brauchen wir Ruhe und ein richtiges Gespräch.

»Was sagen die Leute im Club?«, frage ich. »Ich meine, jetzt wissen es dort jedenfalls alle, oder?«

»Ich habe einige Facebook-Freunde weniger, und dafür sind andere dazugekommen. Und ein paar Mails mit eindeutigen Angeboten habe ich auch schon bekommen.«

»Uuhh. Gut oder schlecht?«

»Sagen wir mal so: Uninteressant. Und dann ...« Julian sieht fragend zu mir. »Ich hatte das seltsame Gefühl, dass Kolja mich anmacht.«

»Ach ja?«

Julian zieht eine Augenbraue hoch. »Ja, als er mir die Wohnung gezeigt hat. Macht der das eigentlich bei jedem?«

»Glaube ich nicht.«

»Na ja, er ist schon charmant ...«

»Aber nicht dein Typ?«

»Wieso fragst du? Hat Fiona da wieder ihre Finger im Spiel? Oder du?«

Ich hebe beide Hände, gebe aber den Versuch auf, etwas abzustreiten. »Ich habe ihn auf dem Picknick besser kennengelernt. Er ist nett. Ich dachte ... aber schon klar. War nur so eine Idee.«

»Idee? Ausgerechnet Kolja? Ich meine, der hat sich durch die ganze Uni gevögelt, das brauch ich wirklich nicht. Es wäre vermutlich auch komisch gewesen, wenn ich bei ihm eingezogen wäre.«

»Ja, klar.«

Wir schweigen einen Moment und sehen aus dem Fenster meines Zimmers auf die Prenzlauer Allee. Warum höre ich nicht einfach auf, Julian zu verkuppeln? Es ist doch schön so, wie es ist. Ohne Ausnahmezustand und Survivor-Regel. Niemand muss auf die Beziehung des anderen Rücksicht nehmen, und wir sind wieder die besten Freunde. »Wollen wir noch was zusammen machen?«, frage ich.

»Was denn?«

Es ist seltsam. Sonst sind wir oft zu Julian oder mir gegangen, haben den Luxus der großen Häuser genossen, in denen unsere Eltern wohnen, und uns keine Gedanken über die Stromrechnung oder Miete oder die Frage, wie man ein Ikea-Sofa aufbaut, gemacht. Selbst das Studium war eher wie Schule, nichts, wofür man richtig verantwortlich war. Auf einmal ist es anders. Ich bekomme Studiengeld von meinen Eltern, und ich muss meinen Mietanteil zahlen. Essen einkaufen. Das Katzenklo sauber machen, weil Fiona nie da ist und Suse der Gestank nicht stört.

»Meinst du, wir werden jetzt erwachsen?«

Julian grinst. »Und langweilig? Also, ich wohne bei einem chaotischen Rockmusiker in der Wohnung, zweimal am Tag ruft irgendwer an, der ihn sprechen will, und wenn ich nicht bald eine Wohnmöglichkeit gefunden habe, dann muss ich ins Hotel ziehen.«

»Du kannst jederzeit bei mir übernachten.«

Julian dreht sich um, Rücken zum Fenster, setzt sich halb auf die Fensterbank.

»Nein, kann ich nicht.«

Ich weiß, was er damit sagen will. Natürlich ist nicht alles wie früher, als wir beim anderen übernachtet haben, uns alles erzählt haben. Spätestens seit der Sache mit Noah hat sich das geändert. Wir haben uns beide verliebt, wir wollten eine Beziehung. Ich drehe mich auch zurück.

»Schönes Sweatshirt«, sagt Julian.

»Es gehört Noah.«

Noah, über den wir endlich einmal sprechen müssen.

»Komm, ich lad dich auf einen Kaffee ein«, sage ich.

Die Bedienung im *Café CK* legt eine kleine schwarze Serviette vor Julian und mich und stellt die Gläser mit Espresso darauf.

»Das sieht mehr nach Alkohol als nach Kaffee aus«, sagt Julian, der zum ersten Mal hier ist.

»Warte ab, bis du den hier erst getrunken hast.« Ich hebe das Glas. »Auf uns!«

Wir sehen uns in die Augen und stoßen an. Julian nimmt einen Schluck und reißt die Augen auf.

»Wow!«

Ja, er ist stark.

»Ich habe gesagt, er wird dich umhauen.«

Julian setzt das Glas ab. Ich nippe an dem Espresso und bin auf einmal aufgeregt, räuspere mich unsicher.

»Wir sollten über den Elefanten im Raum sprechen.«

Julian nickt, dafür sitzen wir schließlich hier zusammen. *Noah.*

Ich erzähle, wie alles begonnen hat, an der Uni, im Labor, am See, auf dem Motorrad. Dass ich mit Julian reden wollte, viel früher, aber keinen Augenblick und Mut gefunden habe.

Julian hört ruhig zu, erzählt seine Version. Dann erzähle ich von dem Abend, als meine Mutter gestürzt ist, wie Noah mich ins Krankenhaus gefahren hat. Wo Julian war und ich Noah verleugnet und weggeschickt habe und Julian angelogen.

»Ich habe mich so schlecht gefühlt. Es war alles falsch.«

Julian kippt sein leeres Espressoglas hin und her und betrachtet den kleinen Rest Kaffee darin.

»Weißt du, was ich nicht so richtig verstehe«, sagt er.

»*Warum* hast du mit Noah Schluss gemacht? Doch nicht nur wegen mir, oder?«

Ich beiße auf meiner Unterlippe herum. Nicht nur wegen Julian, aber vielleicht, weil ich vorher so viel gelogen hatte, es einfach nicht mehr weiterging. Es so intensiv mit Noah war, fast zu intensiv. Ich zucke mit den Schultern.

»Ich dachte, es wäre das Beste.«

»Für wen?«, fragt Julian.

Ich habe keine Antwort darauf. Damals war alles so klar und logisch, ich musste es tun. Und jetzt?

»Würde es dich stören, wenn Noah und ich Freunde wären?«, frage ich.

Julian sieht mich an und lacht. »Wie soll das denn funktionieren?«

Er kennt mich einfach zu gut.

»Na ja, ich glaube, er hat schon eine, also ... richtige Freundin.«

»Oh, verstehe«, sagt Julian sofort, und wir schweigen kurz.

»Und Kolja?«, fragt er schließlich. »Ist der jetzt auch dein Freund? Muss ich mir langsam Sorgen um meinen Freundschaftsstatus machen?«

Ich grinse. »Nein, Bruder.«

Er geht an die Theke und bestellt zwei weitere Espresso und Gebäck dazu. Er sieht fragend zu mir. Ich halte drei Finger hoch, ich habe Hunger, und die Gebäckteile hier sind sehr klein. Julian grinst und sucht aus.

»Hey!«

Suse wirft sich zu mir an den Tisch, ich habe sie gar nicht kommen gehört.

»Machst du Lernpause?«, frage ich, da sie sich seit Tagen in ihrem Zimmer verbarrikadiert hat.

Sie nickt und stöhnt. »Ich musste mal raus. Ich habe gehofft, dass ihr hier seid. Wo ist Julian?«

Ich zeige zur Theke, und sie springt sofort auf. Seit ich gesagt habe, dass ich nicht mehr mit Julian zusammen bin, stürzen sich die Mädchen auf ihn, und ganz besonders Suse, die ihn immer schon mochte. Vielleicht hätte ich ihr gegenüber mal erwähnen sollen, dass Julian auf Jungs steht, aber ich finde, das muss er schon selber machen.

Julian kommt mit einem Tablett zurück und wirft einen gestressten Blick zur Theke, wo Suse noch steht und sich etwas bestellt.

»Tja, wenn man dann mal zum Picknick auf der WiWiss-Wiese gegangen wäre, dann wüssten es jetzt auch alle an der Uni«, sage ich und mache mein *Hab-ich-es-dir-nicht-gesagt-Gesicht*.

»Soll ich mir ein T-Shirt drucken? *Schwul, Mädchen, sprecht mich bitte nicht an?*«

»Oder: *Stellt euch hinten an?*«

»Sehr witzig.«

»Sag es ihr doch einfach.«

»So eindeutig will sie doch gar nichts von mir.«

»Julian, es ist nie eindeutig, das ist das Dumme an der Sache. Aber so, wie ich das sehe: Sie will auf jeden Fall etwas von dir.«

Suse kommt zurück und setzt sich. »Und wie geht's euch so?«, fragt sie und sieht eigentlich nur Julian dabei an. Sein iPhone, das neben ihm auf dem Tisch liegt, macht *pling*.

Quizduell. Julian ergreift es wie einen Rettungsanker.

»Ich muss nur eben mal …«

»Mach ruhig«, sage ich und biete Suse etwas von dem Gebäck an, während Julian sich hinter dem Display seines iPhones versteckt.

»Ich nehme: *Im Labor.* Ist der gut darin?«

»Wer? *Psycho999?* Der ist in fast allem ziemlich gut.«

Ich überlege, ob ich Julian sagen soll, mit wem er spielt, aber eigentlich wollte ich das Kuppeln ja lassen.

Wir tunken Biscotti in den Kaffee und genießen still, bis es wieder *pling* macht.

»Möchte mal wissen, wie alt der ist und was der beruflich macht«, sagt Julian. »Jetzt ist der auch noch gut in *Kinofilme*! Woher weiß der Gary Cooper?« Er sieht auf. »Wer schießt bei *X-Man* rubinrote Strahlen aus seinen Augen, die mit einem speziellen Visier gesteuert werden?«

Er hält mir das Display hin.

»Cyclops«, sage ich.

»Richtig.«

Natürlich.

»Mit wem spielt er denn?«, fragt Suse.

»Irgendwer aus dem Internet.«

»Mit wem spielst du, Julian?«, fragt sie lieber selbst noch mal.

Julian sieht auf. »Ich bin schwul, Suse.«

Das ist nun wirklich etwas aus dem Kontext gerissen.

»Habe mich letzte Woche geoutet. Wollte ich dir nur sagen«, fügt er entschuldigend hinzu.

Suse wird rot und schaut vorwurfsvoll zu mir.

»Tja, das war eine Überraschung«, sage ich, und Julian und ich müssen gleichzeitig loslachen.

»Sorry!«, sagt Julian, aber dann muss er nur noch mehr lachen.

»Tut mir leid, Suse, wir sind nur gerade ... Dieser Espresso! Unglaublich.«

Wir lachen wieder los, laut, albern, kindisch, als würde erst jetzt der Druck der letzten Zeit von uns abfallen. Der Unfall meiner Mutter, Julians Outing und dass wir uns beide in Noah verliebt haben und grandios gescheitert sind.

»Sehr witzig«, sagt Suse, aber sie lacht mit.

Der Lachanfall hat uns alle befreit. Suse fängt an, Geschichten von ihrem Praktikum im Krankenhaus zu erzählen, und unterhält uns damit. Sie kann das gut, und Julian und ich sind alberne und dankbare Zuhörer. Jetzt, wo wir einmal angefangen haben zu lachen, ist fast alles witzig.

»Mädchen«, sagt Suse und schüttelt grinsend den Kopf.

»Ärzte«, sage ich, da sie den gleichen schrägen Humor wie Fiona hat.

»Ich spendiere noch eine Runde Kaffee«, sagt Julian.

Ich protestiere. »Noch einen, und ich kriege einen Herzinfarkt.«

»Ich bin ja da«, lächelt Suse und tätschelt meine Hand.

NEUN

Noah

»Also, jetzt erklär es mir noch mal«, sagt Leo.

Wir sind in seinem Polo auf dem Weg zur Motorradwerkstatt, um meine KTM abzuholen, und ich bin verdammt aufgeregt. Aber das ist typisch für Leo, jetzt, wo ich neben ihm sitze, nagelt er mich mit seinen Fragen fest.

»Freunde. Freundschaft. Was ist daran so schwer zu verstehen?«, sage ich.

»Mit einem *Mädchen*, Noah? Schon verrückt genug, aber mit Emmy? Darf ich dich daran erinnern, dass du nächtelang bei mir in der Küche gesessen und von ihr geschwärmt hast? Nachdem sie mit dir Schluss gemacht hat, bist du nach Hause gerast und hast dir deine Haare abrasiert. Alles ab. Mein Haarschneidegerät. Schon vergessen?«

Nein. Aber wie soll ich das Leo erklären? Er ist ein Experte für funktionierende Beziehungen, und ich war das noch nie.

»Ich habe hier keine Wahl. Emmy hat entschieden. Sie hat sich von mir getrennt. Und ich respektiere das.«

»Seit wann? Wenn du sonst etwas von einem Mädchen wolltest, dann ...«

»Hey! Das mit Emmy ist anders.«

Leo schüttelt leicht den Kopf. »Okay, offenbar.« Er zeigt zur Ausfahrt. »Wir müssen hier raus, oder?«

Ich nicke, und Leo verlässt die Stadtautobahn.

»Gleich links.«

Leo schaut zu mir. »Matti hat mir übrigens erzählt, was er dir tätowiert hat.«

»Diese Plaudertasche kann auch kein Geheimnis für sich behalten.«

»Das ist doch kein Geheimnis, wenn man sich etwas auf den Puls tätowiert. Schon eher eine Presseerklärung.« Er deutet auf das Schweißband, das ich jetzt immer trage. »Und irgendwann musst du das Ding auch mal abnehmen. Warst du betrunken?«

»Hey, ja, okay, ich war betrunken«, fahre ich hoch. »Aber ich wollte das, verstanden? Matti versteht das.«

»Matti will Emmy einen Schwan auf den Rücken tätowieren. Also, ich würde sagen: Er ist befangen.«

Ich grinse zu Leo. »Hey, bester Freund, bist du etwa eifersüchtig?«

Leo lässt das Lenkrad los, lacht und wirft die Arme hoch. »*What?*«

»Soll ich mir *Leo* auf die Arschbacke tätowieren lassen, damit du zufrieden bist?«

»*Woah!* Gar keine schlechte Idee, jetzt, wo ich mir das so bildlich vorstelle. Wobei ich eher an etwas quer über die Brust gedacht hatte. Ich meine, Alter, ich lasse dich auf meiner Couch schlafen, ich übernehme Chauffeurdienste, ich bin ja wohl ein Mega-Freund.«

Ich grinse. »Absolut.«

»Gut«, sagt Leo ruhig und hält an einer Ampel. »Noch mal zurück zum Thema. Nehmen wir an, ihr seid befreundet. Was ist, wenn Emmy einen Lover hat? Ich meine, du bist ja schon im Dreieck getickt, als dieser Typ im Segelclub aufgetaucht ist. Ein Exfreund, so wie ich das verstanden habe.«

»Ich bin nicht im Dreieck getickt. Ich wollte nur, dass Emmy und Julian sich in Ruhe unterhalten können. Und im Übrigen: Die beiden *sind* befreundet. Es geht also.«

»Julian ist schwul, das ist ja wohl etwas ganz anderes.«

Wir schweigen. Alles, was Leo mir sagt, habe ich mir schon tausendmal selber gesagt.

»Wo jetzt lang?«, fragt er.

Die Werkstatt liegt in Tegel, versteckt auf einem Hintergrundstück in einer kleinen Straße mit Handwerksbetrieben. Ich kenne den Weg auswendig, ich bin oft dorthin gefahren, sie kennen mich und meine Maschine, und niemand anderem hätte ich die Reparatur anvertraut.

»Und er hat alles reparieren können?«, sagt Leo, der das Motorrad nicht gesehen hat. »Ich dachte, die Maschine wäre im Arsch gewesen.«

»Es war gar nicht so viel. Der Rahmen war in Ordnung, der Motor auch.«

Doch auch in meiner Vorstellung war die Maschine am Ende nur noch ein Wrack. Meine Eltern hatten mir nach dem Unfall verboten, sie mir anzusehen, und später wollte ich es dann selbst nicht mehr. Schon gar nicht, als es mit den Panikattacken losging.

»Wäre es nicht billiger gewesen, sich eine neue Maschine zu holen?«

Ich sehe zu Leo. Versteht er das wirklich nicht?

»Hör mal, meine KTM ist nicht irgendein Motorrad. Damit habe ich mein erstes Rennen gewonnen.«

Er lacht. »Und deine Freundinnen beeindruckt.«

Stimmt, obwohl mir damals kein Mädchen wichtiger als meine Maschine war.

»Hier jetzt links in die Straße rein«, sage ich, und Leo fährt im Schritttempo in die Sackgasse.

Mir fällt ein, wie ich vor einer Woche mit Kolja hier war und das Motorrad abgegeben habe. Wie Kolja in die enge Straße gefahren ist, weil er nach meiner Panikattacke nicht wollte, dass ich fahre. Auf einmal bin ich wieder aufgeregt. Mein Herz rast, aber nicht vor Panik, sondern vor Vorfreude. Ich werde wieder fahren, auf meiner eigenen Maschine.

Ich greife nach hinten auf die Rückbank, wo meine bunte Ledermontur und mein Crosshelm liegen. Eigentlich meine Ausstattung für die Rennen, für den Straßenverkehr hatte ich immer einfache schwarze Ledersachen. Nun, die sind mir dann auf dem OP-Tisch vom Körper geschnitten worden.

Nicht dran denken.

Leo hält und sieht mich prüfend an. »Alles in Ordnung?«

Er hat ein paarmal erlebt, wie ich eine Panikattacke hatte, und ist seitdem immer etwas beunruhigt, wenn ich in Situationen komme, die mich an den Unfall erinnern. Aber mir geht es gut. Erstaunlich gut. Wir steigen aus.

Der Hof steht voller halb zerlegter Motorräder, ein Schweißgerät ist aufgebaut, bei der Hitze arbeitet Sascha am liebsten draußen. Als wir das Motorrad abgegeben haben, war er nicht da, hatte schon Feierabend, trotzdem war klar, dass er die Reparatur übernehmen würde. Ich winke ihm zu, als er aus der Werkstatt kommt, gebe Leo meinen Helm und die Ledersachen, wir umarmen uns herzlich.

»Noah! Mann, ick hab jehört, wat passiert is. Und ick dachte schon ... Warum bist'n nich eher jekomm'n?«

Er mustert mich, sein Blick fällt auf meine Arme, gleitet den Körper hinunter. Ich nehme die Hände hoch, drehe mich.

»Alles noch dran.«

Er wird ernst. »Also, 'ne Karte wär nich schlecht jewesen. So wat wie: Janz ejal, wat de in der *Bild* liest, ick lebe.«

»Du liest doch die *taz*.«

»Stimmt och wieder.« Er winkt uns zu einer Sitzgruppe mit zerschlissenen Ledersofas und einem niedrigen Couchtisch.

»Das ist Leo. Leo: Sascha«, stelle ich die beiden vor.

Leo folgt uns zögernd. Das Motorradfahren ist ein Bereich, den wir in unserer Freundschaft nie geteilt haben. Während Leo eine ernsthafte Beziehung nach der anderen hatte, bin ich meine Crossrennen gefahren. Mädchen spielten für mich nur am Rand eine Rolle.

»Kaffee, Tee, Wasser?«

»Gerne«, sagt Leo, setzt sich, und Sascha verschwindet in der Werkstatt.

Ich sehe nach meiner Maschine. Sie steht am Rand, Rechnung und Papiere sind unter die Lenkerstangen geklemmt. Ich gehe auf sie zu, besehe mir die neue Gabel, Reifen, Spiegel. Sascha hat beste Arbeit geleistet. Er hat die Maschine auch über den TÜV gebracht, ich habe ein Nummernschild dabei. Ich kann dem Reflex, mich auf den Sattel zu setzen, kaum widerstehen. Gleichzeitig habe ich Bedenken. Was mache ich, wenn ich beim Fahren eine Panikattacke bekomme? Aber auf Emmys Maschine ging es auch. Sogar sehr gut. Ich atme tief durch. Das hat mir Berghöff immer wieder gesagt: Irgendwann ist die Angst vor der Panikattacke ein größeres Problem als die Attacke selbst.

»Hey, Noah!« Leo winkt vom Sofa. »Dein Handy!«

Ich gehe zurück zum Sofa und nehme mein iPhone aus der Jacke. *Quizduell.* Kolja hat mich infiziert.

»Welcher Knochen heißt im Lateinischen Sternum?«

Leo starrt mich an. »Woher soll ich das denn wissen?«

»Deine Freundin ist Ärztin.«

»So eng sind wir noch nicht. Was spielst du?«, fragt Leo.

»Fang bloß nicht damit an, es macht süchtig.«

Sascha kommt mit einem Tablett nach draußen, auf dem ein Kochtopf und eine Sammlung von drei Bechern stehen. Saschas Kaffee ist speziell. Er kocht ihn, indem er Kaffeemehl und Wasser auf eine Herdplatte stellt und aufkocht. Der Kaffee sieht wie Altöl aus, ist dickflüssig, schmeckt nussig und ist eigentlich nur mit ganz viel Milch zu genießen. Meine Meinung. Sascha trinkt ihn natürlich pur, wenn man von dem Zentner Zucker absieht, den er dazuschüttet.

»Jetzt erzähl mal«, sagt er ernst, gießt den Kaffee durch ein kleines Sieb in unsere Becher und schiebt mir ein Kännchen mit Milch hin.

Leo beobachtet mich. Ich rede nicht oft über den Unfall, eigentlich nie, es gibt nichts zu sagen, aber Sascha hat meine Maschine gesehen, er verdient etwas mehr Informationen.

»Ich wollte eigentlich nur eine kurze Tour machen. Es war später Nachmittag, ziemlich viel Verkehr. Stop-and-go und dann war auf einmal freie Fahrt. Ich bin losgezischt und muss da ’ne Vorfahrt übersehen haben. Aber ... keine Ahnung. Ich habe keine Erinnerung mehr an den Unfall.«

»’n Aufprall. Dat seh ick an der Jabel. Aber die Maschine is nich so beschädigt, wie man denken sollte. Bist jeflogen, wa?«

»Ja.«

»Glück jehabt.«

Schon der Zweite, der das sagt.

»Irgendwie schon.«

Sascha schüttet sich Zucker in den Kaffee und rührt mit einem Schraubenzieher um.

»Und – jetze fährste wieder Rennen?«

»Nein. Ich denke, erst mal nur Straße und ein wenig Gelände.«

»Jep, fang ruhig an. Wat sajen denn die Ärzte?«

Leos Blick schießt zu mir. Er weiß, dass ich nach der Langzeitdiagnose meines Vaters bei einem anderen Arzt war.

»Unterschiedliche Meinungen. Aber ich trainiere seit einem halben Jahr wieder und fühle mich fit.«

Sascha nickt und greift in die Tasche seiner Arbeitshose. Er hält mir einen kleinen Schlüssel hin. Er sieht aus, als ob er zu einem Vorhängeschloss gehört.

»Was ist das?«

»Da jibt et en Jelände in Hohenschönhausen. War früha offen für alle, aber jetze hat det der Besitzer dichtjemacht. Nur noch privato.«

Ich bin sofort angefixt.

»Und du hast den Schlüssel dafür?«

Sascha grinst. »Jep! Der Typ war mir ’ne Jefällichkeit schuldig.«

Ich greife zu. »Wie lange?«

Sascha winkt ab. »Ick hab mehrere. Kannste behalten.«

»Noch wat. Der Typ vom TÜV meinte, ick soll dir sajen, dass de keene Zulassung für zwee Leute im Straßenverkehr hast. Ick meene nur, wejen die Fußrasten hinten.«

Ich nicke. Klar, das weiß ich. Was mich nie gehindert hat, es trotzdem zu tun.

Wir sitzen noch eine Weile bei Sascha auf der Couch und reden über Motorräder, dann bezahle ich und bringe das Nummernschild an.

»Willst du wirklich fahren?«, fragt Leo leise, als ich von meiner Jeans in den Rennanzug wechsle.

Vor dem Gespräch mit Sascha war ich selber unsicher, aber jetzt ist es ganz klar. Ich kann das. Ich bin sogar extrem scharf darauf.

»Kein Problem.«

Ich schließe den Anzug und ziehe meine Rennstiefel an, schließe die seitlichen Verschlüsse. Jede Bewegung ist mir vertraut und fühlt sich richtig an. Leo reicht mir den Helm, ich gebe ihm die Jeans.

»Kannst du die für mich mitnehmen?«

Leo mustert mich amüsiert. »Du siehst aus, als ob du zum Mond fliegst.«

Ich weiß, was er meint, der Anzug hat außerhalb einer Cross-Strecke etwas Lächerliches und sieht nach Verkleidung aus.

»Und was jetzt?«, fragt er.

Ich denke an den Schlüssel in meiner Tasche.

»Kleine Testfahrt auf dem Gelände?«

»Mit meinem alten Polo? Der ist nicht *Blur*-tauglich.«

»Wieso nicht? Jetzt kannst du mich endlich mal in der Realität schlagen, statt ständig an der Playstation gegen mich zu verlieren.«

Leo grinst. »Ich habe noch eine bessere Idee. Wir fahren bei den Mädchen vorbei und laden sie ein. Macht doch viel mehr Spaß mit Zuschauern.«

Mein Herz schlägt schneller. Okay, ich werde Emmy meine Maschine zeigen, diesen Teil meines Lebens. Etwas, was mir so wichtig ist, was ich lange vermisst habe und unbedingt mit ihr teilen will. Wenn man davon absieht, dass ich eigentlich alles mit ihr teilen möchte. Nur teilen? Die Erkenntnis kommt plötzlich. Sie ist das erste Mädchen, das mir wichtiger ist als das Motorradfahren, Sport, so ziemlich alles, was vorher an erster Stelle kam.

»Wie? Einfach so vorbeifahren?«, frage ich trotzdem zurückhaltend.

Leo grinst. »Freundschaft, *heng*? Das macht doch Freundschaft aus, Noah, oder? Dass man Sachen zusammen unternimmt. Du mit Emmy. Natürlich rein freundschaftlich.« Die Ironie ist nicht zu überhören. »Ich dagegen habe Lust, meine Liebste zu sehen. Das passt doch eigentlich gut zusammen, oder?«

Ich schubse Leo. Das werde ich mir jetzt wohl die nächsten Monate anhören müssen. Emmy – Freundschaft, und dass Leo es für den größten Witz des Jahrhunderts hält. Ich setze den Helm auf.

»Wer als Erster da ist.«

ZEHN

Emmy

»Kennst du das *Dollos-Gesetz*, Fiona?«, sagt Suse.

Fiona, Suse und ich sitzen nebeneinander auf dem Balkon in unserer WG und machen eine Lernpause. Wir haben uns Stühle gegen die Balkonwand gelehnt und unsere Beine an die Brüstung gestellt. Augen geschlossen, Gesicht Richtung Sonne. Ich beobachte das Farbspiel hinter meinen Augenlidern und atme tief durch, ich liebe diesen grandiosen Sommer.

Während Fiona und ich beschlossen haben, Sonne zu tanken, und Bikinitops und Jeansshorts tragen, hat sich Suse in ihren rosa Bademantel gewickelt, aus dem sie die letzten Tage nicht mehr herausgekommen ist.

»Er ist ihr Glücksbringer«, hat mir Fiona erklärt, und da Suse sich auf die Prüfungen am Ende der Vorklinik vorbereitet, darf man wohl nichts dagegen sagen.

»*Dollos Gesetz?* Nein, keine Ahnung«, sagt Fiona, ohne die Augen zu öffnen.

»Es bezieht sich auf die Evolution und besagt, dass evolutionäre Vorgänge irreversibel sind.«

»Jetzt dreht sie durch«, murmelt Fiona.

»Ausgestorbene Tierarten kehren nicht zurück. Komplexe Merkmale werden nie wieder genauso komplex hergestellt.«

Ich blinzele in Suses Richtung. »Was hat das jetzt mit Noah zu tun?«

Suse neigt freundlich den Kopf. Wenn sie lernt, sind wir alle Idioten, die von nichts eine Ahnung haben.

»Es heißt, dass du, wenn du einmal von Sex, Liebe und Beziehung zu Freundschaft gewechselt hast, nie mehr wieder zu Sex, Küssen und Liebe zurückkehren wirst.«

Fiona öffnet nun auch die Augen. »Und was ist mit Richard Burton und Liz Taylor? Zweimal verheiratet.«

»Könnt ihr bitte aufhören, meine Beziehungen zu diskutieren?«, sage ich. Allein dass der Name *Noah* die ganze Zeit durch die Luft schwirrt, macht mich nervös.

»Natürlich müssen wir das diskutieren«, sagt Fiona. »Nehmen wir an, Noah trennt sich von seiner Freundin ...«

»Oder hat sich schon getrennt. Immerhin wohnt sie in Hamburg, und er ist gerade nach Berlin gezogen«, sagt Suse, was Fiona einfach überhört.

»Dann muss doch klar sein, was du willst, Emmy. Sonst sind doch im Nu tausend andere Mädels da, die sich an ihn ranschmeißen.«

»Was siehst du mich so an«, protestiert Suse. »Aber, ja, wenn hier mal ein Junge auftaucht, der weder schwul noch gebunden ist, dann werde ich ihn in Betracht ziehen. Und wie gesagt, das *Dollos-Gesetz* ...«

»... ist hier nicht anwendbar«, sagt Fiona. »Und es ist nicht mal sicher, dass Noah überhaupt eine Freundin hat. Was nämlich hieße, dass er immer noch Interesse an Emmy hat und ...«

»Er hat gesagt, dass wir Freunde sein können, schon vergessen?!«, unterbreche ich Fiona.

»Ach ja«, sagt sie kleinlaut.

Suse lächelt zufrieden. »Gut. Freundschaft also. Aber mal 'ne andere Frage: Wieso taucht er dann hier nicht mehr auf? Als Freund?«

Ich werde das Gefühl nicht los, dass sie es nach Julian jetzt auf Noah abgesehen hat.

»Er hat sein Zimmer eingeräumt, ist bei Kolja eingezogen, was weiß ich«, sage ich.

»Leo hat Noah die letzte Woche auch nicht gesehen«, fügt Fiona schnell hinzu.

Wir beruhigen uns alle wieder, zumindest äußerlich. Innerlich spüre ich eine kleine Verletzung und frage mich, ob Noah das mit der Freundschaft wirklich ernst gemeint hat oder schon mit einem anderen Mädchen schläft und mich und seine Hamburger Freundin längst vergessen hat. Im Grunde könnte ich Kolja fragen, aber das empfinde ich als unwürdig, und daher übe ich mich in stoischer Gelassenheit. Ich lehne mich wieder zurück und schließe die Augen. *Alles ist gut.* Immerhin ist die Freundschaft mit Julian repariert, wir waren letzte Woche im Kino, mailen uns wieder regelmäßig. Es ist eben noch nicht so klar, wie die Freundschaft zu Noah aussehen wird. Vielleicht sehen wir uns erst wieder, wenn das Semester beginnt. Aber schon die Vorstellung, dass er gerade mit irgendeinem anderen Mädchen zusammen ist, macht mich verrückt.

Ich habe keine Ansprüche an ihn. Es ist Freundschaft, sage ich mir möglichst sachlich.

Mitten in meine Zen-Gedanken dringt das Knattern eines Motorrads. Gut, das ist hier nichts Ungewöhnliches, aber irgendetwas an dem Geräusch lässt mich aufhorchen.

Vielleicht, dass die Maschine nicht wie eine Straßenmaschine klingt, sondern viel schmutziger. Ich stehe auf, lehne mich über die Balkonbrüstung und sehe nach unten.

»Was ist?«, fragt Fiona.

Ich erkenne Leo, oder besser gesagt seinen alten besprayten Polo. Er hält in der zweiten Spur und sucht einen Parkplatz. Ein Motorradfahrer auf einer bunten Crossmaschine hält kurz neben ihm, redet mit ihm durch das Fahrerfenster und fährt dann auf den Bürgersteig. Jetzt bin ich mir sicher. Die Körperhaltung, die Art, wie er die Maschine bewegt. Er stellt die Maschine ab und reißt den Helm vom Kopf. *Noah*. Mein Herz stolpert los.

Fiona und Suse schieben sich neben mich auf die Brüstung. »Leo«, quietscht Fiona.

»Noah«, sagt Suse und verschwindet schnell im Bad.

»Hey!«, brüllt Fiona und schwenkt ihre Arme. Noah sieht nach oben, winkt zurück. Das Blut schießt mir in den Kopf, oberhalb des Magens setzt ein nervöses Flattern ein, meine Beine fühlen sich weich an. Obwohl mein Kopf *Freund* sagt, schreit mein Körper *Lover*. Großartig.

Fiona kichert. »Mein Gott, Noah sieht aus, als ob er im Zirkus auftreten will.«

»Wie?«, frage ich, da ich gerade nicht mehr klar denken kann.

»Na ja, du weißt doch, diese Typen, die in so einer Gitterkugel mit ihrem Motorrad immer im Kreis fahren und auf dem Kopf stehen und so weiter.«

Leo hat etwas weiter weg einen Parkplatz gefunden und kommt die Straße heruntergelaufen. Er winkt nach oben und schickt eine Kusshand zu Fiona, die neben mir seufzt.

»Ist er nicht süß!«

Na klar.

Als es klopft, stehe ich an der Tür und mache den Jungs auf, während Fiona sich in ihrem Zimmer aufhübscht und Suse sich für unbestimmte Zeit im Bad eingeschlossen hat.

»Hallo, Emmy«, sagt Leo grinsend und geht zügig an mir vorbei.

»Hey«, sagt Noah und zögert einen Moment zu lange, um die Begrüßung beiläufig aussehen zu lassen. Unsere Blicke saugen sich kurz aneinander fest, ich werde rot und verlegen.

»Hey, komm doch rein«, sage ich mit rauer Stimme.

Noah geht an mir vorbei, ich rieche sein Haarshampoo, möchte ihm über die kurzen, verschwitzten Haare streichen, ihn küssen.

Schluss jetzt.

»Sorry für den Überfall. Wir dachten … keine Ahnung«, sagt Noah verlegen, schaut mich kurz an und dann weg, und mir fällt auf, dass ich im Bikinioberteil vor ihm stehe.

»Wir haben uns gerade gesonnt. Auf dem Balkon«, erkläre ich. Er soll nicht denken, dass ich ihn anmachen will.

Suse hat damit gar kein Problem. Sie kommt in einem tief ausgeschnittenen Shirt, einem kurzen Rock, frisch geschminkt und mit leicht auftoupierten Haaren aus dem Bad und tut überrascht.

»Hey, Noah, wie geht's? Magst du auch einen Kaffee?«

Als hätten wir nicht vor einer halben Stunde einen getrunken.

Ich laufe hinter Noah und Suse her in die Küche und

komme mir überflüssig vor, kehre um, gehe in mein Zimmer und ziehe mir ein T-Shirt über. *Besser so.* Außerdem brauche ich den Moment, um mich zu sammeln.

Als ich in die Küche komme, steht Suse an der Spüle und wäscht Becher ab und den Tisch sauber. Eigentlich sonst nicht ihre Art. Ich höre Fiona und Leo in Fionas Zimmer kichern und herumalbern.

Noah legt seinen Helm ab, öffnet das Oberteil seines durchgehenden Anzugs, zieht es aus und lässt es hängen, als ob er von einem Rennen kommt. Er trägt ein mittelblaues T-Shirt, das perfekt zu seinen Augen passt, er lächelt sein Noah-Lächeln, und ich bekomme weiche Knie und muss mich setzen.

»Hey, schickes Outfit«, sage ich.

Er zieht die Augenbrauen hoch, er glaubt mir kein Wort. Gut, es war ironisch gemeint, aber dann ... es steht ihm wirklich gut und sieht überhaupt nicht übertrieben aus. Oder bin ich nur verblendet? Wie schafft er es, mich schon nach fünf Minuten komplett zu verwirren?

Suse erhitzt Wasser im Schnellkochtopf, und ich vermute, dass sie ihren Instantkaffee macht, aber dann nimmt sie einen Kaffeefilter und sieht mich unentschlossen an. Kaffee kochen ist in dieser WG eindeutig Fionas Sache. Ich nehme Suse den Filter ab, stelle ihn auf eine Kaffeekanne. Hauptsache, ich bin beschäftigt.

»Ist das dein Motorrad?«, frage ich und kehre Noah dabei den Rücken zu. »Neu?«

»Nein, mein altes. Ich habe es reparieren lassen.«

Ich drehe mich überrascht zurück.

»Das, mit dem du den Unfall hattest?«

»Welcher Unfall?«, fragt Suse und setzt sich Noah gegenüber. »Erzähl doch mal.«

Klar, Medizinerin, das ist ihr Terrain.

»War nicht alles kaputt?«, frage ich.

»Nein, es war nicht so schlimm.«

Suse lässt ihren Blick über Noahs Körper gleiten. »Wo denn?«

»Das Motorrad!«, sage ich etwas zu genervt und schiebe sanfter nach. »Ich dachte, das Motorrad wäre Totalschaden und so.«

»Dachte ich auch«, sagt Noah.

»Willst du ein Wasser?«, fragt Suse und gießt Noah ein Glas ein, wobei sie die Hälfte verschüttet.

»Oh, hoppla.«

Sie wischt das Wasser vom Tisch und lehnt sich dabei mit ihrem Ausschnitt weit zu Noah. Ich habe ihre Zielstrebigkeit unterschätzt.

Fiona platzt in die Küche, ihr Bikinioberteil ist leicht verrutscht, die Haare sind verwuschelt, verhangener Blick. Sex pur. Ich frage mich, ob sie einen Quickie mit Leo hatte, Fiona bringt das fertig.

»Kaffee?«, fragt sie und deutet auf die Kanne.

»Du bist die Expertin.«

Sie nickt zufrieden, nimmt frisch gemahlenes Kaffeemehl aus einer Vakuumdose, tut etwas Kakao und eine Prise Salz dazu. *Die Meisterin.*

»Hey!«, sagt Leo etwas zu laut und lässig, als er in die Küche kommt, und jetzt bin ich ganz sicher. Noah und ich wechseln einen schnellen Blick und grinsen. Er weiß es auch.

»Also weswegen seid ihr noch mal vorbeigekommen?«, kann ich mir nicht verkneifen zu fragen.

»Na ja, Noahs KTM ist repariert, und wir haben den Schlüssel zu einem Gelände, auf dem man fahren kann. Das hat jemand extra fürs Crossfahren präpariert, mit Rampen und so. Wir dachten, ihr wollt vielleicht mitkommen. Emmy, du hast doch auch eine Enduro?«, sagt Leo.

»Wie, was jetzt? So richtig Geländefahren?«, fragt Suse aufgeregt. »Das wollte ich schon immer mal. Also, mitfahren.«

Fiona verdreht die Augen in meine Richtung. Offenbar hat Noah diese Wirkung auf Mädchen, das Gehirn schaltet sich nach fünf Minuten ab. Zumindest, wenn sie etwas von ihm wollen. Auf einmal bin ich froh, dass wir Freunde sind. Die Eifersucht auf Suse ist dann nämlich vollkommen überflüssig.

»Was ist?«, fragt Noah, der meinen Stimmungswechsel genau mitbekommen hat.

»Hört sich toll an«, sage ich.

Fiona nickt. »Können wir da ein Picknick machen? Dann nehmen wir den Kaffee mit und etwas Obst.«

»Wir sollten auch etwas zu essen einpacken«, sagt Leo und grinst.

»Oh ja!«, ruft Suse und springt auf.

Fiona sieht mich unauffällig fragend an. Wir haben auch eine Zeichensprache. Ich nicke leicht und schließe kurz die Augen, ich bin die Ruhe selbst, kein Problem, Suse kann mitkommen. *Freunde.*

Leo, Fiona und Suse fahren im Polo, ich auf meiner XT, Noah auf seiner KTM. Leo fährt voraus, und Fiona sitzt mit dem Handy neben ihm und führt ihn. Es ist nicht sehr weit nach Hohenschönhausen, ein Bezirk, bei dem ich bisher nur an das alte Stasi-Gefängnis gedacht habe oder an DDR-Plattenbauten und Hochhäuser. Er gehört nicht gerade zu den angesagten Bezirken von Berlin. Aber dann wieder gibt es genau dort eine Cross-Strecke, etwas, das in anderen Bezirken wohl undenkbar wäre. Zwanzig Minuten später sind wir da.

Das Gelände ist von einem hohen Maschendraht umgeben und liegt an einer Bahnstrecke. Eine Stromleitung führt direkt durch das Gelände, zwei riesige Strommasten stehen wie kleine Eiffeltürme zwischen den Sandhügeln. Einige der Hügel sind mit struppigem Gras bewachsen, nicht gerade gemütlich, aber irgendwie spacig, als wäre man auf einem anderen Planeten. Dazu scheint die Sonne, knallt eigentlich schon auf das schattenlose Gelände.

Leo parkt außerhalb, Noah und ich fahren mit unseren Motorrädern bis zu der gut planierten Strecke, die in Schleifen und Kurven über das ganze Gelände führt. Ich sehe kleine Rampen, über die man wohl springen soll, und mir wird etwas mulmig. So etwas habe ich noch nie gemacht.

Noah trägt einen Crosshelm mit Brille und sieht überhaupt so aus, als ob er gleich losrasen könnte. Doch er setzt seine Brille erst mal hoch auf den Helm, mustert mich. Ich trage meine Lederjacke, Jeans, Stiefel und Handschuhe wie immer und natürlich meinen Helm. Meine Jacke ist nicht überall gepolstert, obwohl es einen eingenähten Rückenprotektor gibt, aber die Jeans wäre bei einem großen Sturz sofort durch.

Nicht sicher genug?

»Hast du das schon mal gemacht?«, fragt Noah.

Ich schüttle den Kopf.

Fiona, Suse und Leo kommen, wir winken ihnen entgegen. Suse hat sich im letzten Moment eine knallenge Jeans angezogen, weil ihr wohl klar geworden ist, dass niemand sie in einem Rock mitnehmen wird. Wobei sie wohl kaum vorhat, bei mir mitzufahren. Leo schleppt einen Rucksack mit Lebensmitteln und Fiona eine Decke und ein Sixpack Wasser. Meine Zunge ist schon jetzt ausgedörrt.

Noah zeigt nach vorne. »Wir können hier am Rand anfangen.«

Ich folge seinem Blick und sehe dann Suse aus den Augenwinkeln auf uns zulaufen. Sie lässt ihre Tasche fallen und setzt sich ungefragt hinter Noah auf seine KTM. Noah erstarrt, sagt nichts, macht nichts. Suse wirft die Hände hoch, johlt. Noah bewegt sich nicht. Da er den Helm aufhat und nach vorne sieht, habe ich keine Ahnung, was in ihm vorgeht. Ich sehe zu Leo, der besorgt zu Noah schaut. Ein Ausdruck, den ich schon kenne und auch diesmal wieder nicht deuten kann. Ich weiß nur, dass ich ziemlich sauer wäre, wenn sich jemand ungefragt hinter mich auf meine XT setzen würde.

»Hey, nur eine kleine Runde!«, ruft Suse und legt die Arme um Noah, doch er ist wie versteinert.

»Lass uns erst eine Stelle für das Picknick suchen. Erst mal ankommen«, sagt Fiona.

Noah dreht sich zu Suse um, redet aber kein Wort.

»Okay, dann eben später«, sagt sie schnell, steigt ab und folgt Fiona und Leo, die nach einem Rastplatz suchen.

Ich schiebe meine Maschine auf eine Grasnarbe, stelle sie dort ab und sehe zu Noah, der tief über seinen Lenker gebeugt ist und sich nicht bewegt. Was ist? Schließlich steigt er langsam von der Maschine, reißt den Helm ab und atmet wie ein Ertrinkender nach Luft. Ich überlege, ob ich zu ihm hingehen soll, mache eine Bewegung, doch Noah dreht sich leicht weg, und ich verstehe. Er ist zu verletzlich, er will allein sein, er braucht den Moment.

ELF

Noah

Der Schweiß läuft meinen Körper hinunter, mein Herz rast. Ich will nicht, dass Emmy mich so sieht, aber nun ist es zu spät. Es ist das erste Mal, dass ich eine Panikattacke nicht vor ihr verbergen kann. Damals, auf Mattis Party, konnte ich einfach so tun, als ob ich betrunken wäre, jetzt sehe ich an ihrem besorgten Blick, dass sie es längst weiß. *Etwas stimmt nicht mit mir.* Ich habe Angst, keine Luft zu bekommen, es ist zu heiß, zu eng.

Emmy wartet etwas weiter weg auf einem Grasstreifen. Aus den Augenwinkeln sehe ich, dass Emmy mich beobachtet. Ich brauche noch etwas, die Zeit dehnt sich, es kommt mir ewig vor, bis mein Herzschlag sich wieder verlangsamt. Bestimmt fünf Minuten. Ich bete mein Mantra, *alles ist gut*, der Atem beruhigt sich, mein Körper entspannt sich. Die Gefahr ist vorbei, auch wenn hier auf dem Platz in der Sonne nie eine Gefahr bestand. Mein Körper hat seine eigenen Erinnerungen. Langsam kann ich wieder klar denken.

Hier ist zu viel Sand, um die KTM abzustellen, also hänge ich den Helm an meinen Arm und schiebe das Motorrad zu Emmy hinüber.

»Alles in Ordnung?«, fragt sie leise, als ich neben ihr stehe. Sie nimmt ihren Helm ab, ihr Haar klebt verschwitzt im Gesicht, und ich möchte sie berühren, ihr die Haarsträhne aus dem Gesicht streichen, sie umarmen, einfach weil sie da ist, gewartet hat.

»Ja, alles gut«, sage ich, dabei ist nichts okay. Aber wie soll ich das erklären? Manchmal verstehe ich selber nicht, warum und wann die Attacken kommen, jetzt habe ich zumindest eine Ahnung. Ich stelle die KTM ab, hänge den Helm an das Lenkrad. Wir gehen schweigend zu den anderen.

Die drei stehen auf einem Grashügel und schwenken die Arme, als hätten sie einen Berg bestiegen. Fiona breitet die Decke aus und setzt sich mit Suse, aber Leo bleibt stehen und blickt mir entgegen.

»Hey, ihr seht aus wie Rennfahrer«, ruft Suse.

Emmy und ich wechseln einen kurzen Blick. Suse ist Emmys Mitbewohnerin, und ich will nicht unhöflich sein, aber sie geht mir mächtig auf die Nerven.

»Ey, Alter«, sagt Leo und zieht mich beiseite. »Ich muss noch mal zum Auto, kommst du mit?«

Wir gehen zusammen zurück zur Straße. Es ist ein Vorwand, ganz klar, er will mit mir allein sein und checken, ob alles okay ist.

Er runzelt die Stirn. »Geht es dir besser. Vorbei?«

Ich lache. »Ja, na klar.«

Leo schnauft unwillig. »Ich finde das nicht witzig. Echt nicht. Was ist, wenn dir das beim Fahren passiert?«

»Es passiert nicht beim Fahren. Ich bin schon gefahren.«

»Du weißt, was ich meine. Was sagt denn deine Therapeutin? Oder dein Vater? Der hat dir doch Tabletten gegeben. Solltest du die nicht irgendwann mal nehmen?«

Ja, ich habe Tabletten bekommen: *Tafil, Frisium, Valium, Rivotril*, ich habe alles durch. Sie machen schnell abhängig, sind sowieso nur für eine kurzfristige Behandlung gedacht, und kaum setzt man sie ab, hat man das Problem wieder. Auch deshalb habe ich mit der Therapie begonnen.

»Sie nützen nicht viel. Ich muss das anders in den Griff bekommen.«

Leo tritt wütend gegen den Hinterreifen seines Wagens.

»Scheiße noch mal, Noah, ich mache mir Sorgen! Ich denke jedes Mal, ich sollte einen Arzt holen.«

»Hey, meine ganze Familie besteht aus Ärzten, und sie können auch nicht viel tun.«

»Ja, weil sie auch Opfer sind. Mal darüber nachgedacht? Apropos, das ist mir schon in der Werkstatt bei Sascha aufgefallen. Warum lässt du immer das Wichtigste weg, wenn du von deinem Unfall erzählst?«

»Was meinst du?«, frage ich, und mein Herzschlag beschleunigt sich.

»Du weißt, was ich meine. Aber okay ...«

Ich lege eine Hand auf Leos Schulter. »Sorry, ich kümmere mich darum. Meinetwegen nehme ich demnächst Tabletten mit.«

Leo beruhigt sich, schließt das Auto auf und starrt unentschlossen hinein.

»So, irgendwas sollte ich jetzt mitbringen, sonst halten die Mädchen uns langsam beide für verrückt.«

»Den Schirm?«, schlage ich vor.

»Ist vielleicht wirklich ’ne gute Idee.« Er nimmt seinen Schirm aus dem Auto und schließt ab, wir laufen zurück.

»Was ist mit dieser Suse? Läuft da was?«, fragt er.

»*Nope!* Kannste haben.«

Er boxt mir gegen die Schulter. »Ja, typisch Noah, die Mädchen rennen dir hinterher, und du denkst nur daran, wie du schnell wieder auf die Maschine kommst.«

Ich sage nichts. Ich will nicht nur schnell wieder auf die Maschine, sondern auch schnell mit Emmy diesen Parcours befahren. Mit ihr das Gelände erkunden, mit ihr allein sein. Sie neben mir fahren sehen, das alles mit ihr erleben.

»Oh, ein Schirm, genial«, sagt Fiona, als wir zurückkommen. »Wir verglühen hier in der Hitze.«

»Ja, das dachten wir uns«, sagt Leo.

Suse verteilt Kaffee, und Fiona bietet jedem eines von den Croissants an, die sie besorgt hat. Das interessiert mich alles nicht, aber ich nehme Suse höflich einen Becher ab.

Ich schaue über den Platz, der einmalig ist. Die Strecke ist sehr gut präpariert, die Rampen haben genau die richtige Höhe, es gibt genug Kurven und sogar Wasser in der Mitte des Geländes.

»Kann ich bei dir hintendrauf mitfahren?«, fragt Suse und rückt näher an mich.

»Wir sollten die Strecke erst mal austesten«, sage ich. »Ohne Mitfahrer. Emmy? Hast du Lust?«

Emmy sieht überrascht auf, aber ich sehe das Blitzen in ihren Augen.

»Ja, okay.«

Wir gehen zu unseren Motorrädern.

»Wollen wir tauschen? Meine Maschine ist viel leichter und geeigneter für dieses Gelände«, sage ich auf dem Weg.

Sie schaut mich skeptisch an. »Du würdest mir deine

KTM leihen? Die gerade erst repariert worden ist? Was ist, wenn ich sie zu Schrott fahre? Ich bin noch nie auf so einem Gelände gefahren.«

»Hey, Unsinn. Du kannst doch sehr gut fahren«, sage ich und reiche ihr den Schlüssel. »Und du hast mir deine auch schon geliehen.«

Sie nimmt den Schlüssel und gibt mir ihren. »Danke für das Vertrauen.«

Als wir ankommen, zeige ich ihr die Besonderheiten an der Maschine und erkläre ihr, wie sie die Rampen am besten nehmen kann.

»Vielleicht am Anfang eine normale Strecke«, sagt sie, und ich spüre, dass sie aufgeregt ist.

Wir starten nebeneinander. Ich bin viele Rennen gefahren. Am liebsten habe ich den Moment kurz vor dem Start, wenn alle Motorräder beieinanderstehen, die Fahrer auf das Signal warten. Jeder will schon am Start den besten Platz erobern, sich vom Feld absetzen, der Erste sein. Nun ist es anders, ich möchte, dass Emmy vorfährt – falls ihr etwas passiert, bin ich hinter ihr.

Sie nickt, schließt ihr Visier und fährt vorsichtig an. Das Motorrad schlingert etwas, als sie durch den tiefen Sand am Rand der Strecke fährt, sie setzt kurz die Füße ab und kommt dann gut in die Spur. Dann starte auch ich.

Was viele nicht verstehen, ist, dass Motorradfahren überhaupt nichts mit Autofahren zu tun hat. Es ist eher wie Reiten. Das Motorrad vibriert, du spürst die Energie, es wartet auf deine Körperbewegungen und setzt sie sofort um. Ein guter Motorradfahrer bildet eine Einheit mit seiner Maschine, wird unzertrennlich mit ihr. Bei einem Unfall habe ich schon Fahrer ihre Maschinen erst aufbocken gesehen, bevor sie zusammengebrochen sind. Diese Einheit ist es, die das Motorradfahren zu etwas ganz Besonderem macht, und eigentlich kann nur guter Sex das noch toppen.

Emmy fährt vorsichtig, und ich muss mich zusammenreißen, um nicht an ihr vorbei auf die Piste zu fahren. Gleichzeitig sehe ich sie gerne auf der Maschine, ihre Bewegungen, ihre Entschlossenheit. Ich lasse ihr Vorsprung, teste in der Zwischenzeit die XT aus, ziehe sie hoch, fahre ein Stück auf dem Hinterreifen und höre Leo vom Hügel laut pfeifen. Okay, ich will hier keine Show abziehen, doch um eine Maschine sicher fahren zu können, muss ich mich mit ihr vertraut machen.

Emmy wird schneller und mutiger. Ich mag ihren Fahrstil, nicht übermütig, aber entschieden. Ich schließe zu ihr auf, setze im Fahren die Brille hoch, sie schiebt das Visier auf und lacht.

»Das ist so irre! Die fährt sich super.«

Sie macht eine Kopfbewegung und deutet an, dass ich vorfahren soll. *Wirklich?,* frage ich stumm, und sie nickt.

Die XT ist zwar eine Enduro und eine Geländemaschine, aber längst nicht so wendig wie die KTM. Doch mit der XT sind Fahrer schon die Rallye Paris–Dakar gefahren, sie hat alle Voraussetzungen. Ich beschleunige, fahre auf die Rampe, ziehe die Maschine hoch, fliege, lande. Es ist wie früher, als wäre ich nie abgestiegen. Hinter der nächsten Kurve stelle ich mich an den Rand und warte auf Emmy. Sie umfährt die hohen Rampen und übt an einer kleineren ihren ersten Sprung, stellt sich hoch, fliegt nur einen Moment und landet sauber. Dann fährt sie zu mir an den Rand, schiebt das Visier hoch. Ihr Gesicht glüht, sie strahlt.

»Das ist ja absolut abgefahren!«

»Ein tolles Gelände, das sollten wir öfter machen.«

Sie nickt.

Wir fahren die gesamte Strecke ab, wobei Emmy nur die flachen Rampen nimmt und ansonsten umfährt, was ich fast noch schwieriger finde, da das Gelände neben der Strecke holprig und uneben ist. Wir treffen uns an der Abfahrtsstelle wieder. Emmy stellt die KTM auf dem Grasstreifen ab, ihre Beine zittern, aber sie lacht. Ich sitze auch ab. Wir nehmen die Helme ab, sie reicht mir meinen Schlüssel.

»Du willst sicher noch eine Runde mit deiner Maschine fahren, oder?«

Stimmt.

Aber dann gibt es noch ein stärkeres Gefühl. Ich will mit Emmy zurückgehen, in ihrer Nähe bleiben. Eigentlich will ich sie an mich ziehen, sie küssen, sie lieben. Die Fahrt war wie ein Vorspiel. Nach den Rennen waren es meist irgendwelche Groupies, schneller Sex, aber mit Emmy wäre es anders.

»Nein, lass uns zu den anderen gehen.«

»Echt?«

Das Adrenalin pulst noch durch meinen Körper. Wenn überhaupt, ist das meine Medizin oder auch die Droge, die ich brauche.

Ich grinse. »Ja, echt.«

Es war eine gute Fahrt, ich brauche keine weitere Runde. Ich habe einen Schlüssel zu diesem Platz und alle Zeit der

Welt, hierher zurückzukehren. Aber dieser Moment mit Emmy ist einzigartig.

Leo und Fiona kommen uns mit zwei Flaschen Wasser entgegen. Wir trinken gierig. Suse ist oben auf dem Hügel geblieben, sie kauert unter dem Schirm und wirkt etwas eingeschnappt.

»Können wir auch mal fahren?«, fragt Leo, und Fiona nickt.

»Nur kurz.«

Emmy und ich sehen uns an, nicken.

Wir gehen mit Leo und Fiona zurück zu den Motorrädern. Sie probieren etwas herum, Leo auf der KTM, Fiona auf der XT, ohne Helme. Anfahren und ein paar Kurven auf dem Gelände, während Emmy und ich zusehen.

»Sie machen das schon ganz schön«, sage ich.

Emmy grinst. »Da kann was draus werden.«

Leo hält vor uns. »Das macht echt Spaß, los, wir fahren zu viert.«

Emmy sieht fragend zu mir. »Wir haben nur zwei Helme.«

»Oh, bitte!«, bettelt Fiona. »Nur ein bisschen.«

Emmy und ich sehen uns an, wir sind ein Team, entweder zusammen oder gar nicht. Ich ziehe die Augenbrauen hoch, *von mir aus*, Emmy nickt.

Leo fährt bei mir mit, Fiona bei Emmy. Wir tragen keine Helme und fahren langsam nebeneinander, ein ebenes Stück auf der Strecke. Nur ein Test. Doch dann blickt Emmy zu mir, ein leichtes Grinsen, und ich verstehe.

»Festhalten!«, brülle ich, und wir spurten los und fahren über das hügelige Gelände, abseits der Strecke. Die Stoßdämpfer federn nur die größten Schläge ab, und ich gehe leicht in den Stand. Emmy ist auf der XT genauso sicher wie ich auf meiner KTM, wir wollen unsere Freunde nicht gefährden, nur ein wenig durchschütteln, Spaß haben. Fiona lacht, kreischt und klammert sich an Emmy.

»Oh, mein Gott, ich sterbe«, japst sie aufgeregt und sieht dabei sehr lebendig aus.

»Willst du mich kastrieren?«, schreit Leo.

»Stell dich«, sage ich, und Leo versteht. So kann er die Schläge abfedern.

Wir bleiben mit unseren Motorrädern auf gleicher Höhe, und immer wenn ich zu Emmy hinübersehe, lacht sie breit. Fiona schreit »Hilfe!« und lacht gleichzeitig, und Leo richtet sich auf den Fußrasten auf, stützt sich auf meine Schultern und brüllt: »Ich bin der König der Welt!«

Ich blinzele gegen die Sonne, die tiefer steht, gegen das Licht, das den Sand vergoldet. Das Leben ist großartig, perfekt.

»Angeber!«, sage ich und steuere auf eine Rampe zu. »Wahnsinniger!«, brüllt er, aber ich kenne meine Maschine. Ich drehe auf, nehme Schwung, wir heben leicht ab, fliegen kurz.

»Geeeiiiil!«, schreit Leo mitten in der Luft, bis wir sanft und sicher landen.

Emmy kommt seitlich über das Gelände auf uns zugefahren und hält neben mir. Ihre Haare sind nass vom Schweiß, kleben ihr im Gesicht, sie strahlt mich an. Es ist, als ob ich noch mal abheben würde. Ich liebe dieses Mädchen.

ZWÖLF

Emmy

»Aber macht schnell!«, sagt Suse, als Leo und Fiona als Erstes zusammen im Bad unserer WG verschwinden. Nach der Rückkehr von der Cross-Strecke wollen wir alle nur das eine: so schnell wie möglich unter eine Dusche.

Während Fiona und Leo den Anfang machen, warten wir in der Küche, trinken Wasser. Ich komme mir meilenweit entfernt von dem Vormittag hier auf dem Balkon vor, das träge Herumsitzen, ist das nicht schon Jahre her?

»Das nächste Mal will ich aber mit aufs Motorrad«, sagt Suse, immer noch leicht beleidigt, und trinkt direkt aus der Flasche.

Noah sitzt am Tisch und schweigt. Ich frage mich, ob er das Gleiche spürt wie ich, diese tiefe Ruhe, das Gefühl, die Welt erobern zu können, frei zu sein. Aber bestimmt kennt er das, er ist Rennen gefahren, er ist an den Adrenalinrausch gewöhnt und daran, wie es sich anfühlt, wieder runterzukommen.

»Bad ist frei!«, ruft Fiona und tippelt in ein Handtuch gewickelt in ihr Zimmer. Leo folgt ihr kurz danach halb nackt.

»Nach dir!«, sage ich zu Suse, auch weil ich immer noch ein schlechtes Gewissen habe, dass wir sie auf dem Hügel allein gelassen haben. Sie nickt und schlüpft ins Bad, ohne mich auch nur anzusehen. Noah und ich sind allein.

Er sieht auf. Seine Augen leuchten. »Du hast wirklich Talent.«

»Danke. Aber ich glaube, das sah heute mutiger aus, als es war.«

»Wieso?«

Die Wahrheit ist: Ich habe mich mit Noah sicher gefühlt. Und ich wollte ihm zeigen, dass ich kein ängstliches Mädchen bin. Doch der Parcours hat mich eingeschüchtert.

»Ich glaube, mein Herz hat ausgesetzt, als ich das erste Mal über diese Rampe gesprungen bin.«

Noah grinst. »Das ist normal.«

Wir sehen uns an, und ich könnte schwören, wir denken das Gleiche: Es ist wie in der Liebe. Man muss etwas riskieren, sich fallen lassen, vertrauen. Und ein kleiner Herzstillstand gehört dazu.

Fiona tapst leise in die Küche, ich bemerke sie erst, als sie schon neben mir steht.

»Ist sie im Bad?«, flüstert sie und gießt sich ein Glas Wasser ein. Sie trägt einen kurzen Rock und ein T-Shirt von Leo und ist barfuß. Ich glaube, sie hat abgenommen, und zwar ganz ohne Diät oder Sport, wenn man Sex nicht zählt.

»Sie ist ziemlich sauer«, sage ich.

Noah steht auf. »Kann ich mich nachher auch kurz frisch machen?«

»Klar, nimm dir einfach ein Handtuch im Bad«, sagt Fiona und vergisst wohl gerade, dass wir kein einziges frisches Handtuch mehr haben, da die Waschmaschine erst in zwei Wochen geliefert wird.

»Nimm das rote, das an der Tür hängt«, sage ich. Es ist meins und so gut wie unbenutzt.

Noah verlässt die Küche, und Fiona beugt sich zu mir. Ihre nassen Haare streifen mein Gesicht.

»Mach dir mal um Suse keine Gedanken. Sie hat sonst jeden Mann abgegriffen, der hier bei mir übernachtet hat, aber sie hat doch keinen Anspruch darauf, oder?«

»Na ja, sie will ja auch offensichtlich nichts von Leo.«

Fiona lässt sich auf einen Stuhl fallen. »Das wäre ja noch schöner!«

»Ich meine nur, es war nicht so nett, sie erst mitzunehmen und dann auszuschließen. Wir wohnen schließlich mit ihr zusammen.«

Fiona zuckt mit den Schultern. »Seit Ruth ausgezogen ist, wird mir erst klar, wie wenig Suse hier macht. Schau dir nur die Küche an.«

Stimmt.

»Und was sollen wir machen?«

»Ein Plenum und mal einen Putzplan absprechen. Denn es geht ja wohl nicht, dass wir beide hier putzen und kochen und einkaufen und sie dann auch noch unsere Männer mitbenutzen will. Und, wo wir gerade davon sprechen ...« Fiona deutet in den Flur, wo Suse in mein rotes Badetuch gewickelt aus dem Bad kommt. »Erst Noah, dann das Badetuch. Geht ja wohl gar nicht.«

Ich muss lachen, weil es schon etwas Komisches hat.

Noah schaut in die Küche. »Gehst du jetzt ins Bad?«

»Geh du ruhig, wir reden gerade noch. Es gibt allerdings doch kein Handtuch mehr.«

»Okay.«

Mir fällt ein, dass Noah vielleicht auch etwas Frisches zum Anziehen braucht.

»Ich kann dir ein T-Shirt leihen.«

»Klasse.«

Ich habe zwei Umzugskisten mit meinen Kleidern ausgepackt, denn mehr passte nicht in meine Kommode, den großen Kleiderschrank habe ich bei meinen Eltern gelassen. Ich krame in einer der Umzugskisten und finde die Band-T-Shirts. Als Booker für Bands hat mein Vater immer etliche davon bekommen und gleich an mich weitergegeben. Für mich sind es mehr Sammler- als Kleidungsstücke. Ein weiterer Vorteil: Sie sind alle groß genug für Noah. *Metallica*, das erste Shirt, das mir in die Hände fällt. Ich denke an den Abend bei Matti, den Tanz mit Noah. Diese magische Nähe, die den Beginn unserer Beziehung ausgemacht hat. Und jetzt Freundschaft.

Das geht!, sage ich mir und schüttele leicht den Kopf, weil der Song sich gleich wie ein Wurm in meinem Ohr einnistet. Doch so leicht verschwindet er nicht. *Nothing else matters.*

Ich nehme das Shirt, klopfe an die Badezimmertür, Noah öffnet. Ich sehe seinen nackten Oberkörper, das Tattoo, die Krähe, die fast die ganze Seite seines Oberkörpers einnimmt. Sofort möchte ich ihn berühren, ihn lieben und wilden Sex mit ihm haben. Mein Blick streift die Boxershorts, ich sehe die feinen, hellen Narben auf seinem Ober- und Unterschenkel. *Nothing else matters.*

Als was?, fragt eine Stimme in mir. *Die Freundschaft?*

Ich spüre, dass ich das T-Shirt noch an einer Seite umklammere und Noah die andere hält. Ich hebe den Blick. Noah sieht mich fragend an.

»Oh, klar, das kannst du nehmen«, stammle ich, und er lächelt.

»Wow, ein signiertes Band-Shirt!«

»Ja, von meinem Vater«, sage ich und verschwinde schnell in die Küche.

»Und was ist so schlecht daran?«, sagt Leo gerade, als ich eintrete. Er klingt etwas genervt. Fiona steht ihm gegenüber, sie diskutieren.

»Emmy!« Fiona dreht sich zu mir um. »Wir überlegen gerade, ob wir nicht noch was essen gehen sollen. Irgendwo in der Nähe.«

»*Marienburger*«, sage ich, und Leo nickt. »Siehst du!«

»Nein, ich sehe gar nichts«, ruft Fiona. »Da gehen wir immer hin, warum nicht mal was Neues ausprobieren?«

Leo wirft die Hände hoch. »Weil es dort die besten Burger gibt?!«

»Leo hat recht«, stimme ich unbedacht zu, denn im nächsten Moment wird mir klar, dass Fiona meine Solidarität erwartet. »Äh ... das sagt jedenfalls dieser Foodblog, auf dem ich letztens war. Aber wir können ja auch mal woandershin gehen, wenn du willst«, lenke ich ein, da ich nicht unbedingt in einen Streit der beiden hineingezogen werden will.

»Genau. Einfach mal sehen, was es hier sonst noch in der Gegend gibt«, sagt Fiona und setzt sich, als wäre die Diskussion damit beendet.

Leo findet das nicht. »Okay, aber ich habe Lust auf Burger, und dort gibt es nun mal die besten.«

»Was ist das Problem?«, frage ich, weil es sich so anhört, als ginge es nicht nur um unseren Lieblingsburgerladen.

Leo zuckt mit den Achseln und verlässt die Küche.

»Was?«, artikuliere ich, und Fiona hebt genervt die Augenbrauen. »Leo ist so ein Gewohnheitsmensch. Wo bleibt die Spontaneität, die Experimentierfreude?«, zischt sie leise.

»Moment mal, als er vorhin ankam, wart ihr doch sehr spontan, wenn ich mich recht erinnere.«

Fiona errötet leicht. »Ich meine nicht *den* Bereich, da ist alles gut. Ich finde nur, es ist doch langweilig, immer in denselben Imbiss zu gehen.«

»Na ja, sie haben die besten Burger, sie sind extrem nett dort, es ist bezahlbar, wir lieben den *Marienburger*!«

»*Marienburger?* Ich bin dabei«, sagt Noah und setzt sich an den Küchentisch. Er ist barfuß, trägt Jeans und das *Metallica*-T-Shirt und sieht aus, als ob er aus einem Playgirl-Kalender gesprungen wäre.

»Na gut«, brummt Fiona.

Suse beschließt, zu Hause zu bleiben und zu lernen, obwohl ich sie ausdrücklich eingeladen habe. Leo und Noah laufen vor uns, und ich bleibe mit Fiona etwas zurück.

»Habt ihr jetzt Stress?«, frage ich, da ich Fionas Stimmungen sehr genau kenne.

Fiona seufzt. »Ich weiß noch nicht mal, warum wir uns darüber gestritten haben. Was sagt die Psychologin?«

Ich habe auch nur eine Vermutung. »Na ja, dass du immer so auf Wechsel und Veränderung bestehst. Das könnte Leo vielleicht etwas verunsichern.«

»Wieso?«, fragt Fiona ganz naiv.

»Bei deiner Vorgeschichte, die One-Night-Stands. Schon vergessen?«

Sie schaut mich ehrlich überrascht an. »Aber Leo ist doch nicht mit einem Hamburger zu vergleichen!«

Wir lachen beide los, und Noah und Leo schauen sich erstaunt um. Fiona rennt auf Leo zu, umarmt ihn, küsst ihn und flüstert in sein Ohr, dann laufen beide zusammen vor. Noah wartet auf mich, wir laufen nebeneinander, benehmen uns wie Freunde, zivilisiert und höflich. Ich nehme mir vor, ihn zu fragen: nach Hamburg, nach seiner Freundin. Jetzt will ich wissen, ob es demnächst vielleicht zwei Pärchen gibt und ich dann doch lieber zu Hause bleibe und lerne wie Suse.

»Und? Wie ist es in der WG bei Kolja?«, frage ich.

»Bisher richtig gut. Die anderen habe ich noch nicht getroffen. Ach, da fällt mir ein …«, Noah zieht sein iPhone aus der Tasche. »Ich habe eine neue Band gefunden. Und ich will deine Meinung.«

»Wo gefunden?«

»Emmy!«, ruft Fiona, die mit Leo schon einen Tisch vor dem *Marienburger* gefunden hat, was praktisch ein Lottogewinn ist.

»Komm«, sage ich, und wir rennen los, weil man einen Platz dort höchstens zwei Sekunden frei halten kann.

Fiona winkt uns an den Tisch, und wir lassen uns nebeneinander fallen.

»Wir holen«, bietet Leo an.

»Einen vegetarischen Babyburger und Pommes«, sage ich. »Wenn es einen Sonderburger gibt, bin ich dabei.«

»Mir einen Veggie-Burger normal und eine doppelte Pommes«, bestellt Noah.

Leo und Fiona verschwinden in dem kleinen Imbiss.

Noah scrollt seine Mediathek durch.

»Hier«, sagt er und hält mir sein iPhone hin, verdeckt aber das Display.

»Ich will deine unverfälschte und ehrliche Meinung.« Seine Hand berührt meine, ein Kribbeln wie elektrische Ladung, etwas, das mich sofort aus meiner Gelassenheit reißt und das ich überspiele, indem ich nach meinen Earphones suche.

Ich schließe sie an Noahs iPhone an, stecke einen Stöpsel in mein Ohr und reiche ihm den anderen. Und höre Folkmusik. Sanfter Gesang, männlich, vokal. Irgendwie bekannt. Und eindeutig nicht das, was ich von Noah erwartet hätte. Es gefällt mir. Viel sanfter als die Musik, die er sonst hört.

»Wer ist das?«

Noah reißt einen Arm hoch. »*Yeah!* Du kennst sie nicht.«

»Keine Ahnung. Wo hast du sie entdeckt?«

»Ich habe mit Kolja einen Film gesehen, da ist mir die Musik aufgefallen.«

»Was für einen Film?«

»*Die Summe meiner einzelnen Teile.*«

»Kenne ich nicht.«

»Da geht es um einen Typen, der durchdreht. Wahnvorstellungen. So ein deutscher Film«, sagt er abwehrend.

Ich sehe ihn fragend an, will er darüber nicht reden? Ich kenne das mittlerweile von Noah, auf einmal zieht er sich zurück, als ob eine Wand zwischen uns hochfahren würde, hinter der er sich versteckt. Er sieht mich nicht an.

»Gut, okay«, sage ich und überspiele die angespannte Stille, die auf einmal zwischen uns herrscht. »Also: welche Gruppe?«

»Rate, woher«, sagt Noah.

»Hhm. England?«

Er grinst. »Auch.«

»Amerika?«

»Auch. Und Italien. Aber das Größte ist: Es sind Berliner.«

Ich springe leicht auf. *»The Mighty Oaks!«* Ich wusste doch, dass mir die Musik bekannt vorkommt.

Jemand räuspert sich laut, und wir sehen auf.

Leo steht mit zwei der kleinen silbernen Tabletts, auf denen im *Marienburger* das Essen serviert wird, vor uns und verdreht die Augen. »Motorräder und Musik. Schon verstanden, dann seid ihr nicht ansprechbar.«

Am Tisch reden wir über die Uni, Berlin, das Essen. Small-Talk, und ich vermeide jedes Thema, das Noahs Schutzsystem wieder aufrufen würde. Ich rede auch nicht über seine Freundin oder frage danach. Einfach unmöglich.

»Und? Was ist mit dem Job im Segelclub?«, fragt Leo Noah.

»Ich überleg, den Trainer-C-Schein zu machen. Dann kann ich als Segeltrainer arbeiten.«

Ich wusste noch nicht mal, dass Noah einen Job gesucht hat.

»Bekommst du kein Bafög?«, fragt Fiona.

»Kein Anspruch«, sagt Noah. »Meine Eltern verdienen viel zu viel.«

»Ärzte!«, sagt Leo.

»Dann müssen sie zahlen, ist doch ganz einfach.«

Noah schweigt und isst und hat diesen abwehrenden Gesichtsausdruck.

»Du willst kein Geld annehmen«, sage ich.

Nach allem, was Noah von dem Streit mit seinem Vater erzählt hat, ist das eigentlich ganz logisch.

»Ja. Ist mir lieber so.«

Leo schickt mir einen dieser Blicke, die ich mittlerweile auch gut kenne: *Lass ihn. Sprich besser nicht darüber.* Aber geht es nicht genau darum in einer Freundschaft?

»Wir wollten doch mal zusammen segeln«, sagt Fiona, die wie immer gut darin ist, das Thema im richtigen Moment zu wechseln. »Leo, du hast gesagt, man kann sich an der Uni ein Boot leihen. Zu viert. Emmy? Du und Noah, ihr könnt segeln, und zeigt uns, wie das geht.«

»Oh, ich kann nicht segeln. Ich war nur ein, zwei Mal auf dem Wasser.«

Noah blinzelt in meine Richtung. »Ich zeig's dir. Also, richtiges Segeln.«

Mein Herzschlag beschleunigt sich. Schon beim Motorradfahren habe ich mich gewundert, dass Noah mich hineinlässt in diese Welt, seine Welt. Und jetzt Segeln? Dinge, die ihm wichtig sind, die ihm mehr als ein Hobby bedeuten. Weil wir Freunde sind? Weil ich für ihn wie ein Kumpel bin?

Fiona strahlt. »Also beschlossen!«

DREIZEHN

Emmy

Es ist Montagvormittag, und die Uni ist wie ausgestorben. Semesterferien. Selbst ich komme mir seltsam vor, an diesem Hochsommertag durch die langen Gänge der Rostlaube zu laufen, aber der Termin stand schon länger fest. Das Nachholen der Versuchspersonenstunde, Ausschnitte aus Liebesfilmen ansehen, dabei wird ein EKG gemacht. Ich weiß immer noch nicht so richtig, was da damals schiefgelaufen ist, ob eine Elektrode am Körper verrutscht ist oder es tatsächlich sein kann, dass mich Noahs Anwesenheit so durcheinandergebracht hat? Oder etwas mit mir nicht richtig ist. Mit meinem Herzen nicht stimmt. Denn in letzter Zeit habe ich oft Herzschmerzen. Fiona lacht nur darüber und diagnostiziert Liebeskummer. Aber warum sollte ich Liebeskummer haben? Noah? Eigentlich ist gerade alles sehr gut zwischen uns, entspannt, freundschaftlich, obwohl ich ihn seit unserem Tag auf dem Motorradgelände nicht mehr gesehen habe.

Ich bin am Ende des Ganges angekommen, wo der Fachbereich der Psychologen ist, und frage mich, ob ich die Einzige sein werde, die sich heute Liebesfilme anschaut. Dann dürfte ja auch nichts schiefgehen. Die Tür zum Psychologielabor steht halb offen, ich stoße sie auf und sehe drei Studenten in den Sesseln sitzen, einer wird gerade verkabelt.

»Kolja?«

Er sieht auf und grinst. »Ah, habe ich mir doch gedacht, dass du die Emilia auf der Liste bist.« Er bringt eine letzte Elektrode auf dem Oberkörper des Studenten an und kommt zu dem Anmeldungstisch.

»Und was machst du hier?«, frage ich.

»HiWi-Job. Seit diesem Semester. Ich habe mich dreimal beworben, und jetzt hat es endlich geklappt.«

»HiWi von Prof Steiner?«

Er nickt. »Netter Typ, aber was die Arbeit angeht, nicht gerade lässig. Ich mach hier seit zwei Wochen alles.« Er beugt sich zu mir. »Ich lese sogar Seminararbeiten.« Er grinst. »Also stell dich gut mit mir.«

Ich merke, dass ich Kolja vermisst habe. Seine kleinen satanischen Bemerkungen, seine komplette Offenheit, unser kleiner Pakt. Und gleich habe ich ein schlechtes Gewissen, da ich immer noch keinen Plan habe, wie ich Kolja und Julian zusammenbringen kann. Nein, nicht verkuppeln, das maße ich mir schon lange nicht mehr an. Aber ich könnte sie besser miteinander bekannt machen.

Ich lasse mich auf einen der Sessel fallen. »Und du schaust dir jetzt ständig Liebesfilmausschnitte an?«

»Klar, das ist mein Job. Und der ist ja wohl besser als die meisten anderen, wenn ich an Pizza-Ausfahren oder Bettpfannen-Leeren denke.«

Allerdings.

Kolja reicht mir ein Bündel Elektroden an dünnen Drähten. »Musst du selber anbringen, Jenny ist heute nicht da.«

Ich grinse und flüstere: »Oh, du darfst nur die Jungs verkabeln? Na, so was!«

Er boxt mich leicht auf die Schulter und geht zum Beamer, während ich die Elektroden anbringe. Ich weiß noch vom letzten Mal, wo sie hingehören.

»So, Leute, gleich geht's los, also entspannt euch und wackelt nicht zu sehr herum, damit die Elektroden nicht abfallen. Bitte lasst die Augen offen, auch wenn es grausam wird. Und nun viel Spaß!«, sagt Kolja mit seiner typischen Mischung aus Lässigkeit und Strenge.

Das Licht verlischt, ich lehne mich entspannt zurück. Und kaum sehe ich die erste Szene, vermisse ich Noah. Nicht als Freund, sondern als Lover. Bei jedem Kuss, der getauscht wird, bei jeder Umarmung, bei jeder Berührung sehe ich uns beide anstelle des Liebespaares, fühle das Kribbeln und Flattern, die Aufregung, die Erregung. Alles war so gut, so intensiv zwischen uns. Und so verdammt richtig. Und was mache ich jetzt?

»Kannst du einfach Schluss machen?«, frage ich Kolja, nachdem alle gegangen sind und er den Laborraum abschließt.

»Na klar, das war die letzte Gruppe, und alles andere kann ich später machen.« Er mustert mich. »Und? Wie war es das zweite Mal?«

»Gilt das überhaupt? Ich bin doch nicht mehr überrascht. Ich wusste doch, was kommt.«

»Deine Herzfrequenz ist trotzdem höhergegangen«, sagt Kolja und grinst.

»Das war ja wohl bei allen so, oder?«

»Nein, nicht unbedingt.« Er nimmt meine Hand und drückt sie auf seinen Brustkorb. »Fühl mal mein Herz. Ganz ruhig.«

Ich spüre seinen langsamen Herzschlag.

»Julian hat nach dir gefragt«, sage ich und grinse, als Koljas Herzschlag sich beschleunigt.

»Oh, was ist jetzt mit deinem Herzen los? Seltsam, oder?«

»Du fiese kleine Schlange«, sagt Kolja.

Ich lache und renne vor ihm weg. Er holt mich sofort ein, schlingt seine Arme um mich, zieht mich fest an sich und flüstert in mein Ohr: »Echt jetzt?«

Ich bereue, es gesagt zu haben. Eine Lüge.

»Ja, ständig«, behaupte ich leichthin, und Kolja versteht.

»Hey, merk dir, damit macht man keine Witze«, flüstert er ernst und gibt mich dann frei.

»Sorry.«

Kolja zuckt kurz mit den Achseln. »Vergeben.«

»Danke. Und sag mal, weißt du eigentlich, aus welchem Film die Szene ist, wo das Liebespaar auf der Straße tanzt?«

»Welche?«

»Die, wo sie ohne Musik tanzen.«

»Keine Ahnung.«

Ich begleite Kolja vor das Sekretariat von Steiner, wo er den Schlüssel abgibt und sich abmeldet, und warte draußen. Ich bin nicht gerade scharf darauf, meinen Prof in den Semesterferien zu treffen, zumal ich meine schriftliche Arbeit immer noch nicht fertig habe, obwohl eigentlich nur noch ein Kapitel fehlt. Aber durch den Umzug und den Sturz meiner Mutter ist wieder mal vieles durcheinandergeraten. Wird es jemals anders sein?

»Okay. Und jetzt Kaffee?«, frage ich, als Kolja zurückkommt.

Wir gehen wieder zurück auf den großen Hauptgang der Rostlaube, die K-Straße.

»Kennst du das *Kauderwelsch*?«, fragt Kolja.

»Das Veggie-Café in der L-Straße?«, sage ich skeptisch. »Ich bin eher für das Sportlercafé, die sind nicht so militant.«

Kolja grinst. »Nur was das Essen angeht, aber sag denen da mal, dass du keinen Sport treibst.«

»Keinen Sport? Du? Das glaube ich nicht.« Ich denke an unsere Hotelnacht und Koljas gut definierte Armmuskeln.

»Na ja, Fitnessstudio. Aber das zählt bei denen nicht. Die sind ja hardcore.«

Ich muss lachen, denn Kolja hat es ziemlich gut getroffen. Ich erinnere mich an eine Karikatur – Sportler gegen Psychologen –, in der wir nicht sehr gut weggekommen sind. Doch da wir gerade am Sportlercafé vorbeikommen, sehe ich Kolja trotzdem fragend an, und er nickt.

Wir sind die einzigen Gäste, auch hier ist alles wie ausgestorben, nur Tim, der Cafédienst hat, hinter dem Tresen, der auch hier nur ein quer gestellter Tisch ist.

»Ah, hoher Besuch von den Kollegen«, sagt Tim und grinst. Er macht mich jedes Mal an, wenn wir uns treffen. »Was verschafft unserem kleinen Café die Ehre?«

»Hi, Tim«, sage ich sachlich. »Tja, wir wollen einfach nur einen Kaffee trinken und, hm, wie alt sind die Muffins?«

»Noch heiß, genau wie du.«

»Aua«, flüstert Kolja.

Ich nicke. Tim gehört zu der Sorte von Jungs, die sich für unwiderstehlich halten, weil sie straffe Bauchmuskeln und fette Bizepse haben. Aber auch wenn das Gehirn kein Muskel ist, sollte es vielleicht gelegentlich trainiert werden.

Tim geht zur Kaffeemaschine und gießt uns zwei Becher voll.

»Und zwei von den heißen Muffins«, sagt Kolja.

Wir bezahlen, nehmen unseren Kaffee und die kleinen Kuchen und gehen auf die Terrasse des Cafés, wo uns die Hitze entgegenschlägt.

Wir setzen uns.

»Und? Wie hat sich Noah eingelebt?«, frage ich und gebe meiner Stimme einen entspannten Ton, was mir nur halbwegs gelingt.

»Gut. Er ist nett.« Kolja zieht eine Augenbraue hoch und mustert mich von der Seite. »Wie steht ihr jetzt eigentlich zueinander?«

»Freunde.«

»Freunde?«, sagt Kolja amüsiert.

»Ja. Noah hat es vorgeschlagen.«

Ich nehme einen Schluck von meinem Kaffee und verbrenne mir die Oberlippe. *Verdammt, das Thema macht mich nervös.*

»Vorgeschlagen? Wann denn?«

»Als er bei dir eingezogen ist. Wir haben uns doch getroffen. Aber das ist gut. Alles ganz entspannt.«

Ich wickle den Muffin aus seiner klebrigen Papierhülle. *Gekauft.* Wir im Pi-Café haben selbst gemachte Muffins. Verrückt, aber auf merkwürdige Weise konkurrieren wir mit dem Sportlercafé, obwohl wir auch nur Gummischrippen und Blümchenkaffee anbieten.

»Aha, er wollte das. Vielleicht hat er tatsächlich noch

eine Beziehung«, überlegt Kolja. »Da ruft so alle paar Tage eine Nele an.«

Ich erstarre. »Aus Hamburg? Aus der WG?«

»Ich habe die Fangschaltung leider noch nicht installiert.«

Schon klar: *Unangemessene Reaktion.* Noah und ich sind Freunde, nicht mehr. Ich fange mich wieder, übe Selbstbeherrschung, wickle den Muffin wieder ein und noch mal aus.

»Also du denkst echt, dass das klappt? Freundschaft mit Noah?«, fragt Kolja.

Jetzt fängt auch noch Kolja damit an.

»Warum zweifeln denn alle daran, dass wir das hinkriegen?«

Kolja grinst. »Ja, warum nur? Vielleicht, weil du den Eindruck machst, als ob es dir nicht egal ist, wer bei Noah anruft oder vorbeikommt.«

»Wieso vorbeikommen?«

»Deine Mitbewohnerin.«

»Fiona? Wieso?«

»Suse.«

Okay, Ende mit Selbstbeherrschung.

»WAS? Das gibt es doch nicht. Übernachtet sie bei ihm?«

Kolja schaut mitleidig auf den Muffin, den ich in der Hand zerbrösele.

»Nein, Emmy, beruhig dich mal. Wenn einer bei Noah schläft, dann ich.«

»Was?«

Kolja scheint es zu amüsieren, mich aus der Fassung zu bringen. Er tätschelt mein Knie und nimmt mir den Muffin ab.

»Vergiss das mal mit der Freundschaft zu Noah. Dafür hast du echt zu viele Gefühle ihm gegenüber.«

Wir schweigen. Mir ist auf einmal zu warm in der Sonne, ich stehe auf, laufe herum, wodurch es nicht gerade kühler wird, aber ich besser nachdenken kann.

»Wollen wir reingehen?«, frage ich.

Drinnen suchen wir uns einen Platz in der Ecke, auch wenn sonst niemand da ist. Ich hole mir noch ein Wasser, trinke es in einem Zug aus und kippe den mittlerweile lauwarmen Kaffee hinterher. Beides schmeckt gleich wässrig.

»Also, wenn das seine Freundin ist, die anruft, dann streiten sie ganz schön viel«, sagt Kolja.

»Ja?«

Ich sollte keinen Hoffnungsschimmer haben. Als gute Freundin sollte ich ihm eher wünschen, dass es mit seiner Beziehung gut läuft. Aber meine Gefühle lassen sich nicht steuern. *Sie ruft an, sie sind noch zusammen!*, trommelt es in meinem Ohr.

Mein Handy klingelt. Gitarrenriff. Julian oder Fiona.

»Moment mal«, sage ich, springe auf und wende mich leicht ab. Es ist Fiona.

»Hey!«

»Emmy? Wir haben keinen Platz mehr auf der Liegewiese gefunden und sind jetzt rechts um den See rum an eine Badestelle gegangen. Wann kommst du?«

»Ich hab die Zeit etwas aus den Augen verloren. Halbe Stunde?«

»Okay, wir warten.«

Ich lege auf, drehe mich wieder zu Kolja.

»Wenn du losmusst …«, sagt er.

Ich setze mich wieder. Ich will das Gespräch nicht abbrechen, im Gegenteil. Aber ich bin verabredet und will die anderen nicht lange warten lassen.

»Sie warten auf mich.« Ich lächele. »Willst du nicht mitkommen?«

»Wohin?«

»An den Schlachtensee, schwimmen. Fiona und Leo sind da. Und Julian.«

VIERZEHN

Emmy

Kolja folgt mir in seinem Passat, ich fahre Motorrad. Wir halten am S-Bahnhof Schlachtensee an der großen Liegewiese, die tatsächlich komplett überfüllt ist. Kolja findet einen Parkplatz, ich stelle mich neben ihn auf den Bürgersteig, steige ab und beginne mit meinem Umziehritual. Lederjacke und Boots aus und in die Motorradkoffer, Handtücher und Flip-Flops aus dem Koffer.

»Ich kann dir ein Handtuch leihen«, biete ich Kolja an.

Ich spüre, wie nervös er ist, und verstehe ihn nur zu gut. Dass Kolja mitkommt, ist neu und ungewöhnlich, und alle werden sich fragen, warum.

Wir gehen runter zum Spazierweg um den See, wo es gleich ruhiger ist. In regelmäßigen Abständen gibt es kleine Sandstrände, die im Sommer sehr beliebt und meist belegt sind.

»Nervös?«, frage ich, denn Kolja ist auf einmal sehr still geworden.

»Meinst du, sie sind nicht genervt, wenn du mich mitbringst?«, fragt Kolja unsicher.

Ich habe keine Ahnung. Seit Noah bei Kolja wohnt und genau wie ich nur Gutes über ihn erzählt, weiß ich, dass zumindest Fiona und Leo ihre Meinung über Kolja geändert haben, aber Julian hält sich aus diesen Gesprächen immer heraus. Ich überlege kurz, ob ich anrufen und Kolja ankündigen soll, aber das wirkt vielleicht noch verkrampfter, als einfach zu zweit aufzutauchen. Immerhin haben wir uns in der Uni getroffen.

»Nein, wieso denn?«, beruhige ich Kolja.

Kurz darauf entdecke ich Fiona, die im Bikini an einem der schöneren Sandstrände steht, und Leo, der schon im Wasser ist. Als wir näher kommen, sehe ich auch Julian am Ufer sitzen. Doch nicht allein. Neben ihm sitzt ein dunkelhaariger Typ, und in Sekunden wird mir klar, dass es der junge Spanier aus dem *Coffee Cross* ist. Am liebsten würde ich einfach umdrehen und wegrennen.

Fiona winkt schon, Kolja ahnt nichts, Julian noch weniger. Er dreht sich um, sieht mich, winkt ebenfalls.

Ich lasse mein Handtuch auf die Decke fallen, die Fiona ausgebreitet hat.

»Hey, ich habe Kolja mitgebracht, wir haben uns an der Uni getroffen.«

Fiona beginnt fragend und leicht alarmiert mit ihren Augen zu sprechen. Julian steht zusammen mit dem Spanier auf, um uns zu begrüßen.

»Juan, das ist Emmy. Emmy: Juan.« Und dann, eine gefühlte Ewigkeit später: »Hallo, Kolja.«

Juan ist freundlich und denkt vermutlich, Kolja ist mein Freund.

»Hey, kommt ihr endlich mal ins Wasser?«, brüllt Leo.

Fiona zögert, Wasser ist nicht gerade ihr Element. Ich sehe zu Kolja, ich fühle mich für ihn verantwortlich, und er nickt.

»Klar.«

Ich habe meinen Bikini schon unter, ziehe die Jeans aus, mein T-Shirt. Als ich aufsehe, ist Kolja nackt.

»Wollen wir?«, fragt er lässig.

Nackt schwimmen zu gehen ist hier am See nichts Ungewöhnliches, und Kolja hat kein Badezeug dabei, aber es ist schon ziemlich mutig, sich beim ersten Treffen mit Fremden nackt zu präsentieren. Ich bin gleichermaßen beeindruckt und überrascht.

Fiona hebt die Augenbrauen, lächelt leicht, ich kenne den Blick. *Lecker.* Auf einmal ist mir klar, dass Kolja sich hier nicht nur verletzlich preisgibt, sondern einen seiner größten Trümpfe ausspielt. Er sieht nackt verdammt gut aus. Die Arbeit im Fitnessstudio hat sich gelohnt, und seine Männlichkeit ist beeindruckend. Julian und Juan haben sich wieder gesetzt, Julian starrt auf den See, aber Juan mustert Kolja ungeniert.

»Okay, los«, sage ich und gehe mit Kolja ins Wasser. Wir schwimmen ein Stück hinaus.

»Es tut mir leid, ich wusste nicht, dass Julian jemanden mitbringt«, sage ich, als wir fast in der Mitte des Sees sind.

»Schon gut. Alles okay.« Kolja lächelt. »Wenn du denkst, ich gebe auf – keineswegs.«

Ich frage mich, woher er das Selbstbewusstsein nimmt. Mich schüchtern schon theoretische Freundinnen von Noah ein, und ihn stört die Anwesenheit eines Konkurrenten überhaupt nicht?

»Juan denkt vermutlich, du bist mein Freund.«

»Nein«, sagt Kolja. »Juan weiß Bescheid.«

»Woher denn?«

Kolja grinst. »Ich weiß ja nicht, wie ihr das untereinander klärt, aber wir haben unsere Zeichen.«

Wir schwimmen noch weiter hinaus, und ich entspanne mich.

Ich erinnere mich, wie ich hier mit Noah war, wir auf die andere Seite geschwommen sind. Die Nähe, die Möglichkeit, verletzt zu werden. Habe ich deshalb mit ihm Schluss gemacht? Ich war mir immer sicher, dass Fiona damit Probleme hat, ihre One-Night-Stands, und ich immun dagegen bin. Jetzt sehe ich Leo und meine beste Freundin und muss zugeben, dass sie das beide sehr gut machen. Mit Streits und Kämpfen und Versöhnungen. Wenn Leo bei Fiona ist, dann höre ich sie manchmal bis tief in die Nacht diskutieren und dann wilden und lauten Sex haben. Das ist doch eigentlich das Leben, das ich mir vorgestellt habe. Intensiv. Stattdessen vermeide ich gerade jede Verletzung und damit auch, richtig lebendig zu sein.

Als wir aus dem Wasser kommen, gehen Julian und Juan ins Wasser, als hätten sie nur darauf gewartet, dass der See frei wird. Julian ist mir auf einmal fremd.

Ich wickele mich in mein Handtuch, wringe den Bikini aus. »Hättest du mich nicht warnen können?«, frage ich Fiona leise und ziehe sie etwas beiseite, während Leo und Kolja auf der Decke sitzen und sich unterhalten.

»Ich habe dir eine SMS geschickt. Ich wusste das auch nicht. Sie sind nach unserem Gespräch gekommen.« Sie schielt zu Kolja. »Hat es einen bestimmten Grund, dass du ihn mitgebracht hast?«

»Nicht direkt. Wir haben uns an der Uni getroffen.« Ich hebe meine Hand zum Schwur. »Es war Zufall!«

Fiona nickt. »Schon gut. Leo wollte eigentlich, dass Noah mitkommt, aber der kümmert sich heute um diese Karte, damit wir zusammen segeln gehen können. Leo haben sie die nicht gegeben, da brauchte man einen Segelführerschein. Aber wenn das klappt, dann können wir ein Boot an der Uni ausleihen. Er hat vorhin angerufen und gefragt, ob wir am Donnerstag Zeit haben. Da soll guter Wind sein.«

Mein Herz, das Flimmern im Magen. Noah-Alarm.

»Klar, ich bin dabei.«

Fiona beobachtet mich, blinzelt. »Ich finde, ihr macht das übrigens sehr gut.«

»Was?«

»Du und Noah, mit eurer Freundschaft.«

»Ach ja?«, sage ich mit einem leicht ironischen Unterton.

»Doch, wirklich. Ich war mir sicher, ihr schafft das nicht. Leo meinte, Noah geht nie lange Beziehungen ein, also so richtige. Er ist einfach nicht der Typ dafür. Und eine Freundschaft mit einem Mädchen hat er noch nie gehabt.«

»Aha.«

»Ja, Leo hat erzählt, dass Noah ganz begeistert davon war, wie toll das mit dir auf der Cross-Strecke war und wie gut er mit dir über Musik und Motorradfahren reden kann.«

Großartig.

Ich sehe mich als alternde Frau sterben, umringt von lauter männlichen Freunden, die es toll finden, dass ich so ein guter Kumpel bin.

»Freut mich«, sage ich und sehe Fiona dabei nicht an. Ich deute auf die Decke.

»Ich ruh mich noch ein bisschen aus.«

Ich ziehe mir Jeans und T-Shirt über, rolle mich auf die Decke und schließe die Augen. Noah will also gar keine Beziehung. Lieber Motorrad fahren mit seinen Kumpels. Zu denen ich jetzt auch gehöre. Freundschaft und Liebe bilden gerade einen Knoten, den ich nicht lösen kann. Ist es das Gegenteil, oder gehört es zusammen? Meine Augenlider sind wie Decken, unter die ich mich verkriechen kann. Eine Flucht, ganz klar.

Ich bin noch klein, vielleicht fünf, es ist Sommer und Nachmittag. Julian und ich liegen auf einer Decke in unserem Garten und sehen in die Baumkrone über uns, erzählen uns Dinge, aber wahrscheinlich rede nur ich, und er hört zu. Ich sehe wieder zur Seite, und auf einmal liegt Noah neben mir und lächelt. Ich will ihm erklären, dass ich die Liebesfilmausschnitte wieder gesehen und etwas verstanden habe. »Liebe ist nicht so«, sage ich. »Die Ausschnitte sind herausgeschnitten aus dem Leben, das dazwischen fehlt, aber eigentlich geht es darum. Um das Fehlende, das Unvollkommene. Das dazwischen.« Noah schaut mich fragend an, ich habe Angst, dass er mich nicht versteht, denn es ist wichtig. Ich merke, dass ich mich in den Worten verfange, es sich nicht richtig anhört, dabei weiß ich genau, was ich sagen will, nur steckt es in meinem Kopf fest. »Freundschaft ist das Drumherum. Die Momente sind Liebe, aber nur alles zusammen ist eine Beziehung«, sage ich und habe das Gefühl, wieder fünf zu sein, damals, als es eine große Erkenntnis war, dass man lieber Erdbeer- als Schokoeis isst. Und jetzt? »Ich liebe dich«, sage ich und erschrecke, denn eigentlich wollte ich das an-

ders ausdrücken, indirekter, vorsichtiger, mit mehr Sicherheit. Noah dreht sich zu mir, fasst mich am Arm, rüttelt mich. »Das ist nur ein Film«, sagt er. »Das ist nicht echt.«

»Emmy?«

Ich schlage die Augen auf und blinzele in die tief stehende Sonne. Ich bin eingeschlafen. Julian hockt neben mir und lächelt.

»Hey, wir brechen auf. Kommst du?«

Ich richte mich halb auf, sehe Fiona, die ihre Sachen packt, Leo, der wartet. Kolja zieht sich gerade an, Juan schaut ihm dabei zu. Beim Aufstehen fühlt sich alles schwer an, mein Körper, die Gedanken. Ich sammele mein Handtuch ein, schlüpfe in meine Flip-Flops. Julian legt die Decke zusammen. Ich bin wie betrunken, der Traum wirkt noch nach.

Wir laufen alle zusammen zur Straße. Ich gehe neben Julian, doch wir schweigen. Oben an der Straße verabschieden wir uns paarweise, ich gehe mit Kolja zu seinem Passat und meiner XT.

»Willst du noch mitkommen zu mir?«, fragt Kolja, und ich weiß, es ist die Frage, ob ich Noah sehen möchte.

»Ein anderes Mal.«

Ich kann jetzt nicht, ich fühle mich zu verletzlich und durcheinander. Und etwas schuldbewusst Kolja gegenüber.

»Sorry. Ich wusste nicht, dass Julian jemanden mitbringt. Ich habe keine Ahnung, was gerade bei ihm abgeht.«

»Ich weiß«, sagt Kolja entspannt. »Ich verstehe das.«

Er zeigt seine Handfläche, in die jemand eine Telefonnummer notiert hat.

»Was ist das?«

»Juans Nummer.«

Ich bin für einen Moment sprachlos.

»Hast du ihn …?«

»Nein, Emmy, er hat mich angemacht.«

»Dieser Arsch!«, rutscht es mir heraus.

»Nein, er ist kein Arsch«, sagt Kolja. »Er will nur keine feste Beziehung. Das ist normal, oder? Ich bin mir bloß nicht sicher, ob Julian das weiß.«

FÜNFZEHN

Noah

Ich dachte eigentlich, dass es keine Telefonhörer mehr gäbe, die fest mit einem Telefon verbunden sind, aber in dieser WG existiert noch eines, und aus irgendeinem Grund ruft Nele immer auf der Festnetznummer an. Vielleicht ist sie neugierig, mit wem ich hier wohne, und Kolja ist es schon gewohnt, die Anrufe entgegenzunehmen. Er ruft mich, reicht mir den Hörer und zieht sich dann höflich in die Küche zurück.

Nele und ich machen Small-Talk, dann kommt sie wieder auf *das Thema*. Deshalb ruft sie schon seit Tagen an.

»Warum sollte ich da hingehen?«, sage ich.

Verdammt, ich weiß genau, wie diese festlichen Veranstaltungen ablaufen, und ich weiß sehr genau, dass ich nicht da hingehöre. Besonders jetzt nicht.

»Weil es Papa ist? Ihm ist es wichtig. Ich besorge auch das Geschenk für uns beide.«

»Es geht nicht um das Geschenk.«

»Ich weiß. Er will nur, dass wir alle da sind.«

»Warum? Ich bin kein kleiner Junge mehr, den man herbeiruft, über den Kopf streicht und irgendwelchen fremden Menschen vorstellt.« Und dann immer der gleiche Satz: *Das ist mein Sohn, er wird später die Praxis übernehmen.*

»Hat er gesagt, du sollst mich überreden?«

Nele schweigt, und ich stöhne.

»Lass dich doch da nicht mit reinziehen.«

Weint sie? Ihr ist Harmonie wichtig, sie konnte sich noch nie streiten, das habe ich immer für sie besorgt. Aber ich muss die Kämpfe mit meinem Vater austragen.

»Mir zuliebe«, bettelt Nele. »Ich will nicht alleine da hingehen. All die operierten Freaks. Bitte! Zu zweit wird es bestimmt lustig.«

Unwahrscheinlich.

»Okay.«

Ich fluche lautlos. *Ich Idiot!* Aber wenn Nele mich anbettelt, konnte ich noch nie Nein sagen. »Ich schaue vorbei. Kurz.«

Nele jubelt. »Danke. Kommt deine Freundin auch mit?«

»Freundin?«

»Na, Emmy.«

»Nein, ich denke nicht«, sage ich scharf. Und beruhige mich. Was kann Nele dafür, dass gerade eine Menge in meinem Leben durcheinandergeht. Nichts. »Dann bis bald. Ich freu mich, dich zu sehen.«

Ich lege auf, fahre mir durch die kurzen Haare, stöhne wieder. *Verdammt.* Typisch, dass mein Vater Nele benutzt, um an mich heranzukommen. Warum redet er nicht direkt mit mir? Sagt mir seine Meinung? Aber so war es schon immer.

Ich gehe zu Kolja in die Küche, lasse mich auf einen Stuhl fallen. Kolja sieht von seiner Zeitung auf.

»Alles okay?«

»Mein Vater feiert seinen fünfundfünfzigsten Geburtstag, und ich dachte, ich könnte mich drücken.«

Kolja grinst. »Und jetzt hat man dich freundlich daran erinnert, dass du zu erscheinen hast?«

»Genau.«

»Ja, das kenne ich.« Er setzt sich auf, legt die Zeitung weg. »Meine Eltern wollten nicht, dass ich nach Berlin ziehe. Die gefährliche Großstadt. Ich habe dann mal Amerika und San Francisco ins Spiel gebracht, da war Berlin plötzlich gar nicht mehr so schlecht.«

Ich lache. »Gute Idee. Vielleicht sollte ich es wie Julian machen und ankündigen, dass ich mit einem Freund komme. Mal sehen, wie lieb ihm das dann ist.«

Kolja ist auf einmal ernst. »Siehst du Julian noch?«

»Nein, er ist eher Emmys Freund, das war nur ein Gefallen damals auf diesem Charity-Event.«

»Und siehst du Emmy?«

Ich sehe Kolja nicht an, denn ich habe das Gefühl, er weiß, was ich für Emmy empfinde. Stattdessen tue ich beschäftigt, hole mein iPhone raus und sehe auf die Uhrzeit.

»Wir segeln heute Nachmittag zusammen. Also, mit Leo und Fiona.«

»Oh, na dann viel Spaß.«

Kolja steht auf, holt sich eine Flasche Mineralwasser aus dem Kühlschrank und ein Glas und bietet mir auch eines an.

»Danke. Sag mal, ich müsste mal meine Sachen waschen. Kann ich die Maschine im Bad benutzen? Und muss ich irgendwas beachten?«

Kolja stellt die Flasche zurück in den Kühlschrank. In der Küche steht nie etwas herum, vielleicht ist es nur Kolja, aber die WG kommt mir insgesamt sehr gut organisiert und aufgeräumt vor.

»Die Waschmaschine gehört Mia. Sie ist ziemlich pingelig damit. Also bitte Wasserentkalker benutzen, und niemals Wäsche in der Trommel färben.«

»Ich wollte eigentlich nur meine Jeans und ein paar T-Shirts waschen.«

»Minisparprogramm«, sagt Kolja. »Und auf keinen Fall Weichspüler. Du weißt schon, die Umwelt.« Er grinst. »Tja, du bist hier bei Ökoaktivisten gelandet.«

»Kein Problem, finde ich gut. Hast du Waschpulver, das ich benutzen kann?«

Kolja grinst noch breiter. »Waschnüsse, Noah.«

»Was?«

»Ja, die stehen neben der Maschine im Badezimmer. Sehen aus wie Walnüsse. Tu eine Handvoll in einen der kleinen Leinenbeutel. Die kannst du mehrmals benutzen.«

Ich starre Kolja an und bin mir nicht sicher, ob er mich gerade verarscht oder was. Waschbären, okay, aber *Waschnüsse*?

Kolja steht auf. »Komm, ich zeig's dir.«

Ich hole meine Jeans, eine Handvoll Socken und T-Shirts und treffe Kolja im Bad. Er hockt vor der geöffneten Waschmaschine, ich reiche ihm die Sachen an. Er packt die Shirts in die Maschine, kontrolliert die Taschen meiner Jeans und reicht mir einen Brief und eine kleine Karte.

»Hier, die Sachen willst du doch bestimmt nicht mitwaschen.« Das vergesse ich immer, mein Personalausweis ist schon zweimal mitgewaschen worden.

Ich nehme die Karte. Das rothaarige Mädchen im Zug. Und starre auf den Brief, erinnere mich langsam. Verdammt, ich habe es einfach vergessen, verdrängt. Mein Herz schlägt panisch. *Es ist doch nur ein Brief.*

»Alles okay? Was Unangenehmes?«

»Nein, schon okay.«

Kolja zeigt mir die Waschnüsse, die wirklich wie leere Walnussschalen aussehen. Das ist merkwürdig, um nicht zu sagen: verrückt.

»Und das klappt?«

»Ja.«

Er packt sie in ein Leinensäckchen und wirft sie in die Maschine, startet das Programm.

Ich halte die Visitenkarte in der einen Hand, den Brief in der anderen, sehe auf den Absender. Bernd Möller wohnt in Steglitz. Eine Hitzewelle jagt durch meinen Körper, mir bricht der Schweiß aus. Ich stecke den Brief und die Karte schnell weg. Auf meinem Regalfach im Bad liegt *Citalopram*. Gegen Angststörungen. Ich rede in Gedanken mit mir, oder besser mit Leo: *Siehst du, ich habe mir die Pillen besorgt. Auf deine Empfehlung.* Studenten nehmen es vor Prüfungen. Ich drehe die Packung in der Hand, der Arzt hat von nur sehr geringen Nebenwirkungen gesprochen, anders als die Mittel, die ich vorher hatte, nur Müdigkeit und Potenzschwierigkeiten. *Na, danke.* Manchmal erscheint mir das alles absurd, unwirklich. Ich öffne die Tablettenpackung, ziehe einen Streifen heraus, drücke zwei Tabletten aus der Folienpackung und starre sie an. Werfe sie dann doch ins Waschbecken und spüle nach, stütze mich auf das Waschbecken, das Zittern beginnt.

»Alles okay?«, fragt Kolja, nimmt mich an der Schulter und setzt mich auf einen Hocker, der im Bad steht.

»Das geht gleich vorbei«, sagt er ruhig. »Einfach tief atmen. Ganz entspannt.«

Es dauert nur ein paar Minuten, ein kleiner Anfall. Kolja schaut mich fragend an.

»Willst du drüber reden?«

»Da gibt es nicht viel zu reden.« Ich will nicht der Freak werden, schlimm genug, dass Leo sich Sorgen um mich macht. Auf der anderen Seite wohne ich jetzt mit Kolja zusammen, ich sollte es ihm erklären. Ich folge Kolja in die Küche. Er nimmt das Wasser wieder aus dem Kühlschrank, gießt mir ein Glas ein, ich setze mich.

»Hast du das öfter?«, fragt er. »Hast du mal Drogen genommen? Oder hat es mit dem Unfall zu tun?«

»Drogen sind nicht mein Ding. Ich denke, es ist der Unfall. Es ging ein Vierteljahr danach los. Ganz plötzlich.«

Kolja nickt. »Posttraumatische Belastungsstörung. Was machst du dagegen?«

Ich zucke mit den Achseln. »Nichts. Ich habe es mit Tabletten versucht und mir jetzt wieder was verschreiben lassen, aber wie gesagt, Drogen sind nicht mein Ding.«

»Therapie?«

»Über ein Jahr. Auch nicht sehr hilfreich.«

Kolja schweigt, überlegt.

»Okay, bei deinen Eltern, mit dem Motorrad, das war klar. Aber gerade? Die Waschmaschine?«

Ich muss lachen. »Die Waschnüsse, eindeutig.«

Kolja grinst, ich werde wieder ernst.

»Es war der Brief.« Ich ziehe ihn aus der Tasche, lege ihn auf den Tisch. »So 'n Typ hat mich angeschrieben. Er hat irgendwas mit dem Unfall zu tun und will mich treffen.«

»Das ist doch gut.«

»Was ist daran gut?«

Kolja gießt sich auch ein Glas Wasser ein, setzt sich, nimmt einen Schluck wie vor einer Rede. »Sagt dir Konfrontationstherapie etwas?«

»Hey, klar, wir studieren das Gleiche.«

»Mal probiert?«

»Nicht so richtig. Du meinst ... gezielte Konfrontation mit Erinnerungen?«

Seltsam, dass ich selber noch nicht drauf gekommen bin.

Kolja dreht das leere Wasserglas in der Hand.

»Das Problem ist vermutlich die Hilflosigkeit. Oder war es damals. In der ersten Situation. Dass du nichts machen konntest. Also ist es vielleicht gut, wieder in eine Situation hineinzugehen, in der du handeln kannst. Ich hatte mal einen Freund mit Flugangst. Am Ende der Therapieeinheit stand ein Langstreckenflug.«

Ich lehne mich zurück, atme tief. Es tut gut, mal mit jemandem darüber zu reden, ohne dass es gleich eine Therapiestunde ist.

»Konfrontieren? Aber womit?«

Kolja überlegt. »Motorrad fahren?«

»Ist kein Problem. Ich weiß es, seit ich es auf Emmys Maschine probiert habe. Sonst hätte ich meine Maschine gar nicht erst reparieren lassen. Es ist was anderes.«

»Hast du Flashbacks?«

»Selten.« Ich nehme den Brief vom Tisch, drehe ihn in der Hand.

»Was meinst du? Soll ich mich mit ihm treffen? Vielleicht wird das ja 'ne Konfrontation?«

Kolja stützt sich auf den Tisch, sieht mich an. Er könnte gleich als Therapeut anfangen, er hat genau den Blick.

»Keine Ahnung. Soll ich mitkommen? Als therapeutische Unterstützung?«, fragt er.

Ich blinzele. »Dude, gib es zu. Du bist doch einfach nur neugierig.«

Er grinst. »Stimmt.« Dann steht er auf. »Soll ich noch einen Kaffee kochen?«

»Gerne.« Ich sehe auf mein iPhone. »Und danach muss ich los.«

Ich fahre mit der KTM. Ich habe mir sogar extra eine Lederjacke und eine Protektorenjeans geholt, damit ich nicht mehr in dem Rennanzug herumfahren muss.

»Bis später, Kolja!«, rufe ich in den Gemeinschaftsraum, wo er mit einem Buch sitzt und liest.

Vor der Tür ist es windig. Der Seewetterbericht sagt, bewölkt, Windstärke fünf bis sechs. Ideales Segelwetter, wenn man sportlich segeln will. Selbst auf dem Motorrad spürt man den Wind, und zwischendurch kommen mir Zweifel, ob das der richtige Tag für einen Ausflug ist. Jedenfalls wenn man mit drei unerfahrenen Mitseglern unterwegs ist.

Halb drei, ich bin eine halbe Stunde früher als verabredet am Bootshaus, damit ich eingewiesen werden kann, was eine Bedingung für die Ausleihe war.

Am Bootshaus treffe ich Holger, den Bootswart, zeige ihm meinen Segelschein und die Karte mit den Segelgutscheinen, die ich besorgt habe. Kein Bargeld am Bootshaus. Ich kläre mit ihm die Ausleihe und trage mich ins Fahrtenbuch ein.

Bei der Bootsklasse gab es nicht viel Auswahl, da wir zu viert sind und die Boote nicht überbelegt werden dürfen.

»Okay, zu viert. Die *Laser 16* ist ganz schön anspruchsvoll bei Wind. Erfahrung?«, fragt Bootswart Holger. Ich nicke.

Ich ziehe meine Jacke, die Hose und die Stiefel aus und wechsle in Jeansshorts und Turnschuhe.

Die Boote liegen fast alle am Steg und sind abgedeckt, die Segel abgeschlagen. Hier spürt man den Wind wieder deutlich. Die Fallen schlagen gegen die Masten, ich liebe das Geräusch und spüre die Vorfreude auf das Segeln. Holger führt mich ein, aber er begreift schnell, dass ich eher mehr Ahnung als er habe.

Ich sehe auf die Havel. »Sind nicht viele draußen, oder?«

Holger nickt. »Schau dir den Wind an. Wenn es über sieben geht, müsst ihr hierbleiben.«

»Was mache ich, wenn er draußen stärker wird?«

»Zurückkommen?«, sagt er und grinst, weil er wohl schon ahnt, dass ich nicht der Typ bin, der in den Hafen zurückkehrt, wenn es aufregend wird.

»Tja, du weißt Bescheid, nicht unter Segel den Hafen verlassen und auch vorher abschlagen, das Boot ist versichert, Bagatellschäden musst du selber zahlen.«

»Ich weiß, ich habe das Merkblatt gelesen.«

Wir gehen zurück zum Bootshaus, Leo, Fiona und Emmy sind gerade gekommen. Sofort setzt das leichte Flimmern in meinem Magen ein, und ich weiß wieder, warum ich mich in diese Segelsache so reingehängt habe. Emmy. Ich wollte sie sehen.

»Hey, habt ihr an die Turnschuhe gedacht?«, frage ich, da Emmy ihre Stiefel trägt.

Emmy hält einen Beutel hoch. Leo hebt einen Fuß und hält mir die Sohlen seiner Hallenturnschuhe entgegen.

»Hier. Ich habe extra welche mit weißen Sohlen mitgenommen. Wusste gar nicht, dass der Dress-Code auf Segelbooten so streng ist.«

»Schwarze Sohlen hinterlassen Streifen auf dem Boot. Die darfst du dann gerne anschließend wegschrubben«, sagt Holger trocken.

Leo grinst. »Schon überredet.«

»Wo kann man sich umziehen?«, fragt Emmy.

Ich gehe mit ihr ins Bootshaus. Sie legt Lederjacke und Helm ab und zieht ihre Boots und Jeans aus. Ich bemühe mich, nicht auf ihre Beine zu starren oder ihren Hintern, drehe mich zum Regal und suche nach den Schwimmwesten.

»Ganz schön windig, oder?«, sagt sie.

Ich lege mir vier Schwimmwesten auf den Arm.

»Bist du schon bei viel Wind gesegelt?«

»Nein. Nur Schönwettersegeln. Und das war immer sehr langweilig.«

Ich drehe mich zu Emmy zurück, die jetzt Jeansshorts trägt, ein Sweatshirt und *Converse*.

Sie springt auf, breitet die Arme aus. »Geht das so?«

Gott, ich würde sie gerne in den Arm nehmen, sie in die Kuhle zwischen Hals und Schlüsselbein küssen, ihre Haut riechen.

»Perfekt. Bis auf ...« Ich reiche ihr eine der nicht besonders angenehm riechenden und schon reichlich benutzten Schwimmwesten. »Ist ziemlich viel Wind, wir sollten alle eine tragen«, sage ich, und sie nickt.

»Alter, no!«

Leo hat da weniger Verständnis.

»Nur zur Sicherheit.«

»Ich kann ja wohl schwimmen. Ich meine, ich bin nicht mehr fünf.«

Ich grinse. »Gewöhn dich lieber gleich dran. Ich bin der Segelführer, habe also immer und überall in den nächsten Stunden das Kommando.«

»Aber du darfst uns nicht foltern. Alter, das Ding stinkt nach totem Fisch.«

»Stimmt. Ich habe hier nur leider nicht die Auswahl. Es ist ziemlich viel Wind da draußen. Eure Handys und alles, was nicht nass werden soll, solltet ihr auch besser im Bootshaus einschließen.«

»Aufregend!«, sagt Fiona.

Sie rümpft zwar die Nase, als ich ihr eine Schwimmweste reiche, zieht sie aber kommentarlos über.

Wir gehen zu unserem Boot.

»Wir schlagen die Segel am Steg an und paddeln dann raus«, erkläre ich und kontrolliere kurz, ob alles an Bord ist.

Emmy weiß mehr, als ich dachte, und schlägt zusammen mit Fiona das Großsegel an, während Leo und ich die Fock ausbreiten und als Vorsegel anbringen. Dann setzt sich Leo aufs Vorschiff und paddelt, ich steuere.

»Erklär mir ein paar Sachen«, bittet mich Fiona.

»Okay, hier gibt es zwei richtige Jobs. Einer kümmert sich um das Vorsegel, einer um das Großsegel und die Pinne.«

»Pinne?«

»Ja. Das ist das Steuer. Sorry, jedes Ding an Bord eines Segelschiffs hat einen eigenen und neuen Namen.«

»Alles?«

»Was hier an Tauen rumliegt, sind Schoten. Was vom Mast runterhängt, sind Falle.«

Sie zeigt in den Bootsraum. »Und wofür brauchen wir den Eimer?«

Ich grinse. »Tja, Fiona, das ist kein Eimer, sondern eine Pütz. Die brauchen wir, falls Wasser ins Boot kommt. Zum Rausschippen.«

»Pütz?« Sie kichert albern. »Schon klar, verstehe. Für alles neue Namen, kommt mir sehr bekannt vor. Ist wie im OP.«

»Wasser statt Blut?«

Sie grinst. »Genau.«

Leo paddelt, bis wir weit genug vom Steg entfernt sind. Noch sind wir im Stößensee, doch ich sehe an den wenigen Booten, die die geschützte Bucht schon verlassen haben und in deutlicher Schräglage liegen, dass der Wind draußen auf der Havel heftig ist.

»Wir müssen uns auf ziemlich viel Wind einstellen, wollen wir in der Bucht bleiben oder rausfahren?«

»Rausfahren!«

Alle sind sich einig.

»Okay«, sage ich. »Da draußen könnte es hektisch werden. Wenn wir eine Wende machen, gebe ich vorher ein Kommando, und ihr wiederholt das dann, damit ich weiß, dass ihr es gehört habt.«

»Noah, wir sitzen hier alle in einem Boot. Direkt neben dir«, sagt Leo amüsiert.

»Willst du meutern? Du weißt ja, was man mit Seeleuten macht, die sich den Anweisungen des Kapitäns widersetzen.«

Er grinst. »Also, wenn du mich in ein Ruderboot aussetzen willst, dann bitte nur mit meiner Geliebten.«

»Hey, wieso sollte ich aussteigen, wenn du hier Mist baust«, ruft Fiona. »Ich will segeln.«

Ich muss grinsen. Leo hatte noch nie eine Freundin, die ihm auch nur annähernd die Meinung gesagt hat, und muss sich immer noch daran gewöhnen.

»Aye, Captain. Ich trage ja sogar die stinkende Weste.«

Wir ziehen die Segel hoch, stellen das Boot in den Wind und nehmen langsam Fahrt auf. Ich sitze am Steuer und halte das Großsegel, Emmy sitzt neben mir, Fiona übernimmt das Vorsegel. In der Bucht ist der Wind noch harmlos.

Leo ist aufgedreht. »*Fluch der Karibik?* Welches Schiff entern wir?«

»Wie wäre es mit dem Passagierdampfer? Touristen sind fette Beute.«

»Ich will Schmuck und Edelsteine«, sagt Fiona und sieht zu Emmy. »Und für dich irgendeinen schicken Kapitän?«

Ich finde das nicht sehr witzig.

»Wennschon, dann einen Seeräuber«, sagt Emmy.

Ich deute auf das Steuer. »Hast du Lust zu übernehmen?«

»Echt? Ich habe keine Ahnung.«

»Ich zeig's dir.«

Ich stehe auf, und wir tauschen die Plätze. Ich erkläre ihr ein paar Dinge, zeige ihr die Wende. Leo schaut zu mir herüber und grinst, weil meine Hand auf Emmys liegt, weil ich mit ihr flirte, aber mit Emmy geschieht das ganz von selbst. Wir machen ein paar Wenden, wechseln die Seiten, Emmy fällt gegen mich, ich halte sie. Leos Grinsen wird immer breiter, und ich schicke ihm einen warnenden Blick. Das ist kein Spiel für mich. Nicht mit Emmy.

Das Wetter wird immer schlechter, der Himmel ist stahlgrau, und am Ende der Bucht wird der Wind deutlich heftiger. Ich übernehme das Steuer und das Großsegel wieder und fahre einen neuen Kurs, der härter am Wind ist. Gut, vielleicht will ich Emmy auch imponieren. Ich war einer der Besten in dem Segelkader des Vereins, ich habe das Regatta-Segeln geliebt, das Taktieren, die überraschenden Manöver, mit denen man die Gegner austricksen kann. Allerdings hatte ich nie Lust, mich in irgendwelche Trainingspläne eintragen zu lassen und nach Plan zu funktionieren. Das war noch nie mein Ding.

Das Boot liegt nun so schräg, dass alle auf dem Bootsrand sitzen und sich herauslehnen müssen.

»Geil!«, brüllt Leo.

»Scheiße, ich werde nass«, ruft Fiona.

»Ich bin nass«, sagt Emmy, die direkt neben mir sitzt, wischt sich eine Strähne aus dem Gesicht und strahlt begeistert.

Der Himmel ist zweigeteilt, auf der einen Seite hell, als ob es aufklaren würde, auf der anderen Seite dunkel. Die Gewitterfront kommt näher. Die ersten großen Wellen treffen auf das Boot und kippen in den Bootsraum.

»Hey, sieht nach Regen aus«, brüllt Leo.

»Macht nichts«, sagt Fiona. »Wir sind doch eh schon nass.«

Emmy ist still, konzentriert und aufmerksam. Segeln muss man mit dem Kopf und dem Körper, und ich liebe es, wenn sie nachdenkt und sich eine kleine Falte zwischen ihren Augen bildet.

»Alles okay? Gefällt es dir?«, frage ich.

Sie nickt.

Mittlerweile hat sich eine ganze Menge Wasser um unsere Füße gesammelt. Fiona versucht das Wasser aus dem Boot zu schöpfen, aber ich halte sie zurück, die Lenzklappen sind geöffnet, das Wasser fließt bei Fahrt automatisch ab, und es ist zu riskant, dass der Baum sie in einer Wende beim Herüberkommen trifft. Der Wind wird noch stärker, und ich versuche einen ruhigeren Kurs zu fahren. Die Havel ist aufgewühlt und schwarz. Ich bin ein paar Mal bei solchem Wind gesegelt, aber immer nur mit einem Mitsegler, der sich gut auskannte. Erste Sturmböen rasen heran. Wissen die anderen, was auf sie zukommt?

SECHZEHN

Emmy

Ich bin dreimal mit Johannes gesegelt. Seine Eltern haben ein großes Kajütboot, Holzvertäfelung, eine Bar und vier Schlafkojen. *Wow, wow, wow.* Eine Art Mini-Hotel auf dem Wasser. Natürlich gab es auch einen Außenbordmotor, sodass es vollkommen egal war, ob genug Wind zum Segeln war, denn man konnte jederzeit den Motor anwerfen, um weiterzufahren. Luxus und Langeweile zugleich.

Als ich das erste Mal mit Johannes mit dem Segelboot herausgefahren bin, wurde mir erst mitten auf dem Wannsee klar, dass es ihm vermutlich weniger ums Segeln ging als um einen Platz außerhalb der Wohnung seiner Eltern, an dem wir Sex haben könnten. Vielleicht war es naiv, dass ich nicht darauf gekommen bin, aber ich hatte bis dahin noch nicht einmal gewusst, dass man mit Kajütbooten segeln geht. Ich hatte wohl eher an etwas Sportliches wie jetzt mit Noah, Fiona und Leo auf der Havel gedacht. Sich mit vollem Körpereinsatz aus dem Boot zu hängen, die Schoten, die meine Handflächen wund reiben, der Wind, die Geschwindigkeit und von der Gischt nass gespritzt zu werden. Aufregung und Abenteuer. Wobei ich nicht ungerecht sein will, mit Noah wäre mir vermutlich auch auf einem Kajütboot bei Flaute nicht langweilig geworden, und dafür kann Johannes überhaupt nichts. Genauso wenig wie für den schlechten Sex, zu dem ich mich schon fast verpflichtet fühlte, nach all dem Aufwand mit dem Ausleihen des Bootes. Falls ich also irgendwann einmal eine Liste der Orte aufstellen muss, an denen ich Sex gehabt habe, kann ich nun Kajütboot hinzufügen, aber das ist auch schon alles.

»Worüber lächelst du?«, fragt Fiona.

Ich spüre, wie ich rot werde, was bei dem heftigen Wind hoffentlich nicht auffällt.

»Ach, nichts«, sage ich und sehe zum Horizont. Ich frage mich, wie ich jetzt an Johannes denken kann? Vermutlich, weil ich mir damals eingeredet habe, dass ich in ihn verliebt bin, was mir in diesem Moment vollkommen verrückt vorkommt, wenn Noah neben mir sitzt und ich genau weiß, wie es sich anfühlt, wenn man mit einem Jungen segeln geht, in den man wirklich verliebt ist.

»Hast du Lust zu übernehmen?«, fragt Noah.

»Echt? Ich habe keine Ahnung.«

Er wechselt einfach den Platz, und ich rücke auf und übernehme das Steuer. Wir sind noch in der Bucht, der Wind ist mäßig, aber schon hier wirkt sich jede noch so kleine Bewegung mit dem Steuer auf das Schiff aus. Die Segel hängen durch, ich habe keine Ahnung, wie ich das ändern kann, Johannes hat mich nie ans Steuer gelassen und mir auch nie etwas gezeigt.

»Fahr ein bisschen näher an den Wind«, sagt Noah.

Er legt die Hand über meine und zeigt es mir. Seine Berührung löst ein Flirren in meinem Magen aus, es ist das erste Mal, dass wir uns seit unserer Trennung berührt haben. Oder meiner Trennung von ihm. *Warum habe ich mich überhaupt von ihm getrennt?*

Noah drückt die Pinne etwas weiter weg, und das Boot fällt in die Schräglage. Wir klemmen unsere Füße in die Schlaufen am Boden des Boots, lehnen uns weit heraus. Es ist aufregend, wenn der Großteil des Körpers über dem Wasser schwebt, und Fiona fängt hysterisch an zu lachen. Ich spüre es auch. Man weiß nicht genau, ob man Angst haben oder es genießen soll. Beschreibt das nicht genau die Beziehung zu Noah?

»Wollen wir eine Wende machen?«, fragt Noah.

Ich finde die Sache auch ohne Wende schon sehr aufregend, nicke aber. Mit dem Kommando drückt Noah die Pinne auf die andere Seite, wir ducken uns gemeinsam, Fiona kreischt, und Leo lacht. Wir schlüpfen unter dem Baum durch und wechseln auf die Seite. Ich falle leicht gegen Noah, und er nimmt die Hand von der Pinne, um mich zu halten. In der anderen Hand hält er das Großsegel, und für einen Moment sind wir uns ganz nah, und der Impuls, ihn zu küssen, ist so stark, dass ich auf meine Unterlippe beiße, um jetzt keinen Fehler zu machen. *Wir sind nur Freunde!*

Am Ende der Bucht wird der Wind heftiger. Ich finde, es sieht nach einem Gewitter aus, und bin erleichtert, als Noah wortlos Steuer und Großsegel übernimmt. Leo und Fiona sind ganz mit sich beschäftigt, sie küssen sich, und als sie aus dem Kuss erwachen, flattert das Vorsegel wild im Wind, und die Vorschoten liegen ineinander verschlungen unten im Boot. Noah überlässt mir wieder das Steuer und geht ins Vorschiff, um sie zu entwirren.

»Noah?«, rufe ich unsicher und sehe an dem sich kräuselnden Wasser vor uns, dass eine neue große und starke

Böe auf uns zukommt. Wenn sie das Boot erreicht, wäre mir lieber, er würde das Steuer halten.

Leo setzt sich neben mich und lehnt sich heraus. Fiona hat einen Schuh verloren, der in einer Lache von Wasser schwimmt, und sucht ihn, während Noah weiter mit dem Sortieren von Leinen beschäftigt ist. Leichtes Chaos an Bord.

Das Boot gerät immer mehr in die Schräglage, und jetzt sieht mich sogar Leo panisch an.

»Fier das Großsegel etwas«, ruft Noah mir zu, und ich habe keine Ahnung, was damit gemeint ist. Ich sehe an der Wasseroberfläche, dass die Böe gleich das Boot erreicht hat, mein Gehirn ist blockiert. Wahllos bewege ich die Pinne, und das Boot fährt noch steiler am Wind.

»Segel auffieren! Lass die Schoten locker!«, brüllt Noah gegen den Wind, und ich starre Leo an, ob er einen Tipp hat.

»Mehr zu mir oder weiter weg?«, schreie ich ihn an, obwohl er genau neben mir sitzt.

Leo zuckt mit den Schultern, wir lachen hysterisch. Ich lasse das Segel etwas locker, und das Boot fällt zurück in eine waagerechtere Position. Leo jubelt, wir haben das hingekriegt, nur fühlt es sich an, als säße ich auf einem Pferd, dem die Zügel durchgegangen sind. Mein Puls rast. Endlich kommt Noah zurück.

»Auf den Rand, Fiona«, kommandiert er und übernimmt das Steuer. Etwas an seiner Stimme lässt uns aufhorchen. Am Horizont ist es dunkel, wir rasen auf eine Gewitterwolke zu, die dicht über dem Horizont hängt. Sind wir in Gefahr?

»Noah?«, fragt Leo, aber er ist zu beschäftigt, um zu antworten. Mit einer Hand bedient er die Pinne, mit der anderen das Großsegel, während Fiona immer noch nur einen Schuh trägt und mit dem Vorsegel kämpft. Das Boot rast über das Wasser.

»Das sieht nicht gut aus«, murmelt Noah und gibt es auf, uns in die Manöver einzubeziehen. Aus *Klar zur Wende* und all den anderen Hin-und-her-Kommandos wird nur noch *Kopf runter*. Wir sind bestenfalls Gewicht, das von einer Seite des Bootes zur anderen kommandiert wird.

»Wir fahren zurück«, beschließt Noah, ohne eine Umfrage zu starten. Fiona wirkt sehr erleichtert. Leo und ich auch.

Noah lächelt mir kurz zu. »Immer noch alles okay?«

Ich nicke, denn Panik bringt jetzt gar nichts.

Wir kehren um, das Gewitter ist nun nicht mehr vor, sondern hinter uns, verfolgt uns. Ich sehe zurück, weiter entfernt treffen die dunklen Wolken schon auf den Horizont, dort regnet es bereits, aber es sieht so aus, als ob wir es rechtzeitig in die Bucht und in den Hafen schaffen werden. In der Nähe der Bucht lässt der Wind nach, ich entspanne mich etwas, bis ich das Blut sehe. Erst auf dem Rand des Boots, dann auch unten vor meinen Füßen. Ich habe keine Ahnung, wer blutet, ob ich es vielleicht selber bin, mein Körper steht so unter Anspannung, dass ich es gar nicht bemerken würde, wenn ich mich verletzt hätte.

»Fiona?«

Sie presst die Lippen aufeinander, ihr einer Fuß ist barfuß, sie muss sich an etwas im Boot geschnitten haben. Ich sehe zu Noah, der seltsam erstarrt ist und abwesend aufs Wasser schaut.

»Noah!«

Er reagiert und stellt das Boot in den Wind, die Segel flattern wie verrückt, so haben wir genug Ruhe, Fiona zu helfen. Oder sie sich selbst. Sie reißt einen Stoffstreifen aus dem unteren Teil ihres T-Shirts, kontrolliert fachmännisch den Schnitt in ihrer Fußsohle, presst etwas Stoff als Kompresse darauf und legt sich einen festen Verband an. Ich bewundere sie.

»Kannst du mal?«, fragt sie, und ich binde eine Schleife, obwohl auch meine Finger taub von der Kälte sind.

»Können wir weiter?«, fragt Noah besorgt, da das Gewitter näher kommt und der Wind abflaut. Ruhe vor dem Sturm nennt man das wohl. Wenn das Gewitter uns erreicht, kommen wir nicht mehr an den Steg und stehen in Blitz und Donner mitten auf dem See. Keine gute Vorstellung, wenn man einen Metallmast hat. Ich sehe die kleine Böe, die wir nutzen müssen.

»Wir können«, sagt Fiona und steht auf, schwankt, fällt zurück. Ich richte mich auf, will ihr helfen.

»Kopf runter!«, brüllt Noah, ich bücke mich zu spät, spüre den Schlag, und alles wird schwarz.

Noah

Fiona und Leo erstarren geschockt. Bei einem Mann-über-Bord-Manöver gibt es einen festgelegten Ablauf, jeder Segler weiß das, aber das hier ist anders. Ich reiße mir die Turnschuhe von den Füßen und springe Emmy hinterher. Wer bewusstlos ist, kann ertrinken, wenn man ihn nicht rettet, auch die Schwimmweste nützt da nichts. Ich greife Emmy, als sie auftaucht, ihre Augen sind leicht geöffnet, aber ihr Körper ist schlaff und hängt wie leblos in der Schwimmweste. Die Böe hat das Boot erreicht, Wellen rauschen heran, überspülen uns, ich werde hart gegen den Schiffskörper gedrängt, spüre den Schmerz aber kaum, ich habe andere Sorgen. Ich schiebe meine Arme unter ihre und lege mich auf den Rücken, damit ihr Kopf über Wasser bleibt. Eine Welle drängt mich wieder ans Boot, es schaukelt heftig gegen meine Schulter, als ich versuche, Emmy zu schützen. Ich darf mich nicht vom Boot entfernen, gleichzeitig habe ich keine Ahnung, wie wir Emmy bei diesem Seegang ins Boot bekommen sollen.

Leo und Fiona halten Emmy vom Boot aus an der Schwimmweste fest, damit wir nicht abtreiben, versuchen sie zu heben, aber seitlich kann man nicht in ein Boot einsteigen und auch niemanden ins Boot ziehen. Das Wasser ist nicht eisig, aber kalt genug, um einen Körper schnell auszukühlen.

»Sie hat die Augen offen«, sagt Fiona hektisch. »Sie hat sie zwischendurch auf, sie kommt zu sich.«

Aber ich spüre, dass etwas nicht stimmt, ihr Körper ist viel zu unbeweglich.

»Fiona? Zieh uns nach hinten, von da könnt ihr sie ins Boot holen.«

Ich paddele rückwärts und ziehe Emmy mit.

»Da kommt ein Motorboot«, ruft Leo.

Ich drehe mich leicht und sehe ein kleines Motorsportboot. Ein Pärchen, das uns entdeckt hat und zu Hilfe kommt. Normalerweise hasse ich diese Schönwettertypen auf ihren Motorbooten, aber gerade bin ich nur froh, dass sie da sind. Ich schwimme an die Leiter, die sie aus dem Boot gehängt haben, und schiebe Emmy nach oben. Sie ziehen sie gemeinsam hoch, danach steige ich ins Boot.

An Bord kommt Emmy kurz zu sich, richtet sich auf, aber als ich mich neben sie setze und anspreche, kippt sie wieder ohnmächtig in meine Arme. Fiona und Leo machen unser Segelboot klar zum Abschleppen, holen die Segel ganz runter, steigen über, dann fahren wir.

Ich halte Emmy im Arm, sie kommt immer wieder zu sich und taucht dann ab.

»Ich rufe einen Rettungswagen«, schlägt der Typ im Motorboot vor, und ich nicke.

Auch ich bin besorgt. Was, wenn der Schlag an ihren Kopf viel ernster war, als wir denken? Wenn sie innere Verletzungen hat, eine Hirnblutung. Ich fange unkontrolliert an zu zittern.

Du bist schuld!, dröhnt es in meinem Kopf.

Fiona setzt sich neben mich und erneuert ihren provisorischen Verband, legt ihren Fuß auf dem Oberschenkel ab. Ich starre auf das Blut, das sich über ihre Beine verteilt und den Unterschenkel hinabläuft. Mein Herz rast. Es ist die Anstrengung, die Kälte, das Wetter, die Sorge um Emmy. Ich erwarte eine Panikattacke, aber dann ist es ein Flashback.

Ich liege auf der Straße, meine Lederhose ist voller Blut, mein Arm schmerzt und ist verdreht. Ich weiß, etwas Schreckliches ist passiert, aber mein Gehirn verbietet mir, es zu begreifen. Wo ist mein Motorrad? Warum frage ich mich das überhaupt? Viele Menschen stehen um mich herum, starren mich an. Jemand steigt aus dem Auto, kniet neben mir.

»Hallo, kannst du mich hören?«, brüllt er. Ja, verdammt.

Um mich herum ist Blut, viel Blut. Ich will sprechen, aber ich kann nichts sagen, um mich hat sich eine Wolke von Schmerz gebildet, der nichts anderes zulässt, noch nicht einmal Flüstern. Ich sehe mich um, suche, mein Herz rast, ich muss sie retten. Doch wie? Werde ich sterben? Jetzt hier? So banal, irgendwo im Straßenverkehr, warum nicht wenigstens auf dem Gelände bei einem riskanten Sprung, etwas, das dann wenigstens auf Kamera festgehalten worden wäre. Und schon als ich es denke, weiß ich, dass dieser Gedanke absurd ist, unter Schock. Mehr Blut, und ich falle und sinke in ein schwarzes Loch.

»Noah?«

Leo starrt mich an, berührt meinen Arm, der sich taub anfühlt.

»Alles okay«, sage ich und versuche ein Lächeln, aber es gelingt mir nicht. Ich kehre in die Gegenwart zurück, spüre Emmys Gewicht an meiner Seite, ziehe sie sanft an mich. Ihre Lippen sind blau, Fiona misst ihren Puls und starrt mich besorgt an. Auf einmal ist mein Denken kristallklar. Als wir anlegen, hebe ich Emmy hoch, trage sie, gehe mit ihr von Bord. *Schnell!* Ich denke an Koljas Worte *Konfrontation*, diesmal ist es anders. Ich lege Emmy vorsichtig auf dem Steg ab, prüfe ihre Atmung und ihren Puls. Nichts.

»Hey, aufwachen!«

Sie darf mir nicht entgleiten, sie muss hierbleiben, wach werden, atmen, leben. Ich schlage sie leicht ins Gesicht, dann stärker. Ich reiße die Schwimmweste auf, sehe ihren bewegungslosen Brustkorb, sie wirkt so verletzlich. Keine

Panik, nur Anspannung. Das ist der Unterschied, ich kann etwas tun, ich bin nicht mehr hilflos. Dreißig Mal auf den Brustkorb, dann zwei Beatmungen. Zum ersten Mal bin ich dankbar dafür, dass mein Vater uns damit gequält hat. Andere Kinder haben zu Hause schreiben und lesen gelernt, wir mussten wiederbeleben. Ich kann das. Ich verschließe ihre Nase, lege meine Lippen über Emmys, ich muss sie spüren, Sauerstoff in ihre Lungen pumpen, ihr meinen Atem geben. Zweimal, dann wiederhole ich die Herzmassage. Ich kann das, und doch bin ich voller Verzweiflung und Angst. Zwischen meinen Rettungsversuchen ist es auf einmal ganz klar: Sie zu verlieren ist das Schlimmste, was mir passieren kann. Sie ist das Mädchen, der wichtigste Mensch in meinem Leben, jetzt, in Zukunft. *Ich darf sie nicht verlieren.* Alles mit uns ist richtig, ich habe es vom ersten Augenblick an gewusst, bei unserem ersten Treffen, von Anfang an. Ich hätte nie zulassen dürfen, dass sie mich verlässt, wegschickt. Ich hätte sie beschützen müssen, egal wie altmodisch sich das anhört. Wie kitschig, wie melodramatisch. Es gibt nur ein Leben.

Leo und Fiona hocken neben mir, wollen helfen, doch ich kann den Weg nicht freigeben. Ich bin in einem Tunnel aus Konzentration, nur auf das Ziel fokussiert, Emmy wieder ins Leben zu holen.

SIEBZEHN

Emmy

»Emmy? Hörst du mich?«

Schlägt mich jemand? Ich bin nie geschlagen worden, schon gar nicht ins Gesicht.

»Emmy?«

Ich bin tief unter Wasser, mein Mund steht offen, ich will atmen. Durch die Kiemen, fällt es mir ein, natürlich, das geht. Meine Seiten schmerzen, das kommt von der Atmung, ich muss die Luft einziehen. Fiona ist als Kind einmal fast ertrunken. »Das war eine Nahtod-Erfahrung«, höre ich sie sagen. »Ab da war klar, dass ich Medizin studieren will.« Warum denke ich daran? Wo ist das Licht, wenn es um den Tod geht, da muss doch ein Licht sein? Wieder die Welle, der Druck, diesmal auf den Brustkorb. Einmal, zweimal. »Herein!«, höre ich mich sagen, aber niemand klopft. Es wird wieder dunkel, ich falle und tauche ab.

»Emmy?«

Ich will schlafen, einfach nur unter die Decke meiner Wahrnehmung kriechen, wo es warm und dunkel ist.

Etwas legt sich auf meinen Mund, umschließt ihn ganz. Wärme durchströmt meinen Körper, alles ist gut. Die Lippen verschwinden.

»Noah?«

Sein Gesicht schwebt über mir, ich rolle mich zur Seite, huste, spucke Wasser und Schleim, atme. *Wo bin ich?*

Auf dem Steg, Wasser fällt aus einem grauen Himmel, Regen.

»Emmy? Bist du da?«

Ich nicke, natürlich, ich liege hier, während mich mindestens fünf Leute anstarren. Habe ich überhaupt etwas an? Und wo kommen die alle her? Waren wir nicht gerade noch woanders? Noah zieht seine Schwimmweste aus und hebt mich hoch. Ich bin überrascht, und erst da wird mir klar, dass es mir wohl nicht sehr gut gehen kann, wenn ich durch die Gegend getragen werde.

»Was ist los? Ich kann laufen!«

Obwohl ich mir da nicht so ganz sicher bin.

»Schon okay«, sagt Noah.

Ich suche die Erinnerung an die letzte halbe Stunde zusammen.

Noah trägt mich ins Bootshaus und legt mich sanft auf eine Bank ab. Der Bootswart reicht mir eine Decke. Das T-Shirt klebt an meinem Körper, ich könnte auch nackt sein und ziehe die Decke über meine Schultern.

»Hey, alles okay?«, fragt Noah sanft und sieht unendlich erleichtert aus. War es so ernst?

Ich nicke. Nur mein Kopf schmerzt leicht. Er mustert mich besorgt. Ich setze mich auf.

»Was war?«, frage ich, alles ist unklar, verschwommen.

»Der Baum hat dich erwischt, du bist auch über Bord gegangen. Und warst kurz bewusstlos.«

»Kurz? Gerade waren wir noch auf dem Wasser, und jetzt bin ich schon hier?«

»Jemand hat uns alle aufgesammelt.« Noah grinst leicht. »Ich schätze, die leihen mir hier nie wieder ein Boot.«

»Was ist mit Fiona?«, fällt es mir ein, und ich schieße hoch. Keine gute Idee, meine Beine sind aus Gummi, und ich sinke schnell wieder zurück.

»Wir haben einen Krankenwagen geholt, sie wird schon versorgt. Ich sollte dich da jetzt auch hinbringen.«

Ich sehe an mir herunter, ich bin barfuß.

»Die *Converse* sind verloren gegangen«, sagt Noah entschuldigend.

»Das war ja klar!«

Wir lächeln.

Leo schaut ins Bootshaus. »Hey, die wollen sich Emmy auch noch anschauen.«

»Okay, wir kommen.«

Noah hilft mir auf, er legt einen meiner Arme um seine Schulter und stützt mich. Meine Beine gewöhnen sich langsam wieder ans Gehen.

Ich schaue über die Bucht, das Gewitter hat sich hauptsächlich über dem Wasser abgeregnet, es wird schon wieder heller und nieselt nur noch leicht. Am Steg liegt unser Boot, die Segel noch angeschlagen, der Bootswart kümmert sich darum, und langsam setzt sich das Bild dieses Vormittags zusammen. Wir waren segeln, ach ja.

Wir gehen um das Bootshaus herum, vor dem Grundstück steht ein Rettungswagen, Fiona sitzt hinten auf der Laderampe, ihr Fuß ist verbunden. Noah bringt mich zu ihr, ich lasse mich neben Fiona fallen.

»Emmy! Wir haben uns schon Sorgen gemacht, du bist immer wieder ohnmächtig geworden.«

Ich erinnere mich an nichts. Oder doch. Ich blinzele zu Noah. »Hast du mich geschlagen?«

Er wird leicht rot.

»Er hat dich wiederbelebt, Emmy, echt profimäßig«, sagt Leo und boxt Noah anerkennend gegen die Schulter.

Sein Mund auf meinem. Dann war das also doch kein Traum.

Ein Sanitäter kommt zu mir, leuchtet mir mit einer Stiftlampe in die Augen, misst den Blutdruck. Ich erhole mich in Sekundenschnelle. Gut so, denn auf keinen Fall will ich ins Krankenhaus.

»Mir geht es schon wieder gut.«

Der Sanitäter sieht nicht sehr überzeugt aus. Vermutlich sagen das auch Leute unter Schock, denen ein Arm abgerissen wurde. Suse erzählt immer diese Geschichten.

»Und du?«, frage ich Fiona.

Sie strahlt. »Keine Stiche, war gar nicht so tief.«

Ich vermute, sie hätte sich selber genäht, wenn es so weit gekommen wäre.

»Was machen wir jetzt mit euch?«, fragt der Sanitäter unentschlossen.

Leo und Noah sehen uns fragend an. Es geht wohl hauptsächlich um mich. Ich fasse seitlich an meinen Kopf, wo sich eine Beule gebildet hat.

»Ist dir schlecht? Hast du eine Gehirnerschütterung?«, fragt Fiona und schaut mir sicherheitshalber selbst noch mal in die Augen.

»Nein, alles okay. Ich habe nur Hunger.«

Fiona grinst breit. »Sie ist gesund, alles in Ordnung«, sagt sie in ihrem Chefarztton.

Die beiden Sanitäter sehen sich an. »Gut, dann fahren wir wieder. Falls noch irgendwas sein sollte …«

»Dann kommen wir.«

Eine halbe Stunde später sitze ich eingewickelt in eine Decke hinten neben Noah in Leos Polo. Mein Kopf liegt auf Noahs Schulter, aus Erschöpfung und weil etwas passiert ist mit uns, auch wenn ich noch nicht genau weiß, was, und zu müde bin, um mir Gedanken darüber zu machen. Seit seine Lippen auf meinen gelegen haben, sind die Grenzen wieder verwischt, oder es hat schon vorher begonnen, als seine Hand auf meiner lag.

Leo trägt genau wie Fiona irgendwelche Klamotten aus der Fundkiste des Bootshauses, aber sie sind trocken. Ich habe trotzdem auf ein Fundstück verzichtet. Der Geruch war abschreckend, und ich hatte ja noch meine trockenen Motorradsachen, genau wie Noah. Ich trage die Lederjacke auf der nackten Haut, was mich in Noahs Nähe erregt. Neben ihm löse ich mich auf, muss mich davon abhalten, seine Hand zu berühren oder meine Hand unter seine Jacke zu schieben, seine Haut zu spüren. Ich verhake meine Finger in seinen, ich muss ihn spüren.

»Wohin soll ich fahren?«, fragt Leo.

»Zu mir«, sagt Noah. »Das ist am nächsten.«

Auf der Fahrt erzählt Leo, wie man uns gerettet hat, auf einmal ist es ein Abenteuer, das wir ausschmücken. Nur Noah ist sehr still.

Es ist nicht weit bis nach Schöneberg. Leo hält in der zweiten Reihe vor dem Haus. Wir steigen aus, ich kann gut stehen, und Noah stützt Fiona, die auf einem Bein humpelt. Wir gehen langsam die Treppe hoch, Leo holt uns kurz darauf ein und kümmert sich um Fiona.

Oben steht Kolja schon in der Tür und empfängt uns grinsend.

»Kinder! Da lässt man euch ein Mal allein.«

Wir folgen ihm in den großen Wohnraum zu der riesigen Sitzgruppe, und ich lasse mich sofort fallen. So fit bin ich doch noch nicht.

»Kann ich duschen? Hast du Sachen für mich?«, fragt Fiona, die in einer grauen XXL-Jogginghose und einem großen Segelsweater gar nicht mal schlecht aussieht.

»Du hast einen Verband, ich helfe dir besser«, sagt Leo und begleitet sie ins Bad. Noah und ich sehen uns an, wir wissen, was das bedeutet, und der Verband wird dabei sicher keine große Rolle spielen.

Kolja bringt den beiden T-Shirts und Hosen, dann kommt er zu uns.

»Braucht ihr auch was?«

»T-Shirt«, sagen wir gleichzeitig, und Kolja zieht nur ganz leicht, aber so, dass ich es doch mitbekomme, die Augenbrauen hoch. Ich weiß, was er denkt: *Seid ihr jetzt ein Paar?*

Nein, wir sind kein Paar, nur Überlebende und Freunde, doch als Kolja geht, nimmt Noah meine Hand, lässt seine Finger durch meine Handfläche gleiten. *Machen das Freunde?*

Kolja kommt zurück, reicht uns zwei T-Shirts und Boxershorts und zieht die Augenbrauen noch etwas höher, als er unsere verschränkten Hände sieht. *Okay, an diesem Nachmittag ist alles durcheinandergeraten.*

»Ich werde mal einen Ingwertee kochen«, schlägt Kolja vor.

»Haben wir auch was zu essen?«, fragt Noah und nickt in meine Richtung.

Ich schubse ihn leicht. »Hey, stell mich nicht als verfressen dar.«

Noah grinst. »Du bist verfressen. Außerdem habe ich auch Hunger.«

Wir sehen uns an und werden ernst. Wie lange wollen wir noch so tun, als ob nichts wäre?

»Danke, dass du mich wiederbelebt hast«, sage ich und lächele. Noah lächelt nicht, seine blauen Augen sind dunkel. Unsere Lippen nähern sich einander, ziehen sich an, ich möchte ihn schmecken, spüren, mich in ihn hineinfallen lassen, seine Augen, sein Verlangen, seinen Schutz.

Noah dreht sich leicht zu mir, zögert, aber ich will nicht warten, ich will überhaupt auf nichts mehr in meinem Leben warten, heute hätte es vorbei sein können. Ich küsse ihn sanft.

»Hey?«, sagt er leise, als wollte er noch einmal nachfragen, ob das kein Missverständnis ist.

»*Revolverheld*«, sage ich, und er grinst. Auch er kennt die Gruppe, den Song, weiß gleich, was ich meine.

»Und scheiß auf Freunde bleiben?«

»Genau.«

Seine Lippen umschließen meine, öffnen meine Lippen, unsere Zungen begrüßen sich vertraut. Mein Körper gibt sofort nach, macht sich für alles bereit, mein Kopf ist angeschlagen und gibt sein Einverständnis. *Freunde?* Wie hatte ich je glauben können, dass das klappt. Unsere Lippen umspielen sich, Noah saugt leicht an meiner Oberlippe. Weiß er nicht, dass mich das erregt, ich sofort mehr will? Er zieht den Reißverschluss meiner Lederjacke auf, die wie ein Schutzpanzer um meinen Körper liegt, und sieht erstaunt auf. Ja, ich bin nackt darunter, mein T-Shirt ist klitschnass gewesen. Er fährt vorsichtig über die rote Fläche, die ein großer blauer Fleck werden wird.

»Ich wurde wiederbelebt«, sage ich. »Das war es wert.«

Ich lege meine Hand auf seine Brust, spüre seinen Herzschlag, wir küssen uns. *Nothing else matters*, ich höre die Melodie und muss an das Paar aus dem Film denken, das auf der Straße tanzt, ohne Musik, weil die Musik in ihnen ist, so wie jetzt in mir und Noah. Seine Hände auf meinen Brüsten, die sich erregt aufrichten. Meine Hände fahren über seine Brust, spüren seine Brustmuskeln, über die Seiten. Noah zuckt zusammen.

»Sorry.«

Ich schiebe die Jacke beiseite und sehe einen Bluterguss, der es locker mit meinem aufnehmen kann, und eine Schürfwunde, die sich quer über die ganze Seite zieht. Ich streiche sanft darüber.

»Wie ist das passiert?«

»Beim Ins-Boot-Kommen.«

Das ist nett formuliert, denn vermutlich ist es passiert, als er mich ins Boot gehievt hat. Ich möchte ihm die Wunden wegküssen, ihn so lange lieben, bis sie verschwunden sind.

Jemand räuspert sich, ich ziehe die Lederjacke zusammen und sehe mich zu Kolja um, der mit einem Tablett mit Obst, Nüssen, Broten und einer Kanne Ingwertee in der Tür steht.

Kolja stellt das Tablett auf den niedrigen Couchtisch zwischen den Sofas, ein Blick Richtung Bad.

»Wie lange brauchen die denn?«, fragt er.

Als Noah und ich höflich schweigen, begreift Kolja. Er sieht zu uns, unsere verhangenen Blicke, die Nähe, die Hitze in meinem Gesicht.

»Wollt ihr auch noch zusammen duschen? Soll ich mal klopfen?«

Es entsteht eine kleine, peinliche Stille. Noah und ich haben uns geküsst, aber das heißt nicht, dass wir gleich zusammen unter die Dusche springen.

»Nein, schon gut«, sage ich schnell, und Kolja hebt hinter Noahs Rücken fragend die Hände in meine Richtung.

Ich halte den Daumen nach unten, so schnell geht das bei uns nicht, und schüttle den Kopf, worauf Kolja nur die Augen verdreht.

Leo und Fiona kommen kichernd aus dem Bad. Warum bezeichnet Fiona eigentlich mich und Noah immer als *Sexcouple*, was sind sie und Leo denn dann?

»Das Bad ist jetzt frei«, sagt Fiona und lässt sich neben mich fallen. »Gott, bin ich froh, dass ich diesen Fischgeruch los bin, also die Berliner Gewässer sind eindeutig kein Badewasser.«

Sie nimmt sich Obst und Nüsse.

»Wo sind eigentlich die anderen Mitbewohner? Die habe ich noch nie gesehen.«

»Verreist«, sagt Kolja. »Die kommen erst Ende des Monats wieder.«

Leo kommt zu Fiona, umarmt sie und kuschelt sich zu ihr in die Couch. Ich stehe leicht schwankend auf und nehme mir eines der T-Shirts und eine von den Boxershorts. »Okay, ich geh dann mal duschen. Welches Handtuch kann ich nehmen?«

»Die blauen sind von mir«, sagt Noah.

Im Badezimmer stehe ich vor dem Spiegel. Ich bin blass, die Schminke verschmiert, ich sehe aus, als hätte ich stundenlang geheult oder ... etwas zu lange ohnmächtig im Wasser gelegen. Aber meine Augen leuchten, ich spüre Noahs Lippen noch auf meinen, ich lebe. Ich lasse das heiße Wasser über meinen Rücken laufen, genieße die Wärme und Entspannung. Ich drehe die Dusche ab und nehme mir eines der blauen Handtücher, wickle mich darin ein, rieche Noahs Aftershave, sein Deo, seinen ganz eigenen Geruch. Ich habe Sehnsucht nach seiner Nähe, seinem Körper. Ich ziehe mich an, zurück in die Jeans, ziehe das weiße T-Shirt von Kolja über, das mir erstaunlich gut passt, sehe wieder in den Spiegel. Noah hat mich aus dem Wasser gefischt und wiederbelebt. Langsam sollte ich anfangen, mir einzugestehen, welche Bedeutung er für mein Leben hat.

Als ich aus dem Bad komme, geht Noah duschen. Ich setze mich, auf dem Tisch liegt ein Stapel DVDs, die anderen diskutieren.

»Emmy? Hast du auch Lust auf einen Film?«

»Okay.«

»Ich bin für *Titanic*. Nach heute passt das perfekt«, sagt Fiona. Ich höre ihnen nur mit halbem Ohr zu, während eine andere Stimme in mir mich anbrüllt: *Triff eine Entscheidung!*

»Was passt daran?«, protestiert Leo. »Am Ende stirbt Leonardo DiCaprio im Eismeer. Leonardo – Leo. Er gestorben, ich hier.«

»Jetzt verwechsle mal nicht die Rolle mit dem Schauspieler«, sagt Fiona. »Jack ist gestorben, und Leonardo liegt jetzt bestimmt bei irgendeinem blonden Model im Arm.«

»Ich auch«, sagt Leo. »Und warum sehen wir uns nicht irgendeinen Thriller an?«

»Wir können abstimmen«, sagt Kolja. »Wäre nicht das erste Mal in dieser WG.« Er geht ans Regal. »Ich habe aber auch noch *Lost* oder *Open Water* anzubieten. Haben wir alles da.«

»*Open Water* hatte ich heute schon genug«, sagt Fiona träge.

»Oder eine Doku über Haie«, schlägt Kolja vor. »Die ist echt interessant. Was denkst du, Emmy?«

»Was?«

»Haie.«

»Im Wannsee?«, frage ich, und alle sehen mich mitleidig an. Ich habe überhaupt nicht zugehört.

»Ja, die sterben bald aus, das ist eine Riesenschweinerei mit den Fischern, die nur die Flossen abschneiden und sie dann wieder ins Meer werfen«, erklärt Kolja.

»Was wollen die denn mit den Flossen?«, fragt Leo.

»Haifischsuppe und Potenzmittel.«

Noah kommt zurück.

»Ist ja interessant, wie sich das Thema verändert, wenn man mal kurz den Raum verlässt. Potenzmittel?«

»Haie!«, korrigiert Leo. »Ich glaube, ich bin jetzt reif für *Titanic*.«

Fiona küsst ihn dafür.

»Oder willst du nach Hause, Emmy?«, fragt sie mit einem schuldbewussten Blick zu mir.

Noahs und mein Blick treffen sich. Wir sprechen wortlos miteinander. *Bleib*, lese ich aus seinem Blick.

»Ich bin für *Titanic*. Kenne ich noch nicht.«

Fiona wollte immer, dass ich ihn mir einmal mit ihr zusammen ansehe.

Noah setzt sich neben mich. »Bei *Titanic* wäre ich auch dabei«, sagt er entspannt.

Fiona johlt begeistert.

»Ihr kennt *Titanic* nicht? Okay, beschlossen«, sagt Kolja, zieht die Vorhänge zu und schaltet den Beamer ein.

ACHTZEHN

Emmy

Ich muss kurz nach Beginn des Films eingeschlafen sein, denn als ich aufwache, kann ich mich an nichts außer einer Hafenszene erinnern. Jetzt ist die *Titanic* offenbar schon gesunken, und Leonardo DiCaprio liegt im Eismeer, während Kate Winslet auf einer Holztür sitzt und sich von ihm verabschiedet. Neben mir schnieft Fiona leise, ich weiß, dass sie bei *Titanic* immer weint.

Ich blinzele und richte mich leicht auf. Noah hat die Augen auch geschlossen, ist aber sofort wach, als ich mich bewege.

»Habe ich alles verschlafen?«, flüstere ich.

»Ja, du warst sehr schnell weg«, sagt Noah und klingt selber nicht ganz wach.

»Was habe ich verpasst?«

Er grinst. »Alles?«

Fiona schlägt mich, das dramatische Finale darf man nicht mit Kommentaren verderben, schon klar.

Ich sehe zu Kolja, der lang ausgestreckt auf einem der Sofas liegt und mir zuwinkt und lächelt.

Während der Film zu Ende geht und der Abspann läuft, werde ich langsam wach. Wie spät ist es? Ich habe mein Zeitgefühl komplett verloren. Ich angele nach meiner Tasche und hole mein iPhone heraus. Es ist fast zehn. Julian hat zweimal versucht, mich zu erreichen. Kolja zieht die Vorhänge auf, draußen wird es gerade dunkel, und macht Licht.

Fiona streckt sich und wischt sich die Tränen unauffällig weg.

»Oh, Mann, das müssen wir öfter machen.«

Kolja lächelt. »Gerne.«

»Jetzt, wo Julian ausgezogen ist, Emmy –, das ist doch der perfekte Ersatz. Wann wollen wir uns treffen?«

Leo gähnt, und ich frage mich, ob er auch geschlafen hat. Er küsst Fiona in den Nacken.

»Wie wär's nächste Woche Donnerstag?«

Sie schlägt ihn sanft. »Da habe ich Präpkurs.«

»Ich dachte, Mittwoch.«

»Das ist ein Extrakurs in den Semesterferien. Aber Mittwoch ginge es.«

»Da fällt mir ein, Dienstag weiht Matti sein neues Tattoo-Studio ein«, sagt Leo. »Ihr seid übrigens alle eingeladen.« Er zeigt auf Kolja. »Du kannst auch kommen!«

»Wow, tätowiert er dann auch?« Fionas Augen leuchten.

Leo ist leicht befremdet. »Du willst doch kein Tattoo, oder?«

»Nein, aber ich finde es spannend, zu sehen, wie er das macht. Mit der Haut und so.« Fiona sieht zu mir und Noah. »Ihr kommt auch mit, oder?«

Ein kurzer Blick zu Noah, wir nicken gleichzeitig.

»Wie wäre es dann mit Beamer nächste Woche Mittwoch?«, fragt Kolja.

»Ja, vielleicht hat Julian auch Zeit«, sage ich.

Fiona steht auf und zieht Leo hoch. »Okay, abgemacht.

Und jetzt muss ich schlafen. Ich bin total groggy. Kommst du mit, Emmy?«

Ich richte mich auf, mir ist leicht schwindelig. »Was ist mit unseren Motorrädern?«

»Sollen wir sie jetzt noch abholen?«, fragt Noah und klingt skeptisch. »Bist du denn schon fit genug?«

Nein, wenn ich ehrlich bin, kann ich kaum richtig stehen.

»Ihr könnt sie doch morgen abholen«, sagt Leo, der ganz offensichtlich keine Lust hat, jetzt noch mal bis an den Stößensee zu fahren.

»Okay«, beschließt Noah.

Kolja sieht zu Noah und mir. »Wie wär's, wenn wir jetzt noch was essen gehen?«

»Aber wie kommt Emmy dann nach Hause?«, sagt Fiona nicht gerade sensibel. Jetzt, wo sie in einer Beziehung steckt, vergisst sie gerne mal, dass wir anderen uns noch nicht so sicher sind, wo wir hingehören, und es vor allem nicht offen zeigen wollen.

»Ich bringe sie nach Hause, ich habe nachher sowieso noch eine Verabredung in Prenzlauer Berg«, sagt Kolja.

Ich packe meine Sachen zusammen, das meiste ist im Schließfach im Bootshaus geblieben. Dann gehen wir zusammen nach unten. Leo trägt Fiona auf dem Rücken, sie quietscht, als er die Treppe herunterrennt und gefährlich wankend mit ihr um die Kurven schleudert. *Kinder.* Gleichzeitig beneide ich Leo und Fiona um die Leichtigkeit.

Ich halte mich am Treppengeländer fest und gehe langsam. Noah läuft neben mir und Kolja hinter mir, und ich habe das Gefühl, sie sind die ganze Zeit darauf vorbereitet, mich aufzufangen, falls ich schwach werde oder wieder in Ohnmacht falle.

Als wir unten sind, geht es mir besser, mein Kreislauf musste nur wieder in Gang kommen.

Fiona umarmt mich auf einem Bein humpelnd.

»Wir reden nachher«, flüstert sie in mein Ohr, auch wenn ich nicht genau weiß, worüber.

Leo winkt mir zu und stützt Fiona bis zu seinem Polo, der etwas weiter weg parkt.

Noah und ich folgen Kolja ins *Habibi*, einen arabischen Imbiss, nur ein paar Schritte entfernt. Ich war ein-, zweimal da, habe mir damals aber nur etwas zum Mitnehmen geholt.

Wir haben Glück, denn es gehen gerade Leute von einem der Stehtische mit Barhockern, und ich setze mich erleichtert.

»Was wollt ihr?«, fragt Kolja und stellt sich schon zum Bestellen an.

Noah sieht mich an, aber ich überlege noch.

»Falafel im Brot, Sesamsoße, keine Zwiebeln und ein Bier«, sagt Noah, und ich merke, dass die beiden öfter zusammen hier sind.

»Okay, Schawarma im Brot und einen Saft«, sage ich, und Kolja nickt.

»Und? Hast du dich erholt?«, fragt Noah sanft.

»Ja, geht schon wieder.«

»Du willst jetzt wahrscheinlich nie wieder auf ein Boot, oder?«

»Nein, wieso? Ich fand es toll. Ich habe einfach nur nicht aufgepasst.«

»Oder ich.«

Ich grinse. »Weil du der Segelführer warst?«

Er zuckt mit den Schultern. »Ja, klar, schon. Ich hätte dich vorher warnen sollen. Ich meine, das passiert oft, ist der Klassiker. Dass der Baum einen erwischt, mein ich.«

Wir schweigen einen Moment.

Kolja reicht uns die gefüllten Brote und stellt Saft und Bier auf den Tisch, dann setzt er sich dazu.

»Oh, Mann, das tut gut.«

»Was hast du genommen?«, frage ich ihn.

»Vegetarisch.«

»Bin ich die einzige Fleischesserin?«

Kolja grinst. »Du musst groß und stark werden, wir sind es schon, stimmt's, Noah?«

Wir sind damit beschäftigt, unsere Teigtaschen ordentlich zu essen und nicht die Hälfte des Salats auf dem Tisch zu verteilen. Zen in der Kunst des Falafelessens.

Kolja wischt sich den Mund ab.

»Verdammt, wie groß muss dein Mund sein, damit man hier richtig abbeißen kann.«

»Große Klappe, Kolja, sollte für dich doch kein Problem sein«, sagt Noah und grinst.

Kolja schubst ihn freundlich und sieht zu mir. »Noch Nachtisch?«

»Na klar!«

Er stellt sich noch mal an und holt süßes, klebriges orientalisches Gebäck und winzige Gläser mit noch winzigeren kleinen Teelöffelchen und schwarzem Tee, der im *Habibi* umsonst ausgegeben wird.

Ich nehme mir eine Sesamstange, ich liebe dieses Gebäck.

»Und, Noah?«, sagt Kolja, als er sich wieder setzt. »Was macht eigentlich deine Freundin?«

Noah sieht irritiert zu mir. »Emmy?«

»Nein, ich meine das Mädchen, das ständig bei uns anruft.«

Ich werde rot, spüre, wie die Hitze langsam meinen Hals hochkriecht. Ist Kolja verrückt geworden? Kann er dieses Gespräch bitte ohne mich, an einem anderen Ort und zu einem anderen Zeitpunkt führen?

»Das ist nicht meine Freundin«, sagt Noah.

»Oh, ich dachte nur ...«

Ich bin mir ziemlich sicher, dass ich glühe und gleich auch noch rote Laserstrahlen aus meinen Augen abgefeuert werden, wenn Kolja nicht aufhört.

Noah ist eher verwundert. »Ich habe keine Freundin. Ich meine ...« Er lächelt. »Außer Emmy.«

Kolja nickt befriedigt und schickt mir einen unauffälligen und triumphierenden Blick.

Vielleicht spürt Noah, dass Kolja und ich dringend reden müssen, jedenfalls verschwindet er kurz darauf auf die Toilette.

»Was soll das?«, zische ich.

»Siehst du, er hat keine Freundin!«

»Na und?«

Kolja zuckt mit den Schultern. »Ich wollte das nur mal geklärt haben, Emmy.«

»Was?«

Er grinst sein unverschämtes Kolja-Grinsen. »Dass du ständig etwas vorschiebst. Erst Julian, dann eine Freundin, die gar nicht existiert.«

Noah kommt zurück, und wir verstummen abrupt. Ich verschwinde sofort auf die Toilette, als Noah sich setzt. Dort muss ich mich an dem winzigen Waschbecken festhalten, um nicht umzufallen. Ich sehe in den Spiegel, als gäbe es hinter meinem Gesicht noch ein anderes Ich, das sich nicht traut, herauszukommen, sich zu zeigen. Mein verletzliches Ich, das sich nach Nähe sehnt. Und doch so viel stärker als mein Alltags-Ich ist, weil es keine Angst hat, sich einfach fallen zu lassen.

Als ich zurückkomme, stehen Noah und Kolja schon an der Tür.

»Ich müsste los«, sagt Kolja und hält mir den Beutel mit meinen Sachen hin.

»Okay.«

»Sehen wir uns bei Matti?«, fragt Noah.

»Ja«, sagen Kolja und ich gleichzeitig.

Wir trennen uns vor dem *Habibi*, Noah geht zurück in die WG, Kolja und ich und laufen langsam bis zu Koljas Passat, der weitab geparkt ist.

Als wir außer Hörweite sind, platze ich sofort heraus. »Also, was sollte das gerade? Mich bloßstellen kann ich selber.«

»Bist du dir da so sicher? Genau das versuchst du doch zu vermeiden.«

»Wieso?«

Er beugt sich zu mir. »Schon mal was von Bindungsangst gehört?«

Klar, ich weiß, worauf er anspielt. Theoretisch kenne ich mich aus. Bindungsangst, die sich in einem ständigen Hin und Her zwischen Nähe und Trennung zeigen kann. Meist aufgrund einer frühen Vernachlässigung im Säuglingsalter. Ich bin aber nie vernachlässigt worden.

»Das ist doch Quatsch.«

Wir sind mitten auf dem Gehweg stehen geblieben, und ich wette, jeder, der vorbeigeht, hält uns für ein streitendes Paar.

»Ja? Warum bist du dann nicht mit ihm zusammen? Jeder sieht doch, was Noah für dich empfindet. Und was war das gerade auf dem Sofa? Ich würde sagen: ein Vorspiel.«

»So einfach ist das nicht.«

»Ach nein?«

»Bindungsangst. Okay, ein Wort und ich bin abgestempelt. Großartig. Danke, Herr Psychiater. Was soll das überhaupt heißen?«

»Dass du einfach Schiss hast, richtig mit ihm zusammenzukommen. Weil du nämlich höllische Angst vor einer Beziehung hast.«

»Ach ja?«

»Du rennst jedenfalls die ganze Zeit davor weg. Du hast mit Noah Schluss gemacht, nicht er mit dir. Vielleicht liegt es ja daran, dass du deinen Bruder so früh und ohne scheinbaren Grund verloren hast. Wenn wir hier schon psychologisieren. Vielleicht hast du Angst, wieder jemanden zu verlieren, der dir so wichtig ist. Und genau deshalb habe ich Noah nach seiner Freundin gefragt. Damit du sie nicht ewig vorschieben kannst. Du hast Bindungsangst. Gesteh es dir doch einfach ein.«

»Und dann?«

»Vielleicht kannst du dich dann ja mal für ihn entscheiden. Noah ist ein guter Typ. Sexy, heiß, nett. Mein Gott, wenn das so weitergeht, schnappe ich ihn mir.«

»Viel Spaß damit«, höhne ich.

Wir starren uns wütend an.

»Way out of line«, sagt Kolja und nimmt mich spontan in den Arm.

Im Auto, eine Viertelstunde später, haben wir uns beruhigt und vertragen.

»Okay, vergiss, was ich gesagt habe«, sagt Kolja.

Wir sind auf dem Weg zu mir, ich bin müde, spüre jeden Muskel in meinem Körper, besonders die in meinem Herzen.

Ich sehe fragend zu Kolja. »Auf einmal?«

Er hält an einer Ampel, verzieht das Gesicht in meine Richtung. »Ich habe einfach in letzter Zeit zu viele Seminararbeiten gelesen.«

»Nein, du hast schon recht. Ich habe Beziehungsangst. Und wahrscheinlich liegt es an der Sache mit meinem Bruder.«

Wir schweigen wieder.

Kolja seufzt. »Weißt du, du hast so ein Glück. Noah mag dich, ihr könntet zusammen sein.«

Ich weiß, Kolja spricht von Julian, und ich habe Schuldgefühle. Kolja ist wirklich hilfreich, was meine Beziehung zu Noah angeht, und ich kann ihm im Gegenzug nur ausrichten, dass Julian einen Haufen Vorurteile hat und lieber mit einem spanischen Barista zusammen ist, der Kolja seine Handynummer gegeben hat. *Mist noch mal.*

Wir sind da. Kolja hält vor unserem Haus. Ich nehme meine Sachen, steige aus.

»Danke. Wir sehen uns spätestens nächste Woche bei Matti, okay? Ich frage mal, ob Julian mitkommt.«

Kolja zuckt gleichgültig mit den Schultern.

»Mach's gut.«

Ich schlage die Tür zu und sehe Kolja nach. Meine Beine zittern.

Ich steige langsam die Treppen hoch und setze mich zwischendurch auf die Stufen, warte, bis ich weitergehen kann. In der Wohnung kommt mir Fiona besorgt entgegen.

»Emmy, ich hab gerade bei Noah angerufen, ich hab mir schon Sorgen gemacht. Du bist ja ganz blass.«

Ich trete die Stiefel von meinen Füßen, lasse den Beutel fallen und gehe in mein Zimmer. Mir ist zum Heulen.

Fiona folgt mir. Ich lasse mich auf meine Matratze fallen, halte kurz den Atem an, drehe dann den Kopf, sodass ich Fiona sehen kann, und blinzele. Sie setzt sich neben mich und streichelt über meinen Rücken.

»Schätzchen. Was machst du denn?«

»Fang bitte nicht auch noch an«, stöhne ich.

Sie legt sich neben mich, knufft mich in die Schulter.

»Noah hat dein Leben gerettet. Mit Mund-zu-Mund-Beatmung.«

Fiona findet das romantisch und aufregend.

»Ja, ich weiß.«

Nur fühle ich mich nicht gut, sondern habe das Gefühl, dass ich Noah irgendwo da draußen im Eismeer zurückgelassen habe.

»Und weißt du was, Emmy?«, flüstert sie. »Ich habe etwas herausgekriegt.«

»Was denn?«

Fiona schweigt, vermutlich um die Spannung zu steigern. Ich drehe mich auf den Rücken, bemühe mich, die Augen offen zu halten. Am liebsten würde ich mich wieder in den Schlaf verdrücken.

Fiona richtet sich auf, stützt sich auf die Unterarme, öffnet leicht den Mund, zieht die Augenbrauen hoch, flüstert: »Noah hat gar keine Freundin!«

Effektvolle Pause.

»Weiß ich.«

Sie plumpst enttäuscht neben mich und drückt ihr Gesicht ins Kissen. Okay, das ist nicht fair, immerhin weiß ich es auch erst seit einer Stunde sicher.

»Woher weißt du es?«, frage ich.

»Leo«, kommt es dumpf durch die Kissen. Sie federt hoch. »Weißt du eigentlich, wie schwer das war, das aus ihm rauszukriegen? Was Noah angeht, ist Leo dermaßen zu.«

»Warum eigentlich? Ich dachte, weil Noah noch ein anderes Leben in Hamburg hat.«

»Dachte ich auch.«

»Wo ist Leo überhaupt?«, fällt es mir ein.

»Der schläft drüben schon. Das war so süß, er war total müde, aber er ist nicht bei *Titanic* eingeschlafen.« Ein kurzer, vorwurfsvoller Blick zu mir. »So wie du.«

»Tut mir leid. Ich war erschöpft. Bin ich die Einzige, die eingeschlafen ist?«

»Ja. Noah hat zwar auch nichts von dem Film mitbekommen, weil er dich die ganze Zeit angesehen hat, aber er war immerhin wach.«

Ich schubse Fiona. »Jetzt hör auf.«

»Doch, Emmy. Er hat keine Freundin, und er ist total verliebt in dich.«

Ich sage nichts. Schon gar nicht: *Ich weiß.*

»Meinst du, ich habe Bindungsangst?«

Fiona macht große Augen. »Wer sagt das?«

»Kolja.« Ich beiße auf meiner Unterlippe herum. »Hattest du keine Angst, als es mit Leo ernst wurde?«

Sie grinst. »Klar. Ich habe immer noch Angst. Das ist normal. Ich habe zum Beispiel Angst, dass unsere Freundschaft dadurch kaputtgeht.« Sie schlüpft bei mir unter die Decke. »Und deshalb schlafe ich heute mal bei dir. Du brauchst mich nämlich gerade dringender als mein Lover.«

NEUNZEHN

Noah

Ich fahre Motorrad, sehr schnell, Landstraße, rechts und links Bäume, Felder, es ist Sommer. Jemand klammert sich an mich, ein Mädchen, ich spüre ihren warmen Körper, die schlanken Arme um mein Shirt, ihre Hände auf meiner Brust. Ich schaue nach hinten auf ihre nackten Oberschenkel, ihr Kleid flattert im Wind, ihre Schenkel pressen sich an meine. Es ist heiß, selbst der Fahrtwind ist heiß, und ich öffne das Visier und wundere mich, denn mein Crosshelm hat kein Visier. Emmy!, denke ich und dass die Nähe ihres Körpers mich erregt, ihre Brüste, ihre Bewegungen an meinem Rücken. Ich will anhalten, mich mit ihr an den Rand der Felder legen, ihr Kleid hochschieben, sie lieben. Ich will stoppen, doch die Maschine fährt weiter und weiter, als würde nicht ich sie fahren. Fährt Emmy? Ich will die Hände vom Steuer lösen, dann wird die Maschine anhalten, aber auch das geht nicht, ich bin wie verwachsen mit ihr, und die Geschwindigkeit nimmt zu. Ich reiße den Mund auf, der sich mit warmem Wind füllt und ihn verstopft, ich bringe keinen Ton heraus. Mir ist so heiß, ich muss den Helm loswerden, ich brauche Luft, Sauerstoff, ich drehe den Kopf zurück, schreie. »Emmy!«

Doch da ist niemand mehr, ich fahre allein. Ich reiße den Kopf nach vorne, ich muss auf die Straße achten, und dann sehe ich es: Ein Auto, quer gestellt, mitten auf der Straße ge-

parkt, ich kann nicht ausweichen, wie denn? Ich kann nicht lenken, ich kann nicht bremsen, ich fahre mit voller Geschwindigkeit auf die Seite des Wagens, meine Finger lösen sich endlich vom Steuer, und ich fliege.

»Alles gut, alles gut!«

Jemand hält mich. Der Arzt? Die Rettungsleute? Ich drücke meinen Brustkorb nach oben. »Lass mich los!« *Wo ist sie?* Jemand drückt mich kräftig nach unten, ich starre nach oben, die Decke ist so nah, fällt, drückt auf mich herunter, ich liege in einem Sarg, bin ich tot? *Wo bin ich?*

»Noah?«

Ich zucke zusammen, starre Kolja an, der über mich gebeugt ist und meine Arme festhält, ich bin schweißgebadet. Ich tauche auf, atme, komme langsam zu mir. Von draußen scheint das Mondlicht ins Zimmer.

»Es ist alles gut!«, flüstert Kolja, und ich nicke, obwohl ich es nicht glaube.

Zwei Stunden später scheint die Sonne in mein Zimmer. Ich stehe in Boxershorts vor dem halb blinden Spiegel, den Tim im Zimmer gelassen hat, und kontrolliere meine Schürfwunden, sie sind feucht und leicht entzündet. Ich erinnere mich an Emmys Berührungen, das Verlangen, das sie in mir ausgelöst hat. *Fuck!* Warum bekomme ich das alles nicht auf die Reihe? Ich weiß doch, was sie für mich empfindet, ich spüre es, ich sehe es. Wieso sollte sie mich küssen, wenn da nichts wäre, sie nichts von mir wollte? *Und – scheiß auf Freunde bleiben!*

Ich krame in einer Umzugskiste nach Pflastern, sie gehören zu einer Grundausstattung, gewöhnlich in allen Größen, aber diesmal ist keines groß genug.

In der Küche sitzt Kolja bei einem Kaffee und winkt mir entgegen.

»Heute der große Tag?«

»Na ja – groß?«

»Bist du bereit, sollen wir es durchziehen?«

»Klar. Sag mal, heute Nacht, also ...«

»Schon okay.« Kolja lächelt kurz. »Hab überlegt, ob ich mich zu dir lege, aber fand das dann doch nicht so passend. Zumal du ganz laut *Emmy* gerufen hast.«

Er geht in Deckung, als ich ein Handtuch nach ihm werfe.

»Wenn ich dich heute nicht brauchen würde ...«

»Ja, Noah, das sagen sie immer alle.«

Etwas später sitzen wir zusammen in seinem Passat.

Kolja zeigt auf das Handschuhfach. »Da müssten noch CDs sein.«

Ich öffne das Fach, und ein Haufen CDs, ein angebissener Apfel und eine Packung Kondome fallen mir entgegen.

Ich grinse. »Schön, dass ich auch mal dein anderes Ich kennenlerne.«

Ich wähle eine CD von *MIKA* aus und lege sie ein.

Kolja biegt ab und fährt auf die Autobahnauffahrt.

»Irgendwo muss man sich gehen lassen können. Mein Auto versteht mich. Hier kann ich sein, wer ich bin.« Er lacht und blinzelt. »Aufgeregt?«

»Noch geht's mir gut.«

Die Frage ist nur, ob das immer noch so ist, wenn wir

bei Bernd Möller angelangt sind. Wir sind in Steglitz im Schloss verabredet, einem großen Einkaufszentrum, und dort in einem Coffee-Shop. Sein Vorschlag.

»Du kannst dich entspannen, Noah. Wir haben es doch gegoogelt. *Schritt acht: Wir machen eine Liste aller Personen, denen wir Schaden zugefügt haben, und werden willig, ihn bei allen wiedergutzumachen. Schritt neun: Wir machen bei diesen Menschen alles wieder gut – wo immer es möglich ist –, es sei denn, wir verletzen dadurch sie oder andere.* Er will dich wegen Schritt neun treffen. Was heißt: Er will etwas *bei dir gutmachen. Gutmachen!* Nicht dich in die Pfanne hauen.«

»Okay. Aber was? Dass sein Auto im Weg stand, als ich durch die Luft geflogen bin? Sonst wäre ich auf der Straße gelandet und vermutlich tot.«

»Sehr lustig. Das solltest du ihm vielleicht erzählen.«

Kolja nimmt die nächste Ausfahrt Richtung Schlossstraße, der großen Einkaufsstraße von Steglitz. Erneutes Abbiegen, wir fahren am Schloss vorbei, das nichts von einem Schloss hat, sondern nur wie ein weiterer Einkaufstempel aussieht. Kolja flucht leise.

»Verdammt, ich hätte ins Parkhaus fahren sollen.«

Etwas später haben wir weiter entfernt in einer Seitenstraße geparkt und laufen zurück.

»Da kann man ja gleich die Öffentlichen nehmen«, grummelt Kolja.

Ich grinse. »Ja, ihr Ökoaktivisten, warum hast du überhaupt ein Auto?«

»Das hast du doch gerade gesehen. Mein Auto ist mein

persönlicher Rückzugsort. Dass ich damit rumfahren kann, ist nur ein Extra.«

Ich denke an die Kondome. »Auch ein Liebesnest?«

»Manchmal.«

»Zwischen Apfelgriebschen und Pommesschalen. Echt romantisch.«

Kolja boxt mich.

Wir blödeln herum und machen Witze. Ich weiß, dass Kolja mich damit ablenken will, denn wir erwarten es beide jede Minute. Irgendwann auf dem Weg oder wenn ich Bernd Möller treffe, kann es losgehen. Die Panikattacke. Auch darum ist Kolja mitgekommen, als Hilfe und Unterstützung, denn ich muss und will das hinter mich bringen.

Kolja öffnet die Glastür zum Schloss.

»Wir gehen jetzt da rein, okay?«, sagt er, und ich nicke.

»Ey, mir geht es gut.«

Was nicht ganz stimmt, mein Herz schlägt schneller, mein Puls ist erhöht, der Atem flach. Ich sehe den Eisstand und die Kinder, die davor anstehen, und versuche, mich auf die Normalität hier zu konzentrieren. *Keine Gefahr. Kein Grund zur Panik.* Warum habe ich mich überhaupt auf den Ort eingelassen? Möller ist doch kein Terrorist, was mache ich am Samstag in einem Einkaufszentrum?

Wir fahren die Rolltreppe hoch, und ich verfalle in mein Mantra: *Es ist alles gut, hier kann mir nichts passieren.*

Ich habe Kolja alles erzählt, was ich über den Unfall weiß, jedes kleine Detail, an das ich mich erinnere, und den letzten Flashback. Alles nur Bruchstücke, ich weiß das. Er hat darauf bestanden, dass wir diese Gesprächssituation vorher durchspielen, aber zu Hause fühlte sich alles anders an.

Hier sind zu viele Menschen, zu viele Stimmen und Geräusche.

»Alles okay?«, fragt Kolja und zieht mich von der Rolltreppe weg, wo ich stehen geblieben bin. *Ich will gehen. Weg hier.*

Kolja zieht mich sanft in das kleine Café und bis zu einem freien tiefen Sessel an einem niedrigen Tisch. Von den Seiten schiebt sich eine schwarze Wand vor mein Gesichtsfeld. Das ist neu.

»Noah?«

Kolja hockt vor mir, zwingt mich, ihn anzusehen.

»Noah! Was möchtest du trinken?«

Ich beuge mich leicht vor. »Kolja, ich glaube, ich kann das nicht.«

Kolja sieht sich um. Falls Bernd Möller schon da ist, will ich ihn nicht sehen. Und nicht treffen. Ich habe genug mit mir und dem Gefühl zu tun, durchzudrehen.

Kolja zögert. »Soll ich mit ihm reden?«

Ich sinke weiter in den Sessel. Gleich werde ich auch nicht mehr aufstehen können, dann bin ich hier gefangen. Kolja schirmt mich ab, ich weiß, dass er versucht, auch für die anderen Leute Normalität vorzutäuschen. Im Grunde ist es mir schon egal, ich falle in meinen eigenen Tunnel, nur noch überleben. Ich schwitze, zittere. So schlimm ist es selten. Meine Gedanken rasen, mein Herz rast. Ich werde sterben, hier, in diesem Sessel. Vielleicht der beste Augenblick. Oder nein, nur durchdrehen, und weiterleben müssen. Der Horror. Ich schließe die Augen, es geht nicht.

Als ich sie wieder öffne, sitzt Kolja immer noch vor mir und neben ihm ein kleiner, dicker Mann mit Halbglatze. Es wird etwas besser, aber ich bin mir nicht sicher, ob ich reden will. Und kann.

»Bleib hier, ich mache das«, sagt Kolja, und an seinem Gesichtsausdruck merke ich, dass ich schlecht aussehe.

Er zieht den Mann beiseite, der protestiert. Anscheinend kann man sich nur beim richtigen Menschen entschuldigen, und ich hebe meine Hand, um ihm klarzumachen, dass ich mit allem einverstanden bin. Friede, Pax, urbi et orbi, alle Sünden sind vergeben, er soll mich nur in Ruhe lassen, bis es vorbei ist. Kolja geht zurück zu Möller, beschwichtigt, redet. Mein Brustkorb wird etwas weiter, ich atme vorsichtig, als ob dabei etwas kaputtgehen könnte, versuche an Dinge zu denken, die mir Sicherheit geben, normale Situationen. Ich bin in einer Glaskuppel, in Watte verpackt, alles ist gedämpft und sehr weit weg. Ich sehe Frauen mit Einkaufstüten, Männer mit Kinderwagen, ein Kind drückt sein Gesicht an die Scheibe, streckt mir die Zunge heraus, leckt an der Scheibe, grinst. Langsam beruhigt sich alles. Ich hole mein iPhone heraus, starre auf die Zahlen, die verstreichenden Sekunden. Ich muss nur abwarten. Abwarten und nicht durchdrehen. Und dann, langsam, kommt das Leben zurück, schleicht sich in meinen Körper, misstrauisch, dann mutiger.

Meine Augen sehen wieder, meine Ohren hören.

»Du siehst besser aus.«

Kolja reicht mir ein Glas mit Wasser, ich trinke ihm zuliebe einen Schluck.

»Ist er weg?«

»Ja. Kannst du aufstehen?«

»Gleich.«

Es ist seltsam, sobald die Panikattacke vorbei ist, verwandle ich mich in einen normalen Menschen und komme mir vor, als ob ich vorher alles nur gespielt hätte. Jetzt verstehe ich wieder, warum man sich sicher fühlen kann, einkaufen gehen, überhaupt in der Lage sein kann, zu leben, während sich die Erde einsam im Weltall dreht. Vorher war das unmöglich, ich war die Erde, allein ausgesetzt, taumelnd. In der Angstattacke verliere ich das Maß, Kleines wird riesig und gefährlich, Großes wird tödlich.

Wir verlassen das Einkaufszentrum, vorbei am Eisstand auf die Straße. Ohne uns abzusprechen, laufen wir zurück zum Auto. Wortlos. Kolja schließt mir die Beifahrertür auf, ich steige ein, atme aus.

Kolja steckt den Zündschlüssel ins Schloss. »Zurück?«

Ich nicke. »Ja. Was ... hat er gesagt?«

Kolja schaltet den Motor an, die CD dröhnt los. Er parkt aus und fährt an, dreht die Musik leiser.

Kolja wirkt nachdenklich. »Na, der Typ war schon ziemlich schräg. Erst wollte er nicht mit mir reden, ich musste ihm schon sehr zusetzen, dann hat er rumgestammelt.«

Ich lege den Kopf zurück auf die Lehne, immerhin, ich war da und habe es nun hinter mir.

»Sag mal, du erinnerst dich an nichts?«, fragt Kolja. Es klingt misstrauisch.

»Wenig. Das Losfahren und dann das Aufwachen im Krankenhaus. Und die paar Dinge aus den Flashbacks.«

»Was haben dir denn die anderen nach dem Unfall erzählt, wie es abgelaufen ist?«

Wieder der Stich im Kopf, weil ich nicht darüber nachdenken will.

»Ich wurde operiert, und dann gab es einfach andere Themen. Ich hatte Angst, dass ich nicht mehr gehen kann. Und Schmerzen. Niemand hat es angesprochen. So richtig.«

»Aber das muss doch die ganze Zeit klar gewesen sein. Seine Versicherung muss gezahlt haben. Oder deine.«

Koljas Fragen sind mir lästig und unangenehm. Auch wenn er recht hat.

»Ich weiß nicht. Ich dachte, er wäre so betrunken gewesen und dass er sich an nichts erinnert hat. Zu allem Ja gesagt hat. Das haben sie gesagt. Sie haben mir gesagt, dass seine Versicherung zahlen musste, aber ich dachte ...«

»Was?«

»Dass ein Zeuge positiv für mich ausgesagt hat. Er war betrunken, und dann die Zeugenaussage. Dass ich Glück gehabt habe.«

»Du hast nie mal nachgefragt?«

Ich sehe skeptisch zu Kolja. »Wird das jetzt ein Verhör?«

»Nein, nein.«

»Ich weiß nicht, für mich war es immer klar. Ich war schuld.« Meine Handflächen sind feucht, ich will nicht, dass es wieder losgeht. Wir sollten das Thema wechseln.

»Möller hat jedenfalls erzählt, dass er die Vorfahrt übersehen hat und du ihm vor die Windschutzscheibe geknallt bist.«

»Ja?«

Kolja fährt rechts ran, hält auf dem Parkstreifen, schaltet den Motor aus. »Noah, er hat dir die Vorfahrt genommen. Er war schuld an dem Unfall. Nicht du.«

ZWANZIG

Emmy

Ich sehe zu Julian. »Hier wohnst du also.«

Ich gebe zu, ich bin etwas geschockt. Julian schläft auf einem alten Klappsofa mitten in einem Chaos von Musikinstrumenten. Gitarren, halb aufgestellte Schlagzeuge, Gitarrenkoffer und Transportkisten sind unübersichtlich in der kleinen Dreizimmerwohnung verteilt, als hätte eine Bombe eingeschlagen oder eher, als wäre eine Band mal kurz aufgeschlagen um dann wieder auf Tournee zu gehen. Ich hätte nicht gedacht, dass Julian überhaupt so wohnen kann.

»Und wo schläft mein Vater?«

Julian zeigt auf eine geschlossene Tür. »Wenn er mal da ist.«

Gut, ich möchte jetzt bitte nichts über das Liebesleben meines Vaters wissen, und es ist mir auf jeden Fall lieber, er übernachtet bei seinen Freundinnen, als dass er sie an meinem besten Freund vorbei in sein Zimmer schleppt.

»Wann musst du ausziehen?«

»Ende Juli.«

Ich überlege, ob ich mich setzen soll, aber an sich wollen wir gleich weiter, dann setze ich mich doch. Wenn wir erst bei Matti sind, wird es keine Gelegenheit mehr geben, mich mit Julian in Ruhe zu unterhalten. Denn ich will wis-

ich mir mit Alkohol etwas Mut antrinken muss, damit ich mit Noah sprechen kann.

»Na ja, man hört ja schon, dass in Kreuzberg gerne mal die Dächer der Cabrios aufgeschlitzt werden«, sage ich stattdessen.

Julian grinst. »Also, Emmy, deine alte XT will niemand aufschlitzen, im Gegenteil, wenn die hier länger steht, musst du noch dafür bezahlen, dass sie entsorgt wird.«

Ich schubse Julian in die Seite, und er lacht.

»Ich lasse meinen Beetle hier auch stehen. Und das Dach ist noch in Ordnung.«

Gut, aber da wäre noch ein dritter Grund. So sexy Lederkleidung sein mag und sosehr sie zu der Eröffnung eines Tattoo-Studios passen würde, ich wollte heute mal wie ein Mädchen, wie eine Freundin oder Geliebte und nicht wie ein Kumpel angezogen sein. Also trage ich ein leichtes Sommerkleid mit einem altrosa Blümchenmuster und einem weiten Ausschnitt, ein Designerkleid für vierhundert Euro, dem man das nicht ansieht. Es könnte auch aus einem Edel-Secondhandshop stammen und irgendwann mal von Audrey Hepburn getragen worden sein, vielleicht in *Ein Herz und eine Krone*, nur dass man die Szenen später rausgeschnitten hat. Nicht wegen dem Kleid natürlich.

»Wie findest du mein Outfit?«, frage ich Julian, der es bisher noch nicht kommentiert hat.

Er lächelt. »Sehr süß. Zum Anbeißen.«

Okay, so war das auch gedacht. Vielleicht werde ich heute Abend frieren, ich habe nur noch eine kleine blassblaue Strickjacke dabei, aber das ist mir die Sache wert. *Scheiß auf Freunde bleiben!* Ich will mehr von Noah. Man kann sich nicht trennen und Freunde bleiben, wenn man sich so nah war. Oder *ich* kann es nicht. Und will es nicht. Ich will mehr von Noahs Lippen schmecken, seine nackte Haut auf meiner spüren, noch ganz oft von ihm getragen werden und nicht nur dann, wenn ich halb tot bin.

Wir laufen am *Barcomi's* vorbei. Ich liebe den Coffee-Shop.

»Kaffee?«, frage ich.

Julian zögert. Ich weiß, dass das *Barcomi's* sein zweiter Wohnsitz geworden ist und er hier jeden Tag frühstückt. Aber das ist ja wohl kein Grund, an einem der besten Cafés in Berlin einfach vorbeizugehen.

Ich lege meinen Kopf schief, lächele unwiderstehlich. »Ich lad dich ein.«

Schon auf der kleinen Treppe in den Laden strömt mir der Duft von frisch gemahlenem Kaffee und frischem Gebäck entgegen. Und all die Kuchen und Cupcakes in der Vitrine!

»Willst du auch einen Cupcake?«

»Nein, oder doch. Bestell mir einen Bagel«, sagt Julian und zeigt auf einen Sesambagel.

Wir bestellen Coffee to go und verlassen den Laden, der sogar an einem gewöhnlichen Wochentag am frühen Abend gerammelt voll ist.

»Bei der Einweihung im Tattoo-Studio gibt es bestimmt auch was zu essen«, sage ich, als Julian in seinen Bagel beißt.

Julian nickt. »Aber wer will schon essen, wenn nebendran Menschen gefoltert werden.«

»Denkst du, die tätowieren da heute?«

Er kaut, schluckt, Julian spricht nie mit vollem Mund.

»Na, ganz bestimmt. Das macht man wohl so bei einer Einweihung.«

Wir schlendern in eine Querstraße, die zur Gneisenaustraße führt. Mein Herzschlag beschleunigt sich, und das liegt nicht an dem starken Kaffee oder daran, dass ich ans Tätowieren denke. *Noah.* Letzte Woche auf dem Sofa, verwirrt, verletzt, kann es noch eine Schwäche, ein Ausrutscher gewesen sein, aber ich will mich nicht wieder zurückziehen und verdrücken. Da wir uns seitdem nicht mehr gesehen haben, ist es sehr wichtig, dass ich es heute von Anfang an klarmache. Ich will keine Freundschaft, ich tausche sie um gegen die beste Beziehung aller Zeiten, mit Liebe, Nähe und dem besten und wildesten Sex, den ich mir vorstellen kann.

Julian hat aufgegessen, sein iPhone piept, und er klickt beim Laufen auf dem Display herum.

»*Quizduell?*«, frage ich.

Er nickt. »Woher kommt *Spotify*?«

»Schweden.«

»Danke.«

»Gegen wen spielst du?«

»Meistens *Psycho999*. Der ist echt lustig. Kommentiert ständig.«

Kolja. Aha.

»Was denn?«, frage ich.

»Ob ich ein Typ oder eine Frau bin.«

»Na, wenn dein Avatar eine blaue Scheibe mit Augen ist, ist die Frage doch berechtigt. Warum holst du dir nicht die Pro-Version? Und vielleicht ist er ja gar kein *Er.*«

Julian hält mir sein Handy hin und zeigt mir den Avatar.

Ein schwarzhaariger, bärtiger Typ mit Sonnenbrille und grimmigem Mund. Ich muss lachen. Typisch Kolja.

»Das ist doch kein Beweis. Und? Sagst du ihm, was du bist?«

»Ich lass ihn raten.«

»Na, da bin ich mal gespannt.«

Ich schiebe mir den Rest des Cupcakes in den Mund und trinke einen Schluck Kaffee dazu. Die Mischung ist das Beste.

»Julian?«

»Ja?«

Ich zögere. Julian kennt mich am besten von allen. Besser als Fiona und Kolja, obwohl der die seltsame Eigenschaft hat, alle Leute auszuleuchten, man das Gefühl hat, er weiß alles über einen. Trotzdem ist Julians Meinung über mich immer noch die wichtigste.

»Denkst du, ich habe Bindungsangst?«

Er sieht überrascht auf. »Du? Wieso denn?«

»War nur so eine Frage. Weil, ich meine, zum Beispiel, also ...«

Julian bleibt stehen, runzelt die Stirn, steckt das iPhone weg. »Wie meinst du das?«

»Na, dass ich immer wegrenne, wenn es ernst wird.«

Kurze Pause, ich kenne das von Julian. Er antwortet auch nie sofort. »Also, bei Liebesgeschichten?«

»Genau.«

Er denkt nach, grinst. »Ja, stimmt, wie mit Johannes! Wollte er dich nicht sogar heiraten? Das hat er mir jedenfalls erzählt. Oder denk mal an den Typen, der dir immer Rosen geschickt hat, kurz vor dem Abi. Dieser Spacko. Und dann, wie hieß der noch ... Sebastian, wo du mitten in der Nacht abgehauen bist, weil ...«

»Julian!«

»Was?«

»Das waren irgendwelche Typen, die ... das war doch nichts Ernstes. Das, also, das meine ich gar nicht.«

Er sieht mich mit großen Augen an. »Was dann?«

»Ich meine, also, ich denke, also ...«

»Ach so: Noah!«, sagt Julian richtig erleichtert, dass er drauf gekommen ist. »Du meinst Noah. Na dann.« Skeptischer Blick. »Ich dachte, ihr seid nur Freunde?«

Ich breche innerlich ein wenig zusammen. Wieso ist er denn nicht gleich drauf gekommen? Sieht man das denn nicht? Ist es denn nicht riesengroß an den Himmel geschrieben: Noah und ich gehören zusammen?

»Eigentlich schon«, sage ich.

Klar, eigentlich sind wir nur Freunde.

Wir sind auf der Gneisenaustraße angekommen. Auf dem sehr breiten Bürgersteig vor dem Tattoo-Studio stehen mindestens fünfzig Leute, die exzentrische Mischung von Mattis Kunden: Outsider, Biker, Punks, aber auch ein paar eher bieder aussehende Kunden. Einige rauchen, andere trinken Bier. Ich habe nicht damit gerechnet, dass es so voll werden würde. Ein paar Typen sehen neugierig von außen in den Laden, denn vor der Tür steht ein tätowierter Riese und lässt nur ausgewähltes Publikum herein.

»Na, das können wir vergessen«, murmelt Julian. »Wir haben noch nicht mal ein Tattoo von Matti, das wir vorzeigen können.«

»Oder ein Bier, an dem wir uns festhalten können.«

Ich hole mein iPhone heraus und wähle Fionas Nummer. Da Leo ein guter Freund von Matti ist, muss er der Zauberschlüssel zu diesem Laden sein.

»Ja, hallo? Emmy?«, schreit Fiona ins Telefon.

Laute Stimmen, Flaschen klirren.

»Seid ihr schon drin?«

»Na klar, wir stehen hier mit Matti, Kolja und Noah.« Bedeutungsvolle Pause. »Komm rein!«

»Äh, ist gerade nicht so einfach. Da steht ein tätowierter Bär vor der Tür.«

Wieder Geraschel und Getuschel.

»Okay, wir schicken jemanden raus.«

Ich hoffe natürlich, dass Noah kommt. Ich bin so erschöpft davon, diese falsche Freundschaft aufrechtzuerhalten, und jetzt möchte ich mich einfach nur fallen lassen. Ich wünsche mir, dass er mich umarmt, zärtlich küsst, in das Tattoo-Studio trägt und mir sagt, dass er mich bis an mein Lebensende lieben wird und dass ich nie in meinem Leben ein Tattoo brauche, um cool zu sein. Doch: *Nope.*

»Hi, Matti!«

Matti trägt ein Trägerhemd, und jeder sieht seine Tattoos. Immerhin sind sie seine Referenz, auch wenn das zum großen Teil vermutlich ein Kollege gemacht hat.

»Süße!« Er schlingt seine tätowierten und gut trainierten Arme um mich, drückt mich.

Julian schaut mich leicht irritiert an. *Wer ist der Typ, und woher kennst du ihn?*

»Das ist Matti. Matti: Julian.«

Matti reicht Julian die Hand, grinst freundlich, schon

klar, meine Freunde sind seine Freunde. Er schiebt mich an den Oberarmen auf Abstand, taxiert meinen Körper, sieht zu Julian. »Hat sie nicht eine Wahnsinnshaut?«

»Emmy«, sagt Julian höflich.

Matti grinst. »Klar, den Namen vergesse ich nicht so schnell. Und du?«

»Was?«, fragt Julian leicht verschreckt.

»Seine Haut ist auch sehr schön und noch vollkommen untätowiert«, sage ich.

Julian knufft mich, aber das war einfach eine zu gute Vorlage.

»Okay, dann mal rein in mein Reich.« Matti legt seinen Arm um mich, winkt Julian zu folgen und schleust uns an dem Türsteher vorbei.

Drinnen dröhnt uns die Musik entgegen, Heavy Metal und Punk, vor allem laut und aggressiv. Es ist dämmerig, an den Fensterscheiben klebt eine schwarze, halb durchsichtige Folie, davor stehen hohe Ständer mit weißen Kerzen. Matti breitet die Arme aus, sein Reich, und ich nicke anerkennend. Die Wände sind schwarz, das hätte ich mir denken können, wie in Mattis Wohnung, ganz sein Geschmack und Einrichtungsstil. Ich denke daran, wie ich mit Noah bei Matti zu *Metallica* getanzt habe und unsere Körper beschlossen haben, dass wir zusammengehören und nie wieder getrennt werden wollen. Wie ich mich aufgelöst habe, in seine Augen gefallen bin, seine Berührungen mich schwindelig gemacht haben. *Gleich werde ich ihn treffen.*

Matti gibt dem DJ an den Turntables ein Zeichen, er fährt die Musik etwas runter, zwei Scheinwerfer springen an.

»Schau mal«, sagt Julian.

Der Raum ist voll mit Gästen, nur die angestrahlten Bereiche bilden zwei Oasen im Menschenmeer. Ein Tätowiersessel samt Ausrüstung und eine weiße Leinwand, vor der ein Stuhl steht.

»Ich sag doch, Folter«, raunt Julian.

Ich sehe mich um, versuche außerhalb der Lichtkreise Leute zu erkennen.

»Emmy, du bist die Erste«, sagt Matti feierlich, und Julian reißt entsetzt die Augen auf.

»Rette mich!«, flüstere ich nicht ganz ernst, aber Matti hat mich schon geschnappt und führt mich zu dem Stuhl vor der Leinwand. Er beugt sich zu mir, flüstert.

»Wie jetzt?«, frage ich, nun doch leicht beunruhigt, nach.

Er zeigt auf einen Projektor auf einem schwarzen niedrigen Sockel ein paar Meter entfernt, und ich verstehe.

»Ich werde hier nicht nackt vor den Leuten sitzen.«

Er beugt sich wieder dicht an mein Ohr, flüstert eindringlich, bittet. Mittlerweile starren uns alle Leute an, wir stehen fast im Lichtkreis, und Matti ist sowieso der Fixpunkt in diesem Universum. Ich bin nicht prüde, aber ich weiß, dass man so Signale setzt. Für den Moment mag es okay sein, aber danach? Matti hat da natürlich eine andere Haltung. Ich kann mir denken, was und wo er täglich pierct und tätowiert, der nackte Körper, die Haut, das ist für ihn nur eine Leinwand, die er bemalt. Das Fleisch dahinter interessiert ihn nicht, vielleicht noch die Seele, die alles am Leben hält. Und ich soll mich für seine Präsentation frei machen? In diesem Hexenkessel von verrückten Typen? Doch ich will Matti auch nicht verletzen. Ich weiß, dass es eine

Ehre ist, von ihm überhaupt gefragt zu werden. Er ist einer der besten Stecher in Berlin, wenn nicht in Deutschland, ein Künstler. Ich beuge mich zu ihm, flüstere nun auch. Er muss schwören. Er grinst, hebt die Hand mit dem Victoryzeichen, ich nicke. *Deal.*

EINUNDZWANZIG

Noah

Ich dachte, ich wäre vorbereitet darauf. Ich dachte, ich hätte es mittlerweile etwas mehr unter Kontrolle, aber nein. Ich dachte, ich könnte jetzt entspannter damit umgehen, Emmy zu treffen. Irgendwie normal. Doch als Matti mit Emmy und Julian in den Laden kommt, beginnt es in meinem Magen zu flirren, mein Pulsschlag beschleunigt sich, ich bin aufgeregt, elektrisiert. Matti hat den Arm um sie gelegt, führt sie herein. Ich weiß, dass er Emmy am liebsten zu seinem Topmodel machen würde. Einen Schwan über ihren Rücken stechen, sein Meisterwerk. *No way.* Nicht dass es mich stören würde, wenn Emmy ein Tattoo hätte, aber ich weiß, wie sie dazu steht. Jedenfalls wenn es um *ihre* Haut geht. Und jetzt steht Matti mit ihr vor der Leinwand und vor dem Projektor, um allen Gästen hier zu zeigen, wie phantastisch das aussehen könnte. Er hat mir, seit ich hier bin, erzählt, wie das wird, erst die Show, dann das Stechen. Offenbar rechnet er damit, dass die meisten seine Vorschläge dann auch gleich umsetzen lassen, zumal Matti heute umsonst tätowiert.

»Noah, da ist Emmy«, sagt Leo, als ob ich sie nicht schon die ganze Zeit beobachten würde. Sie sieht umwerfend aus in diesem Hauch von einem Kleid, zart und stark zugleich. Ihre Haare sind zu einem wilden Knäuel zusammengebunden, und statt ihrer Stiefel trägt sie Sandalen. Schutzlos und sexy, und auch wenn ich kein Macho bin, macht mich das an. Vermutlich ein Reflex aus der Steinzeit, aber verdammt, er funktioniert.

Leo stößt mich an. »Wow, ist sie heiß. Vergisst man glatt, wenn sie immer in Jeans und Lederjacke rumläuft.«

Ja, danke, Leo, ich nicht.

»Was hat denn Matti mit Emmy vor?«, fragt Fiona leicht besorgt. »Tätowieren wahrscheinlich«, scherzt Kolja.

Matti flüstert mit Emmy, versucht er sie zu überreden? Ich kann nicht glauben, dass er das vor meinen Augen wagt, soll sie sich etwa ausziehen? Das werde ich nicht zulassen, denn für die meisten Typen hier wäre sie danach nur noch Frischfleisch, das man sich schnappen kann. Das ist vermutlich auch noch ein Relikt aus der Steinzeit. Ich mache einen Schritt auf die beiden zu, aber Leo hält mich zurück.

»Noah, Emmy ist stark und selbstbewusst genug, das allein zu regeln.«

Gut, er hat recht. Emmy sieht überhaupt nicht wie ein Opfer aus, sondern blickt selbstbewusst in die Menge.

Matti bittet um Ruhe. »Hey, Leute, schön, dass ihr so zahlreich gekommen seid. Die meisten von euch haben Tattoos von mir, aber da sind ja noch die vielen untätowierten Schönheiten. Für heute Abend habe ich mir deshalb etwas Besonderes ausgedacht. Später zeigen wir euch fertige Tattoos hier auf der Leinwand, aber vorher möchte ich euch ein paar meiner bis jetzt noch unrealisierten Entwürfe vorführen. Dafür brauche ich natürlich vollkommen untätowierte Modelle, was in unseren Kreisen gar nicht so leicht zu finden ist.« Alle lachen. »Daher begrüßt heute Emmy, die sich für die erste Präsentation zur Verfügung stellt.« Matti macht einen gespielt huldvollen Knicks vor Emmy. »Ein fetter Applaus für Emmy!«

Klatschen, Johlen, Pfeifen. Leo hält mich immer noch am Arm fest. Sein Griff ist hart und unnachgiebig.

»Schon gut!«

Er mustert mich kritisch und gibt mich dann frei. »Wenn du dich mit Matti prügelst, rede ich kein Wort mehr mit dir. Er ist mein Nachbar.«

»*Ich* bin dein Freund. Sogar dein bester, wenn ich mich recht erinnere.«

Leo grinst. »Stimmt, das wolltest du dir doch noch über den Arsch tätowieren lassen.«

»*Schschht!*«, macht Fiona.

Es wird ruhig im Raum. Emmy setzt sich rittlings auf den Stuhl, legt ihre Arme auf die Lehne. Matti stellt sich hinter sie. Mein Herz klopft. Ich habe Leo nicht versprochen, nichts zu tun, eine falsche Bewegung von Matti, und ich bin bei Emmy. Matti macht es spannend, legt seine Hand auf Emmys Rücken und zieht dann sehr langsam den Reißverschluss ihres Kleides auf. Alle halten den Atem an, dann setzt ein Raunen ein, anzügliche Sprüche flirren durch den Raum. Diesmal müssen Fiona und Leo mich gemeinsam zurückhalten. Rechts und links spüre ich ihre Hände an meinen Oberarmen, wobei mir Fionas Griff fast noch etwas härter vorkommt.

»Wollt ihr da einfach zusehen?«

»Noah«, sagt Leo warnend. »Du und Emmy, ihr seid Freunde. Und du willst doch sicher, dass ihr Freunde bleibt, oder?«

»Emmy wird schon nichts Falsches machen. Ich kenne sie«, bestätigt Fiona.

»Okay, mag ja sein, aber was ist mit Matti?«

Matti hat den langen Reißverschluss bis ganz nach unten gezogen. Der zarte und weiche Stoff des Kleides fällt von selbst auseinander und gibt den Blick auf Emmys leicht gebräunten Rücken frei. Eine einzige Fläche, die noch nicht mal von dem Verschluss eines BHs unterbrochen wird. Sie trägt also keinen. Jemand pfeift anerkennend, aber Matti bringt ihn mit einem Blick zum Schweigen. Emmy hat die Arme vor dem Körper verschränkt und an den Körper gelegt, die Träger ihres Kleides sind über ihre Schultern gefallen, sodass auch sie freiliegen. Am Ende des Rückens wird der Bund eines himmelblauen Slips sichtbar. Und mehr Haut gibt es zu meiner Erleichterung nicht zu sehen. Ich beruhige mich wieder, und der Griff von Fiona und Leo um meine Arme lockert sich.

»Schöner Rücken«, sagt Kolja ganz nüchtern und grinst.

Matti geht zu einem alten Projektor und schiebt ein Dia ein.

Kurze Stille, dann begeistertes Gejohle, als das Bild auf Emmys Rücken auftaucht. Es sieht wahnsinnig aus. Ein bunter Schwan, der sich von der kleinen Kuhle am Übergang vom Rücken zum Hintern, der bei Emmy so perfekt ist, hoch aufrichtet und seine Flügel über die Schulterblätter spreizt. Der lange Schwanenhals geht in Emmys Hals über und verschmilzt mit ihm. Matti geht zurück zu Emmy, erklärt seinen Entwurf, die Farben, beantwortet die Fragen, dabei ist das ganz unwichtig, man muss es nur sehen, um zu wissen, dass es eine seiner besten Arbeiten ist. Matti lässt sich beklatschen und feiern. Dann bedankt er sich bei Emmy. Zugegeben, er macht das alles sehr korrekt. Sein Blick blinzelt aus dem Lichtkreis in die Menge.

»So, und nun brauche ich einen Freiwilligen.«

Alle grölen los, obwohl keiner so genau weiß, wofür. Mattis Arm fährt herum wie ein Zeiger, er tritt aus dem Spot, und sein Finger landet auf mir.

Ich werfe die Hände hoch, was soll das Spielchen? Matti grinst, winkt mich heran. Gut, ich komme. Er beugt sich kurz zu mir, flüstert. Und ich verstehe. Ich weiß nicht, ob ich ihm dankbar bin, dass er mich ausgewählt hat, oder sauer, dass er mich in dieses Spiel mit hineinzieht. Wohl doch eher dankbar. Ich gehe zu Emmy, hocke mich neben sie. Nur wir zwei. Sie dreht ihren Kopf, lächelt, aber ich sehe, dass sie so langsam gerne wieder aus ihrer Position befreit werden würde.

»Hey, alles okay? Matti hat mich gebeten, dir beim Anziehen zu helfen – okay für dich?«

Sie nickt.

Natürlich gibt es ein Gejohle, als ich die Träger des Kleides wieder über Emmys Schultern lege. Ich komme mir grob und ungeschickt vor, als ich den Reißverschluss schließe, der zarte Stoff, ihre weiche Haut und meine Hände, die noch rau und aufgeschürft vom Segeln sind. Ich kann Mädchen eindeutig besser aus- als anziehen und muss an unsere erste gemeinsame Nacht denken. Ich vermisse Emmys Körper mehr, als ich mir bisher eingestanden habe. Ich beuge mich über sie, nah an ihr Ohr.

»Fertig.«

Sie steht auf, dreht sich um, breitet kurz die Arme aus

und verbeugt sich charmant vor dem Publikum. Die geborene Entertainerin, sie hat die absolute Aufmerksamkeit aller im Raum. Sie dreht sich zu mir, nimmt meine Hand. »Bring mich schnell in Sicherheit.«

Wir gehen zu den anderen, Fiona begrüßt und umarmt Emmy. Leo wirft mir einen Blick zu, als ob er die ganze Zeit gewusst hätte, was sich abspielen würde. *Als ob!*

Er zieht mich beiseite, während Matti den nächsten Freiwilligen sucht.

»Wie wäre es jetzt mit Fiona?«, sage ich leise zu Leo.

»Wehe!«

Ich grinse, und er merkt, dass ich nur Spaß gemacht habe.

»Hey, hast du 'nen Moment?«, sagt er aufgeregt. Er wirft einen schnellen Blick zu den Mädchen, die beschäftigt sind, und zieht mich in eines der Hinterzimmer des Ladens.

»Was ist?«

»Ich muss mit dir reden.«

»Worum geht's?«

Leo druckst herum. »Fiona hat mich total ausgequetscht. Ich musste ihr was erzählen.«

»Worum ging es denn?«

Leo seufzt. »Ob du eine Freundin hast. Ich sage ja nie was über dich, Noah. Ist mir viel zu gefährlich bei deinem Liebesleben, aber es war ihr echt wichtig. Ich musste ihr was sagen.«

»Und was hast du gesagt?«

»Äh, hast du Emmy erzählt, dass du eine Freundin hast?«

»Nein. Wieso sollte ich?«

»Also: Nein?«

»Leo, was soll der Quatsch? Du weißt, dass ich keine Beziehung habe.«

»Ich war nur unsicher, wegen Hamburg und so. Ob da nicht jemand wartet.«

»Dann hätte ich wohl kaum was mit Emmy angefangen.«

Er wirft die Hände abwehrend hoch. »Ja, okay, aber langsam blicke ich nicht mehr durch bei dir. Der letzte Stand war, dass du nur eine Freundschaft mit Emmy wolltest und keine Beziehung, oder?«

»Was hast du Fiona gesagt?«, frage ich, denn es ist sonnenklar, dass alles, was Leo Fiona erzählt, bei Emmy landen wird.

»Dass du keine Freundin hast.«

Ich atme erleichtert aus. Noch mehr Verwirrung kann ich echt nicht gebrauchen. »Okay. Gut. Wieso wollte sie das überhaupt wissen?«

Leo verdreht die Augen. »Wieso? Mal darüber nachgedacht, dass hier langsam keiner mehr schlau wird aus deinem Verhalten? Erst heißt es Freundschaft, na gut, Freundschaft. Dann rettest du Emmy das Leben, und nach der Mund-zu-Mund-Beatmung seid ihr scheinbar wieder zusammen. Kurz darauf liegt ihr nebeneinander ... vögelt ihr auch wieder?«

Ich packe Leo an den Oberarmen. »Hör mal. Das mit Emmy ist nicht so einfach.«

Leo blinzelt. »Für dich oder für sie?«

»Für uns beide, nehme ich an.«

Leo fixiert mich. Sein typischer Röntgenblick. »Hast du Angst, dass sie von dem Unfall erfährt? Deinen Panikattacken? Den Albträumen? Warum redest du nicht einfach mit ihr darüber?«

»Ich sag doch, das ist nicht so einfach.« Ich lasse Leo los, fahre mir übers Gesicht.

Emmy wird mich hassen, wenn sie alles über mich erfährt.

»Ich habe einfach keine Lust, der kranke Freak für sie zu sein. Vielleicht hat sie dann Mitleid mit mir.«

»Sie ist sicher kein Mädchen, das aus Mitleid mit ’nem Typen ins Bett geht. Und du schuldest ihr verdammt noch mal etwas mehr Ehrlichkeit.« Er schlägt sich vor die Stirn. »Freundschaft! Das war ja wohl der größte Blödsinn.«

Gut, das weiß ich jetzt auch.

Fiona schaut in das Hinterzimmer.

»Ähm, ist das jetzt sehr wichtig, sonst würde ich sagen, ihr müsst unbedingt nach vorne kommen und euch das ansehen.«

Wir folgen ihr wieder nach vorne, wo Kolja im Spot auf dem Stuhl und vor der Leinwand sitzt. Freier Oberkörper. Perfektes Muskeltraining. In der ersten Reihe um den Spot stehen auf einmal auffällig viele Mädchen, und ich muss grinsen, weil Kolja an keiner von ihnen auch nur das leiseste Interesse hat.

Wir gehen zu Emmy und Julian, die vom Rand aus zusehen. Julian hat die Augen leicht zugekniffen. Er kann Kolja nicht besonders gut leiden, aber wenn man ihn dort smart und freundlich und umwerfend gut aussehend sitzen sieht, fällt es schwer, ihn nicht zu mögen.

Emmy hat die Arme vor der Brust verschränkt, doch als sich unsere Blicke treffen, wird ihr Blick weich, und sie lächelt.

»Hey!« Sie angelt nach meiner Hand. Ihre Berührung elektrisiert mich. Sie zieht mich neben sich. »Was sagst du?«

»Perfekt.«

Matti hat einen Totenkopf auf Koljas Schulter projiziert, aus dessen Kopf Flammen schlagen.

»Der Totenkopf steht für die Vergänglichkeit. Ein Tattoo übrigens auch«, sagt Matti.

»Und die Flammen?«, fragt jemand.

»Für die Leidenschaft, mit der man für eine Sache brennt.« Matti sieht zu Kolja. »Hey, wofür brennst du?«

Kolja lächelt, lässt seinen Blick durch den Raum schweifen. Sein Blick bleibt bei uns hängen, aber er sagt nichts. Stattdessen winkt er Matti heran, die beiden sprechen. Matti richtet sich auf, seine Augen glänzen. Den Blick kenne ich doch.

»Freunde«, ruft Matti. »Wir haben den ersten mutigen Krieger.«

Auf der Leinwand werden weiter Bilder von Tattoos gezeigt, doch niemand interessiert sich dafür. Stattdessen folgen alle Augen Kolja, der zu Mattis Stuhl und in den zweiten Spot geführt wird. Ein aufgeregtes Getuschel setzt ein. Matti lässt sonst niemanden beim Tätowieren zusehen, dies ist also ein Ereignis.

»Das Wort ›Tattoo‹ kommt von dem Wort ›tatau‹«, erklärt Matti. »Es bedeutet so viel wie richtig oder kunstgerecht. Und genau das werde ich jetzt machen und dieses Motiv kunstgerecht auf Koljas Schulter übertragen. Heute Abend die Outline. Wer zusehen will, kann zusehen, alle anderen …« Er nickt dem DJ zu. »Amüsiert euch!«

Musik dröhnt los. Sich jetzt zu unterhalten, kann man vergessen. Fiona, Leo und Julian sehen Matti zu, aber Emmy sieht mich fragend an. Ich deute zu einer Art Bar, wo man sich Getränke holen kann, und wir schieben uns bis dahin durch.

»Bier«, lese ich von ihren Lippen ab.

Ich lasse mir zwei Beck's geben und deute nach draußen. Sie versteht und nickt. Vorbei am Türsteher, den Matti gemietet hat, damit er sich die Schutzgelder sparen kann.

Draußen vor dem Laden ist es voll, es wird geraucht, gekifft und getrunken. Die Stimmung ist leicht aggressiv.

»Was ist da drinnen los?«, fragt ein Typ mit Kopftätowierung.

»Nichts Besonderes. Matti tätowiert.«

Er reißt die Augen auf. »Echt jetzt?«

Offenbar habe ich den Starkult um Matti unterschätzt.

Emmy und ich stellen uns etwas abseits der Gruppe.

»Irgendwann kommt jemand und ermordet mich wegen dem Tattoo von Matti«, sage ich scherzhaft.

Emmy lacht. »Ja, da gibt es eine Geschichte von Roald Dahl. Total gruselig. Da verkauft jemand ein Bild, und am Ende ist es die Haut von ... warte mal, kriege ich nicht mehr so genau zusammen.«

»Sehr beruhigend.«

»Tja, du musst deinen Oberkörper geheim halten. Mir musst du Schweigegeld bezahlen, damit ich niemandem davon erzähle.«

Ich lächele mein charmantestes Lächeln. »Du würdest mich doch niemals ausliefern, oder?«

»Tja, ehrlich gesagt, kommt auf die Summe an.«

»Aha. Gut, dass ich das weiß.«

Wir flirten. Eindeutig.

Wir stoßen mit unseren Flaschen an, trinken. Emmy setzt ab.

»Was ist?«, frage ich, da sie mich mit zusammengekniffenen Augen mustert.

»Matti hat mich gefragt, ob ich dein neuestes Tattoo schon gesehen habe.« Sie deutet auf das Schweißband. »Oder hältst du das auch versteckt?«

Matti. Ich könnte ihn killen.

»Aha, ja. Stimmt. Hat er dir gesagt, was für ein Motiv er mir gestochen hat?«

Sie lächelt, und ich sehe es an ihren Augen. Sie weiß nichts. Ich atme erleichtert aus. Nele hat recht, wer macht so was? Vor allem, wenn man nicht mit dem Mädchen zusammen ist. Also sieht es vielleicht nur wie eine besonders merkwürdige Art von Stalking aus. Ich kann auch schlecht sagen, dass ich das immer so mache, denn dann wäre mein Körper mit Namen übersät. Ich weiß noch nicht mal, warum es jetzt Emmy ist, die mein Leben komplett auf den Kopf stellt. Und mich gleichzeitig rettet. Bis vor Kurzem war mir so vieles egal. Das alles steckt in dem Tattoo, aber ihr das zu sagen ist noch viel schwieriger.

»Nein, er hat mir nichts verraten«, sagt Emmy. »Keine Ahnung. Also? Was ist es?«

»Tja, das ist wirklich geheim.«

»Echt? Das ist mir schon aufgefallen, dass du das Schweißband jetzt ständig trägst. Deswegen?«

»Ja.«

»Oder ist es misslungen?«

Mädchen sind neugierig. *Danke, Matti.*

»Ich zeige es dir bald mal, okay?«

»Okay, hm.« Sie kneift die Augen zusammen. »Das hört sich ja an, als ob du Mitglied bei der Mafia bist. Oder in einer dieser chinesischen Banden, die halb Berlin kontrollieren. Und wenn die anderen das Zeichen sehen ...« Sie macht eine Cutbewegung über ihren Hals. »Adios, Leben.«

Und Mädchen haben Phantasie.

Ich lächele unverbindlich. »Ja, ich weihe dich in mein Geheimnis ein, und ab da brauchst du Personenschutz. Also überleg es dir genau.«

Sie grinst. »Wir töten sie einfach.«

Ich grinse zurück. »Stimmt, wir sind ja Superhelden.«

Wir trinken, meine Flasche ist leer, und ich stelle sie auf den Boden. Irgendwie will ich in Emmys Nähe die Hände frei haben. Um sie zu umarmen oder zu verteidigen, jedenfalls vorbereitet sein. Jemand kommt vorbei und sammelt die Flasche ein und luchst auch Emmy ihre ab, da er scharf auf das Flaschenpfand ist.

»Ähm, Noah?« Emmy errötet.

»Ja?«

Sie fährt sich nervös mit der Zunge über die Lippen. »Ich wollte nur sagen, letztens, nach dem Segeln ...«

Da ist wieder das Flirren im Magen.

»Das war nicht sehr freundschaftlich.«

»Ich weiß«, sage ich ernst. Ich gehe auf sie zu, lege meine Hände auf ihre Hüften, und sie lässt es sich gefallen. Ich spüre ihren warmen Körper unter dem dünnen Stoff des Kleids. »Ich nehme alles zurück.«

Sie blinzelt. »Alles?«

»Ich meine, was ich über Freundesein gesagt habe. Nur Freunde.«

»Okay, und was sind wir dann?«

Ja, was sind wir? Kein Paar mehr, aber auch noch nicht wieder eins. Irgendwo dazwischen. Ich zucke mit den Schultern.

Ein leicht angetrunkener Typ mit schlecht tätowierten Armen nähert sich uns. »Ey, warst du die Süße mit dem Schwan?«

Ich ziehe Emmy instinktiv leicht an mich, aber sie dreht sich mit einer energischen Bewegung aus meinen Händen und zu ihm um. Der Typ fasst es als Aufforderung auf und bleibt bei uns stehen.

»Ja, und?«, sagt sie angriffslustig.

Er zeigt eine Reihe schlechter Zähne. »Ich hätte ja auch gerne mal Mattis Vorschlag für deine Vorderseite gesehen.«

Ich gehe einen Schritt nach vorn, aber Emmy macht eine abwehrende Handbewegung, als wolle sie das alleine regeln. Okay, ich respektiere das, ich bin mir nur nicht sicher, ob es sich lohnt, mit einem Typen in dem Zustand zu diskutieren. Je näher er kommt, desto klarer wird, dass nicht nur Alkohol sein Problem ist.

»Und ich hätte gerne gesehen, ob dir ein Arschgeweih steht«, schießt Emmy zurück.

Der Typ stutzt: *Aha, ein Mädchen, das sprechen kann.*

»Emmy?«, sage ich leise. »Das lohnt sich nicht.«

Aber sie ist in einem Zustand, den ich noch nicht von ihr kenne. Sehr aufgebracht und kämpferisch. Was ich gut verstehen kann.

»Mit deinem Bodyguard im Rücken kannste hier dolle Sprüche machen, wa?«, grölt der Affe.

Alarmstufe Rot.

Wenn ich auf meinen Kopf höre, sollte ich Emmy das alleine regeln lassen und sie nicht dadurch beleidigen, dass ich eingreife. Wenn ich auf mein Gefühl höre, dann ist dieser Typ schon so gut wie tot. Verrückterweise spielt er genau das gegen uns aus. Natürlich passe ich auf sie auf, was denkt er denn?

»Er ist nicht mein Bodyguard, aber du brauchst einen Mindguard, der aufpasst, dass dir nicht noch mehr dämliche Sprüche rausrutschen.«

Der Typ hebt die Bierflasche, und für einen Moment denke ich, er schlägt zu.

»Prost, Süße! Vielleicht im nächsten Leben.« Er grinst dümmlich und trottet davon.

Ich atme tief durch. Irgendwie habe ich immer noch Lust, den Typen zusammenzuschlagen. Emmy dreht sich zu mir, lächelt noch etwas aufgeregt, aber zufrieden.

Ich nicke anerkennend. »Wow, dem hast du es gegeben.« Kämpferische Mädchen sind sexy.

Emmy zieht eine Augenbraue hoch. »Hat ihn vermutlich eingeschüchtert, dass du dabei warst.«

Das hoffe ich doch sehr!

ZWEIUNDZWANZIG

Emmy

Ich bin ein Mädchen, okay, aber ich bin es gewohnt, mich alleine zu verteidigen. Nur ist es ein Unterschied, ob man sich irgendwo in der Buddelkiste oder auf dem Gymnasium in Berlin Grunewald wehren muss, wo sowieso nichts wirklich Dramatisches passiert und Wortgefechte immer noch anerkannt sind, oder in Berlin Kreuzberg gegen einen betrunkenen und vollgekoksten Typen verteidigen muss. Auch wenn ich es nicht zugebe, bin ich froh, dass Noah die ganze Zeit in meiner Nähe war.

»Wollen wir woandershin gehen?«, fragt er.

Ich nicke. Am liebsten sofort.

»Hey, Emmy, Noah!« Fiona kommt mit Leo, Kolja und Julian auf uns zu, umarmt mich, als wäre ich sehr lange weg gewesen. »Hier seid ihr, ich habe drinnen überall gesucht.« Sie winkt Kolja heran. »Darf ich mal?«

Er nickt, und Fiona zieht den Ärmel seines T-Shirts hoch. Unter dem Folienverband erkenne ich die Umrisse eines Totenschädels.

»War das eigentlich ein spontaner Entschluss?«, frage ich.

»Sozusagen.«

Leo seufzt. »Wieder jemanden an die dunkle Seite verloren.«

»Sieht sehr gut aus«, sage ich. »Und halte es versteckt, für die Fans hier draußen ist deine Haut jetzt ein Vermögen wert.«

Kolja grinst. »Los, Jungs, rückt mir auf die Pelle!«

Julian findet das nicht witzig. Er ist überhaupt sehr still.

»Was jetzt?«, fragt Fiona aufgedreht. »Wieder rein oder was essen gehen oder noch ins Kino?«

Ich sage nichts. Noah angelt nach meiner Hand, drückt sie leicht. Das mit dem Allein-zusammen-Weggehen müssen wir wohl vertagen.

»Wir können zu uns gehen, ich kann was kochen«, schlägt Kolja vor. Keiner widerspricht. Noah und ich verständigen uns mit den Augen. Einverstanden.

»Okay, holen wir unsere Jacken«, sagt Fiona.

Wir schieben uns am Türsteher vorbei zurück in den Laden, wo der Sauerstoff schon länger ausgegangen ist. Ich verstehe nicht, dass Fiona ihre Sachen sofort irgendwo ablegt, statt sie am Körper zu behalten, aber das war schon immer so. Früher wollte sie einen Vorwand haben, noch mal zurückzugehen und sich dabei ganz unauffällig zu verdrücken, wenn sie einen Typen abschütteln wollte, und nun hat sie es sich angewöhnt.

Es ist immer noch sehr voll.

»Wo hast du sie abgelegt?«, schreie ich, als wir im Laden sind. Die Musik ist unterirdisch laut. Außerdem ist es so voll, dass man sich nur sehr langsam durchschieben kann.

Fiona deutet nach hinten, und ich bereue, überhaupt mit reingegangen zu sein. Jemand rempelt mich an, ein Typ grinst blöd, als er mich erkennt. Ich ignoriere die Anmache, doch er schiebt sich dicht an mich und grapscht mir an den Hintern. *Spacko!* Ich drehe mich wütend um und sehe Noah, der sich den Typen schon geschnappt hat und verwarnt. Und bevor ich es noch recht begreife, geht auf einmal eine Rangelei los, denn der Typ ist offenbar mit Freunden hier. Zwei Typen werfen sich auf Noah und beginnen, auf ihn einzuprügeln. Es ist zu eng, um richtig Abstand zu halten, und innerhalb von Sekunden sind fast vier Leute in die Prügelei verwickelt, und alle sind gegen Noah. Als Leo es bemerkt, greift er sofort ein und schlägt sich auf Noahs Seite. Doch damit sind es immer noch erst zwei gegen vier, wir sollten einfach abhauen, die Sache ist nicht zu gewinnen. Wo sind Kolja und Julian? Fiona und ich werden grob an den Rand gedrängt. Das erste Blut fließt. Noah und Leo sind wie im Rausch und nur damit beschäftigt, die Angriffe der kleinen Gang abzuwehren. Ein Kreis von Schaulustigen bildet sich, die johlend zusehen oder mitmischen. Ich nicke Fiona zu, wir können doch nicht einfach zusehen, wir müssen was tun, Leo und Noah hier rausbringen. Noah sieht in meine Richtung, und ich weiß, dass er nicht aufhören wird. Im Gegenteil, seine angestaute Wut hat endlich ein Ventil gefunden. In einer kurzen Kampfpause beobachte ich, wie Noah Kolja zunickt, der sich Fiona schnappt. Ich will protestieren, aber jemand packt auch mich von hinten und schiebt mich gegen meinen Willen und heftigen Protest nach draußen. Erst vor der Tür realisiere ich, dass es Julian ist.

»Hör auf zu strampeln.«

»Wir müssen da rein!«

»Nein«, sagt Kolja, der Fiona festhält.

Polizeisirenen jaulen uns entgegen, als ob sie nur auf ihren Einsatz gewartet haben. Kolja macht eine Kopfbewegung, und er und Julian packen uns gleichzeitig und bringen uns weiter die Straße herunter. Erst als wir weit genug vom Tattooladen entfernt sind, gibt Julian mich etwas frei.

Ich hasse ihn.

»Wir müssen da rein! Die schlagen sie zusammen.«

»Los«, sagt Fiona, aber Kolja fängt sie wieder ein.

»Hierbleiben«, sagt er entschieden.

Die Polizeisirenen verstummen, und ein Streifenwagen und eine Wanne parken vor dem Laden, Beamte stürmen hinein.

Ich mache mich frei und laufe zurück, und diesmal hält Julian mich nicht auf. Die Polizei geht herum und lässt sich Ausweise zeigen, doch mich beachten sie gar nicht. Die anderen kommen nach, und wir bilden eine kleine Gruppe am Rand, die niemand richtig wahrnimmt, als würden wir überhaupt nicht dazugehören. Was vielleicht auch stimmt, wir sind weder tätowiert noch in Leder gekleidet, man hält uns für Passanten.

»Was passiert jetzt?«, fragt Fiona.

»Die werden die Personalien aufnehmen und ein paar vielleicht mit auf die Wache in Gewahrsam nehmen«, sagt Kolja sachlich. »Wir warten einfach ab, die beiden haben ja keine Drogen dabei, also wird die Sache bestimmt schnell geregelt.«

Ein Beamter nach dem anderen kommt mit einem Festgenommenen aus dem Laden. Als Vierter wird Noah mit blutig geschlagenem Gesicht aus dem Laden geführt, hinter ihm Leo mit geschwollener Nase.

»Leo!«, ruft Fiona.

Er sieht zu uns, nickt kurz, greift in seine Hosentasche

und wirft seine Autoschlüssel in unsere Richtung. Kolja fängt sie geschickt auf.

»Verdammt, sie nehmen alle mit«, sagt Kolja.

»Sollen wir hinterherfahren?«, fragt Fiona unsicher.

Kolja schüttelt den Kopf. »Das kann ewig dauern. Die werden uns anrufen, wenn sie rauskommen. Vermutlich irgendwann heute Nacht. Lasst uns fahren.«

Wir fahren alle zu Kolja, Fiona in Leos Wagen, wir anderen in Koljas altem Passat. Wir schweigen, bis wir in der Wohnung sind.

Dort setzen wir uns in die große Sofagruppe und warten. Fiona packt ihr Handy auf den Tisch, falls Leo anruft, und Kolja legt seines daneben, falls Noah sich meldet. Fiona hat sich ein Kissen vor den Bauch geklemmt und döst vor sich hin, Kolja hat den Kopf zurückgelegt, die Augen geschlossen. Ein Bild von einem Mann: sexy, stark, entspannt. Julian sitzt steif auf dem Sofa, ich zwinkere ihm zu.

Wie bin ich hier hineingeraten? Was mache ich hier?, sagt sein Blick.

Ich wage einen auffordernden Seitenblick zu Kolja. Julian muss einfach zugeben, wie gut er aussieht. Und heute hat sich wieder bestätigt, dass er ein guter Kumpel und Gefährte ist. Sehr smart, sehr stark, sehr umsichtig. Es war richtig, Fiona und mich in Sicherheit zu bringen, statt sich in die Schlägerei zu mischen.

Julian zieht die Augenbrauen hoch. *Fang nicht schon wieder damit an!*

Na, dann eben nicht.

Koljas Handy brummt.

»Nur *Quizduell*«, murmelt er in meine Richtung.

»Spielst du auch?«, fragt Julian.

Kolja und ich tauschen einen schnellen Blick.

Jetzt keinen Fehler machen.

»Manchmal«, sagt Kolja sachlich, fährt sich übers Gesicht und richtet sich auf. »Ich werde uns mal was kochen. Irgendwelche Abneigungen oder Allergien?«

»Gegen Austern bin ich allergisch«, sagt Julian und grinst schwach. Das stimmt. Und ich bin froh, dass er seinen Humor wiedergefunden hat.

»Ich helfe dir«, sage ich und gehe mit Kolja nach hinten in die Küche.

Ich sehe mich um. »Was kann ich tun?«

Kolja reißt den Kühlschrank auf, wir sehen beide hinein.

Viel ist da nicht. Er schlägt den Kühlschrank wieder zu, geht zu einem Regal, nimmt eine Packung Spaghetti und Olivenöl und wirft mir eine Packung Pinienkerne zu. »Kannst du die rösten?«

Ich hole mir eine kleine Pfanne und etwas Butter aus dem Kühlschrank.

»Bist du genervt?«, frage ich vorsichtig, da Kolja wortlos und etwas grob Wasser aufsetzt und Olivenöl und Lorbeerblätter in einer großen Pfanne erwärmt.

Er sieht auf, lächelt schief. »Weiß nicht. Ich frage mich gerade, was ich hier eigentlich mache?«

»Essen kochen?«

»Du weißt, was ich meine. Ich reiße mir beide Beine aus, um einen Typen zu beeindrucken, der nicht weniger interessiert sein könnte. Wird Zeit, dass ich das mal realisiere.«

»Beeindrucken? Das Tattoo?«

Kolja schwenkt das warme Öl in der Pfanne. Mein Gott, er kann auch noch kochen.

»Das noch am wenigsten. Ich wollte sowieso schon immer eins.« Er schaut zu mir, grinst breit. »Und du? *Black Swan?* Da du es ja nicht sehen konntest: Das hatte was. Sah sehr gut aus.«

Ich schubse ihn sanft. »Der ganze Rücken? So masochistisch bin ich nicht.«

»Okay. Und bei dir scheint ja auch alles gut zu laufen, oder? Ich meine, er hat dein Kleid geschlossen, wow, das war sehr sexy.«

»Ja, nur blöd, dass offenbar jeder Typ ab da dachte, er kann mich anmachen.«

»Ach, deshalb die Schlägerei.«

Ich möchte länger mit Kolja über Noah reden, ihn fragen, was ich jetzt am besten tun soll, ob ich Noah vertrauen kann. Ob ich nach seiner Einschätzung vielleicht zu den Frauen gehöre, die sich immer jemanden suchen werden, der entweder vergeben oder verkorkst oder falsch für sie ist, weil sie Angst vor einer Beziehung haben. Ich brauche seinen psychologischen Rat. Wobei ich immer noch Angst habe, dass auf Noah alles drei zutrifft. Selbst wenn er sagt, dass er keine Freundin hat, gibt es vielleicht eine Nele oder ein anderes Mädchen, das sehr wohl der Meinung ist, dass sie zu ihm gehört. Der er auch nur die Freundschaft angeboten hat, obwohl sie, wie ich, viel mehr will.

Ich zeige Kolja die Pfanne mit den goldgelben Pinienkernen. »So braun genug?«

»Perfekt. Und was ist jetzt zwischen dir und Noah? Habt ihr euch mal ausgesprochen?«

»Nicht so richtig. Ruft diese Nele noch an?«

Kolja blinzelt. »Spielt das eine Rolle?«

Na großartig.

Julian schaut in die Küche, benutzt unsere geheime Gebärdensprache, die ich mal als *Mitkommen* deute. Ich folge ihm zurück in den Gemeinschaftsraum. Fiona liegt zusammengerollt auf der Couch und schläft. Er zeigt auf den Couchtisch. Ich verstehe kein Wort.

»Du hast es wieder getan«, flüstert Julian.

»Was denn?«, frage ich, obwohl mein Unterbewusstsein schon Bescheid weiß und Alarm schlägt.

»*Psycho999*. Das ist Kolja. Stimmt's?«, sagt er kühl.

»Äh, ja. Ich, also, ich hätte es dir sagen sollen. Es war nur, weil du dich beim Spiel ganz gut mit ihm verstanden hast.«

Julian schnauft wütend. »Weiß er, dass ich mit ihm spiele?«

Ich nicke.

»Und trotzdem hat er mich gefragt, ob ich Mann oder Frau bin. Was ist das für ein dämliches Spiel?«

Ich bin versucht zu lügen, gebe aber auf. Kolja hat recht, irgendwann muss man sich seine Niederlage eingestehen.

»Ich bin schuld, tut mir leid. Ich finde Kolja nett und dachte, dir geht es vielleicht irgendwann auch so.«

Julian schnaubt wütend. »Emmy, ich suche mir immer noch selber aus, wen ich gut finde.«

»Ja, schon klar.«

Wir schweigen. Ich habe Mist gebaut. Wer seine eigenen Liebesangelegenheiten nicht auf die Reihe bekommt, sollte die Hände von anderer Leute Beziehung lassen.

Julian seufzt leicht genervt. »Und was ist mit Kolja?«

»Was soll mit ihm sein?«

»Will er etwa was von mir?«

Ich habe nicht vor, Kolja jetzt bloßzustellen. Wir haben einen Deal, Loyalität inklusive.

»Er findet dich jedenfalls nicht bescheuert.«

Julian wird rot. »Also echt, Emmy!«

Er fährt sich durchs Haar. Gut, er ist empört, aber da ist auch noch etwas anderes – Interesse? Doch ich sage besser nichts mehr. Julian beißt auf seiner Unterlippe herum. Ich erinnere mich daran, wie wir fünf waren und Schneewittchen gespielt haben. Ich war Schneewittchen im Sarg, und er musste alle sieben Zwerge und den Prinzen spielen. Gerade wird mir klar, wie unpassend das für ihn gewesen sein muss.

Julian beugt sich zu mir herunter.

»Aber er will jetzt nicht wirklich was von mir, oder? Ich meine, der kann doch jeden haben.«

Jetzt werde ich rot und zucke vage mit den Schultern.

DREIUNDZWANZIG

Noah

»Fuck, fuck, fuck!«

»Jetzt beruhige dich doch mal!«

Leo hat gut reden. Sitzt auf dem Boden der Sammelzelle und ist die Ruhe selbst.

»Warum muss *mir* das immer passieren?«

»Hey, ich sitze hier mit dir. Schon bemerkt?«

Ich lasse mich neben Leo fallen, lehne mich an, kippe den Kopf an die Wand. Wenn ich mir vorgenommen hätte, Emmy alle meine dunklen Seiten zu zeigen, hätte es nicht besser laufen können: Panikattacken, Schlägereien, und von dem Tattoo weiß sie jetzt auch.

»Wieso haben wir uns überhaupt geprügelt?«, fragt Leo.

»Das wüsste ich auch gerne«, kommt es vom anderen Ende der Zelle, wo der Typ sitzt, der Emmy angegrapscht hat.

»Weil du deine Finger nicht unter Kontrolle hast«, rufe ich ihm zu.

»Ach ja? Und du hast deine Fäuste nicht unter Kontrolle.«

Leo öffnet die Augen. »Emmy?« Und schließt sie wieder. »War ja klar.«

Die Zelle ist groß, und die sieben Leute, die hier sitzen, haben sich auf die Ecken verteilt. Leo und ich hocken zusammen in einer Ecke, weit genug von den anderen entfernt, sodass sie uns nicht hören, wenn wir leise sprechen.

»Er hat sie belästigt.«

Leo kippt seinen Kopf zu mir, öffnet die Augen. »Früher konnten die Mädchen sonst was machen, und es war dir egal. Und es war dir auch egal, wer sie noch angefasst hat.«

Aber nicht bei Emmy.

Er fährt sich über seine Nase. »Sieht das schlimm aus?«

Die Nase ist geschwollen und wird blau anlaufen.

»Na ja …«

»Scheiße. Und am Wochenende ist die Geburtstagsparty bei deinem Alten. *Verdammt.* So kann ich doch da unmöglich auflaufen.«

»Kein großer Verlust. Du wolltest da echt hingehen? Freiwillig?«

»Na klar. Die Feste bei euch sind der Wahnsinn. Champagner, Hummer, diese Kaviarbällchen. Außerdem haben sie mich eingeladen. Logisch werde ich kommen. Mit Fiona!« Er wirft mir einen vorwurfsvollen Blick zu. »Was soll ich ihm sagen? Dass ich die Treppe runtergefallen bin?«

Ich grinse. »Zusammen mit mir?«

»Und du? Gehst du so da hin? Mit Emmy?«

Ich schweige. Ich wollte sie fragen. Schon die ganze Zeit. Aber jetzt?

»Wenn sie Lust hat.«

»Yeah, wir gehen zusammen.« Leo mustert mich. »Oh Mann, du siehst ja auch übel aus. Dein Auge …«

»Ich weiß.« Oder besser gesagt, ich spüre es.

Die Tür wird geöffnet, und ein Beamter sieht herein. »Noah Behrens und Leonhard Funke. Mitkommen.«

Wir stehen auf und folgen dem Beamten. An einem kleinen Counter bekommen wir unsere Sachen in Plastiktüten überreicht. Handy, Portemonnaie, die Schnürsenkel unserer Turnschuhe, die man uns abgenommen hat, damit wir die Stunde in der Zelle nicht für einen Selbstmord nutzen konnten. Ich kenne den Ablauf.

»Kontrollieren Sie bitte, ob alles da ist.«

Leo unterschreibt schon, hier wird man sicher nicht darüber diskutieren können, wenn einem etwas fehlt. Ich unterzeichne das Formular, dann fädeln wir unsere Schnürsenkel in die Schuhe.

Leo grinst. »Wenn ich das gewusst hätte, hätte ich meine Slipper angezogen.«

»Klar, davon hast du ja auch so viele.«

Wir werden nach draußen geführt, *Auf Wiedersehen* sagt hier keiner.

Draußen ist es dunkel geworden. Wir ziehen gleichzeitig unsere Handys aus der Tasche. Schon elf.

»Fiona schläft bestimmt schon«, überlegt Leo.

»Ich rufe Kolja an.«

Eine Dreiviertelstunde später kommt Kolja mit seinem alten Passat. Er lässt die Scheibe an der Fahrerseite runter.

»Das war's schon? Keine Haftstrafe oder Hinrichtung? Ich bin echt enttäuscht.«

»Kommt vielleicht noch«, sagt Leo. »Mein letzter Wunsch wäre jetzt ein Kaffee.«

»Hey, danke, dass du gekommen bist«, sage ich und steige ein.

Wir kommen um zwölf Uhr in der WG an.

Fiona springt Leo sofort entgegen, umarmt ihn, küsst ihn.

Ich sehe zu Emmy, die mit angezogenen Beinen auf dem Sofa sitzt.

»Braucht ihr irgendwas? Desinfektionsmittel? Schmerztabletten?«, fragt Kolja.

»Alles okay, sieht schlimmer aus, als es ist«, sage ich.

Ich setze mich über Eck zu Emmy aufs Sofa. Ich weiß nicht, ob ich mich entschuldigen soll, ob sie genervt ist oder einfach nur müde und erschöpft.

»Emmy? Wir fahren jetzt nach Hause. Kommst du mit? Letzte Möglichkeit.«

Jetzt fällt mir auf, dass Julian schon gefahren ist.

Emmy steht auf.

»Wir sehen uns, ja?«, sagt sie zu mir und packt ihre Sachen zusammen. Sie sieht verletzlich aus in ihrem dünnen Kleid, aber ich weiß, dass sie stark ist. Stärker als ich jedenfalls, denn sie kann jetzt einfach gehen. *Verdammt!* Aber bestimmt ist es besser so.

»Und wir sehen uns dann morgen zum Filmgucken, oder? Das steht doch noch?«, fragt Leo. Er sieht zu Kolja, der müde nickt. »Und du kommst auch, Noah?«

Ich nicke. Leo, der unverbesserliche Optimist und Friedenstifter.

Die drei brechen auf. Ich habe einen kurzen Moment die Hoffnung, dass Emmy doch bleibt, dann hören wir die Haustür klappen, und es ist still. Kolja und ich sehen uns an. Aus. Vorbei.

Er setzt sich zu mir auf das Sofa.

»Und? Was war hier so los?«

»Nichts«, sagt Kolja und schließt die Augen.

»Alles okay?«

Er öffnet die Augen, beugt sich zu mir. »Hattest du schon mal das Gefühl, dich hoffnungslos in eine Sache verrannt zu haben?«

Ich ziehe fragend die Augenbrauen hoch.

»Emotional«, sagt Kolja.

Soll das eine Anspielung sein? Ein Zeichen?

»Meinst du, mit Emmy?«, frage ich, und mein Herz rast los. Mich würde nicht wundern, wenn sie genervt von mir ist. »Hat sie was gesagt?«

Er seufzt. »Nein. Ich meinte ausnahmsweise mal mich.«

Kolja? Emotional verrannt? Und dann ist es ganz klar. Natürlich, im Grunde wusste ich es die ganze Zeit, habe es schon länger gesehen, beobachtet. »Julian!«

Kolja presst die Lippen aufeinander, seine Augen schimmern leicht feucht, dann fängt er sich wieder, springt auf. »Ist auch egal.« Er holt sein Handy aus der Tasche.

»Was machst du?«, frage ich irritiert.

»Ich lösche *Quizduell*. Die App nervt sowieso.« Er klickt auf seinem Handy herum, dann wählt er, hält sich das Handy ans Ohr. »Hey, Nicko.« Er wendet sich ab, stellt sich ans Fenster. »Hast du Lust auf ein Bier? Klar, jetzt gleich. Kann wieder nicht schlafen. *Café M?*« Er legt auf, dreht sich wieder zu mir. »Ich geh noch mal raus.«

»Jetzt noch?«

Kolja macht eine wegwerfende Bewegung mit der Hand.

Sowieso alles egal, sagt sein Blick.

Ich stehe auf, meine Schulter schmerzt, ich lasse mich wieder zurückfallen.

Kolja geht ins Bad und macht sich frisch, zieht sich um, verlässt dann auch die Wohnung zu seinem Date.

Als es in der Wohnung ganz ruhig ist, gehe ich ins Bad und besehe mir meine Verletzungen. Ein Cut über dem Auge, eine Schwellung, die das eine Auge zudrückt. *Nicht weiter schlimm.* Am Körper habe ich mehr abbekommen, eine Rippe fühlt sich seltsam an, vielleicht angebrochen, die Schulter schmerzt, die alten Verletzungen. *Ich Idiot!*

Ich sehe in den Spiegel, denke an Koljas Worte: Wann ist es genug? *Emotional verrannt.* Genau. Wenn ich mir meinen Körper so ansehe, würde ich sagen, er hat es zu spüren bekommen. *So geht es nicht weiter.*

In meinem Zimmer fällt mein Blick auf den Schreibtisch und die kleine Visitenkarte des Berliner Cafés in Mitte. Hannah, die Telefonnummer. Verrückt, warum sollte sie jetzt noch wach sein? Aber Kolja hat es vorgemacht. Je schneller ich wieder zu meinem alten Leben zurückkehre, desto besser. Ich nehme mein Handy, wähle, lasse es drauf ankommen.

Wir treffen uns am Hackeschen Markt. Vor dem Starbucks, sie wohnt in der Nähe. Es ist zwei Uhr nachts, und es ist ganz klar, was läuft, wir müssen nur noch den Small Talk erledigen, bevor es »Zu mir oder zu dir?« heißt.

»Wann ist das denn passiert?«, sagt sie und starrt auf mein Auge.

»Heute. Nicht weiter schlimm.«

Sie kichert aufgedreht. »Ich hätte nicht gedacht, dass du dich noch mal meldest. Ich dachte schon, du wohnst jetzt in Hamburg.«

Ich lächele unverbindlich.

Ich muss aufpassen, dass sie mir nicht auf die Nerven geht, ich habe das lange nicht mehr gemacht, ich bin es nicht mehr gewohnt, mich überhaupt auf das Spiel einzustellen. Aber jetzt bin ich hier.

»Okay, was machen wir?«, sagt sie und legt den Kopf schief.

»Wozu hast du denn Lust?«, frage ich.

»Erst mal was trinken?«

Sie entscheidet sich für die *Tanzwirtschaft* in der Torstraße. Eine Art Club Slash Veranstaltungsort. Da kennt sie Leute. Ich bin schon jetzt müde, folge ihr aber. Oder treibe. Ein Stück Treibholz in der Nacht.

Nach zwei Drinks an der Bar und einem abgehackten Gespräch über Berlin und Hamburg und die Szene hier und dort ist es endlich so weit.

»Wo wohnst du?«, frage ich.

»Oh, wir können nicht zu mir, mein Bruder ist zu Besuch.«

»Aus Hamburg?«, sage ich, und sie nickt.

Um vier Uhr nachts nehmen wir ein Taxi, und als wir in Schöneberg aussteigen, wird es schon hell.

Oben in der Wohnung sind wir allein. Hannah sieht sich um. Ich gehe in mein Zimmer vor und hoffe, dass ich Kolja nicht begegne, aber wie es aussieht, ist er selbst noch unterwegs.

Sie folgt mir, sieht sich um. »Oh, eine Hochebene. Das finde ich ja so cool.«

Sie geht durch den Raum, dreht sich. Sie kommt zu mir, legt ihre Hände auf meine Hüften, fasst das Shirt. Ich lasse zu, dass sie es mir über den Kopf zieht.

»Wow, ein Tattoo!«

Die ganze Zeit fühle ich mich taub und stumpf. Empfinde nichts. Noch nicht einmal blanke Lust. Hannah streicht mit ihren Händen über meinen Brustkorb, und obwohl ich eingewilligt habe, fühle ich mich benutzt, wie ein Objekt. Will sie gar nichts von mir wissen? Aber wieso? Das ist nicht Teil des Deals, auf den ich mich eingelassen habe, als ich sie anrief. Sie zieht ihr T-Shirt aus, ein roter Spitzen-BH kommt zum Vorschein. Sie streicht meine Arme hinunter, die tatenlos an meinem Körper hängen, als gehörten sie gar nicht dazu. Noch wirkt es zurückhaltend, aber gleich schon verletzend, daher hebe ich die Arme, lege meine Hände auf ihre Hüften. Sie nimmt meine Hände, führt sie zu ihren Brüsten, und ich versuche, mich zu konzentrieren, bemühe mich wirklich. Das ging doch früher immer, das hat doch immer geklappt. Ich schließe die Augen und sehe Emmy. Hannahs Finger fahren unter das Schweißband, spielen damit.

»Oh, Emmy? Wer ist das denn?«, flüstert sie.

Es ist eine Welle, die mich trifft und mein Bewusstsein so plötzlich klärt, dass ich die Augen überweit aufreißen muss und den Cut über dem Auge schmerzhaft spüre.

»Sorry«, sage ich und lege ihre Hände zurück an ihren Körper, wo sie zweifellos hingehören. »Das war ein Irrtum.«

Ich frage mich, in welchem schlechten Film ich diesen Satz aufgeschnappt habe, aber aus falschen Situationen kommt man wohl nicht mit geschliffenen Formulierungen.

Sie sieht mich an, natürlich verletzt, aber auch zu stolz, es zuzugeben.

»Was jetzt?«

Da ich nicht gehen kann, muss sie gehen. Ich hoffe, sie versteht das, bevor ich sie rauswerfe, denn gerade wird ihre Anwesenheit unerträglich. Sie versteht zum Glück, nickt, angelt ihr T-Shirt und zieht sich an.

»Meine Güte, hast du irgendwas eingeworfen?«, sagt sie doch verletzt.

Ich begleite sie wortlos zur Tür, verkneife mir eine Entschuldigung, ich will nicht, dass es weitergeht und wir es vertagen, es soll einfach vorbei sein.

Sie stakst die Treppe hinunter, ihre Absätze klingen vorwurfsvoll und abgenervt, es ist vorbei. Ich bleibe oben an der Wohnungstür stehen, bis ich die Haustür ins Schloss fallen höre, erst dann atme ich auf.

Ich war noch nie so erleichtert, etwas nicht getan zu haben. Und vielleicht war es wichtig, dass ich es probiert habe und es mir ganz klargemacht habe: *Es gibt kein Zurück*. Dieser Abend ist nicht nur ein Fehler, sondern ein Weg, den ich ab jetzt nicht mehr gehen kann. Nicht: mich einlassen, etwas mitnehmen und es dann zurücklassen. *Vorbei*. Ich stecke verdammt in der Klemme.

VIERUNDZWANZIG

Emmy

Ich liege auf meiner Matratze und habe nicht vor, sie zu verlassen, bis es mir besser geht. Leider bin ich nicht wirklich krank, was die Sache rechtfertigen würde, aber ich bin erwachsen und kann so lange im Bett liegen, wie ich will. Wäre da nicht Fiona.

»Emmy? Ich habe einen Obstsalat gemacht.«

Ich ziehe mir die Decke über den Kopf, als ob sie mich dann nicht finden würde, und höre, wie sie ins Zimmer kommt, *tap, tap, tap,* und mir die Decke einfach wegzieht.

»Es ist drei Uhr, das ist mehr als Ausschlafen, das ist eine Depression!«

Sie steht vor meinem Bett, die Arme in die Seiten gestützt, Chefattitüde. Seit wann diagnostiziert Fiona psychische Zustände? Knochenbrüche, Wunden, okay, aber der Wahnsinn, die Melancholie, die Depression und all die anderen Abgründe der Seele sind mein Terrain.

»Leo und ich fahren gleich zu ihm, ich muss wissen, dass du dich nicht in den nächsten Stunden umbringst.«

Ich setze mich auf. »Fiona, du bist wirklich so richtig mitfühlend geworden, seit du Medizin studierst.«

Sie fixiert mich kühl. »Sarkasmus und Ironie lösen deine Probleme ganz gewiss nicht.«

Ich stehe auf, sehe mich in meinem minimalistisch eingerichteten Zimmer um. Vielleicht hätte ich doch für etwas mehr Ambiente sorgen sollen, irgendetwas, an dem ich mich gerade festhalten könnte, ein Bild oder eine Erinnerung. Aber da ist nichts, und ich ziehe Bilanz und erkläre es Fiona.

»Okay. Ich habe kein einziges sauberes Kleidungsstück mehr, weil die Waschmaschine noch nicht geliefert wurde, ich komme nicht mit dieser dämlichen Seminararbeit voran, obwohl nur noch ein Kapitel fehlt, Julian vertraut mir nicht mehr, seit ich mich mit Kolja so gut verstehe, du hängst nur noch mit Leo rum, Suse macht hier nie, wirklich nie, sauber, der Kühlschrank ist leer, der Kaffee ist alle ... *Fuck!*«

Fiona hebt eine ihrer Augenbrauen. »Ach, hör doch auf. Das Einzige, wirklich Einzige, was dich fertigmacht, ist doch, dass Noah dich gestern nicht gebeten hat, dazubleiben, obwohl du den ganzen Abend auf ihn gewartet hast.«

»Stimmt nicht.«

»Doch. Deswegen hast du heute Morgen auf Trübsal geklickt. Leo sagt ...«

»Leo hat doch überhaupt keine Ahnung.«

Fiona verlässt mein Zimmer, und für einen Moment denke ich, sie ist sauer, doch nach drei Minuten kommt sie zurück und wirft mir eine Handvoll saubere Sachen aufs Bett.

»Such dir was aus. Der Obstsalat steht in der Küche, ich fahre jetzt mit Leo zu ihm.«

Sie geht, dreht sich aber in der Tür noch mal um und zeigt mit ausgestrecktem Arm und Finger auf mich. Sie lächelt. »Und vergiss nicht, dass wir heute zum Beamer-Abend bei Kolja verabredet sind. Zwanzig Uhr.«

Okay. Dann gehe ich eben hin. Mein Herz macht einen überflüssigen Hüpfer, als ich daran denke, dass dann auch Noah da sein wird. *Na und?*

Kurz darauf sitze ich in der Küche und löffele den Obstsalat direkt aus der Schüssel. Ich trage eine Jeans von Fiona und ein Band-T-Shirt aus meinem Fundus. *Parkway Drive*, weil die Band so aggressive Lieder singt, wie ich mich gerade fühle. Warum läuft denn auf einmal wieder alles schief? Es war doch gerade so gut. Es wurde doch besser, oder? Macht es Sinn, dass Noah sich erst für mich prügelt und dann nicht mehr mit mir spricht?

Die Schüssel ist leer, mein Bauch ist voll mit Obst und dem guten Gefühl, dass meine beste Freundin sich um mich sorgt. Mir etwas zu essen macht. Manchmal bin ich nicht erwachsen und will es auch gar nicht sein.

Den Tag verbringe ich trotzdem im Bett, oder besser auf meiner Matratze, also auf dem Boden in meinem Zimmer. Ich lese einen Liebesroman, den ich im Gemeinschaftszimmer im Regal gefunden habe, ein zerfleddertes Taschenbuch, in dem vorne *Suse bitte zurückgeben* reingekritzelt steht. *Keine Sorge!*

Beim Lesen habe ich das Gefühl, ununterbrochen von einer hysterischen Stimme angebrüllt zu werden, die mir sagt, dass Frauen so irre smart sind und alle heißen Männer der Welt nur darauf warten, mit ihnen ins Bett zu hüpfen. *Na klar.* Im Klappenumschlag ist ein Foto der Autorin, sie lächelt unecht, und ich schätze mal, all ihre Phantasien funktionieren nur auf dem Papier. Also lege ich das Buch weg und suche in einer meiner Umzugskisten nach der alten Ausgabe von Jane Austens *Emma*. Emma, die genauso grandios wie ich bei ihren Kuppelversuchen gescheitert ist und von der Jane Austen gesagt hat, dass sie eine Heldin erschaffen wird, die keiner außer ihr besonders mögen wird. Doch! Ich mag Emma. Emma will, dass Paare sich finden, Menschen glücklich miteinander werden, niemand zurückbleibt. Ich verstehe sie so gut.

Um sieben krabbele ich unter meiner Decke hervor und schlüpfe wieder in Fionas Jeans, die ich mit einem alten Nietengürtel zusammenhalte. Ich gebe mir wenig Mühe mit meinem Outfit, *was soll's*, diesen Zenit habe ich mit einem dünnen Designerkleid überschritten, das ich nur für Noah angezogen habe, und jetzt geht es wieder bergab. Schließlich sehe ich heute ja auch nur meine Freunde, werde mich auf ein Sofa lümmeln, mich entspannen, einen Film sehen. Ich hoffe, es ist ein Superheldenfilm, irgendwas mit vielen Laserpistolen und Masken und Rüstungen, hinter denen man seine Gefühle perfekt verstecken kann. Ich ziehe meine Lederjacke und meine hohen braunen Lederstiefel an, schnappe mir meine Umhängetasche und den Helm. Meine Rüstung. Und meine XT ist mein Batmobil, mit dem ich den Kampf gegen das Böse aufnehme. Wo auch immer sich das gerade befindet.

Der große Vorteil an einem Motorrad ist, dass man damit praktisch überall parken kann. Ich stelle die XT hinter Noahs KTM vor das Haus, und wieder flimmert es in meinem Magen. Nicht die kleinen angenehmen Schmetterlinge, eher nervöse Bienen, die jeden Moment zustechen und mich verletzen können. Wenn man verliebt ist, macht man sich weit auf, und sich dann wieder in Sicherheit zu bringen ist gar nicht so einfach.

Ich klingele, und nichts passiert. Es ist schon Viertel nach acht, ich wollte auf keinen Fall die Erste sein, aber vielleicht bin ich es nun doch? Und niemand macht auf? Ich will schon gehen, da schnarrt der Türöffner, und ich drücke die Haustür auf.

Oben steht die Wohnungstür offen, aber es ist sehr ruhig in der Wohnung. Keine Gespräche, kein Geplauder oder Geplapper, keine kichernde Fiona, kein dreckig lachender Julian, kein Mucks von Leo, Noah oder Kolja. Haben sie den Termin abgesagt, und ich habe es nicht mitbekommen?

Im Wohnzimmer sitzt Noah auf der Couch und starrt vor sich hin. Als ich in den Raum komme, sieht er auf, die Bienen sind verschwunden, und die Schmetterlinge kehren zurück, kleine winzige Bläulinge, würde ich sagen, die meine Magenwände kitzeln.

»Wo sind die anderen?«, frage ich, dabei interessiert mich eigentlich nur, dass er da ist.

»Keine Ahnung.«

»Kolja? Immerhin lebt er hier.«

Noah lächelt schief. »Ist seit gestern Abend verschollen.«

Ich lasse meine Tasche neben dem Sofa fallen, lege meinen Helm auf den Boden, ziehe die Lederjacke aus.

»*Parkway Drive*«, sagt Noah.

»Tja, unsere Waschmaschine ist noch nicht da, ich musste mir Sachen zusammensuchen.«

»Steht dir gut.«

Ich setze mich auf eines der Sofas, weit weg von Noah, bevor ich weiche Knie bekomme.

»Und was jetzt? Soll ich mal anrufen?«

Noah nimmt sein iPhone heraus. »Habe ich schon versucht. Bei Leo und Kolja nur die Mailbox.«

Ich wähle Fiona und Julian an – das Gleiche. Nur die Mailbox.

»Sie sind sicher unterwegs. Im Auto. Laute Musik und so.«

Noah nickt, steht auf. »Kann ich dir was anbieten? Kolja hat Bier besorgt, und Chips.«

»Okay, ein Bier.«

Noah verschwindet in der Küche. Ich ziehe die Stiefel aus, ziehe meine Füße aufs Sofa. Kaum entspanne ich mich, da klingelt es.

Na endlich!

Ich springe auf, laufe barfuß zur Tür und drücke gleichzeitig auf Türöffner und Sprechanlage, beuge mich zum Mikro. »Das wurde ja auch Zeit!«

Keine Antwort, ich höre nur, wie die Tür geöffnet wird und sich wieder schließt. Eine halbe Stunde zu spät, das ist wirklich untypisch für Fiona. Ich öffne die Wohnungstür, versuche die Schritte auf der Treppe zuzuordnen. Julian? Aber dann ist es nur ein Fahrradkurier. Er spurtet den letzten Absatz, überreicht mir ein Päckchen und hält mir einen Zettel hin.

»Bitte unterschreiben.«

»Ich wohne hier nicht«, gebe ich zu bedenken.

»Emilia von Manstein?«

Ich nicke leicht irritiert und unterschreibe.

Das ist seltsam.

Das Päckchen ist klein, schmal und flach, braunes Packpapier, darauf steht die Adresse und ... Noahs und mein Name.

Sehr seltsam.

Im Wohnzimmer stellt Noah gerade das Bier und eine Schüssel mit Chips ab.

»Wir haben ein Päckchen bekommen«, sage ich und halte es hoch. Er sieht mich fragend an. Wir setzen uns nebeneinander auf die Couch.

»Eine Briefbombe?«, fragt Noah ganz ernst.

»Okay, mach du auf, ich gehe dann mal eben auf die Toilette.«

Er lächelt zum ersten Mal. »Nein, nein, Emmy. Wenn, dann sterben wir gemeinsam.«

Ich reiße das Papier ab, und eine DVD kommt zum Vorschein, darauf liegt ein Brief in Fionas Handschrift.

»Lies vor«, bittet Noah.

Liebe Emmy, lieber Noah,

wir sind eure Freunde. Und wir bilden uns ein, zu wissen, was Freundschaft ist und wie sie aussieht. Das zwischen euch ist eindeutig keine Freundschaft, aber das habt ihr ja schon selber bemerkt. Außerdem können wir nicht zulassen, dass ihr die Definition von Freundschaft einfach so verändert. Wo kommen wir da hin?
Wir denken daher, ihr könnt einen Abend nur für euch gebrauchen, um zu klären, was ihr eigentlich füreinander seid. Die DVD müsst

ihr dabei nicht unbedingt ansehen, aber Kolja meinte, ihr habt ihn unabhängig voneinander auf diesen Film angesprochen, also hat er vielleicht eine Bedeutung für euch. Dass es ein Liebesfilm ist, war keine Absicht. Oder doch, sagt Leo gerade. Egal. Viel Spaß, bei was auch immer!

Eure Freunde
Kolja, Julian, Leo und Fiona

Mein Gesicht brennt. Ich schiele zu Noah, er lächelt unsicher.

»Tja, also ...«

Ich drehe die DVD-Hülle in der Hand. Es stimmt – was uns unsere Freunde schreiben, haben wir längst selber herausgefunden, aber so richtig umsetzen konnten wir die Erkenntnis bisher nicht.

»Das war aber ganz schön hart«, sagt Noah.

»Und ungerecht«, sage ich gespielt empört. »Wir haben uns doch echt bemüht.«

»Tja, wir sollten ihnen die Freundschaft kündigen. Sie verstehen einfach nichts davon«, sagt Noah.

Ich grinse. »Ja, was wissen die schon.«

»Genau. Aber weißt du was?«, sagt Noah, und seine Augen blitzen. »Ich liebe diese Idioten.«

»Ich auch. Sollen wir den Film ansehen?«

»Okay.«

Ich lasse mich zurückfallen. Er dreht sich zu mir um, blinzelt.

»Was?«

»Du siehst schön aus.«

Er lächelt, beugt sich leicht zu mir, ich komme ihm entgegen. Wir küssen uns vorsichtig tastend, als müssten wir uns erst wieder aneinander gewöhnen. Den Geruch und Geschmack des anderen, aber dann übernehmen unsere Körper die Führung, unsere Zungen umspielen sich, die Lust flammt sofort auf, sie war die ganze Zeit da, wir haben sie nur niedergekämpft.

Ich berühre vorsichtig den Cut über seinem Auge.

»Ich hätte mich gar nicht in den Spot bei Matti setzen sollen«, flüstere ich.

Dann hätte Noah sich nicht wegen mir prügeln müssen, dann wären wir nicht getrennt worden.

Noah schiebt mich leicht von sich und sieht mich ernst an. »Doch. Lass dich nicht von irgendwelchen Typen von etwas abhalten, was du tun willst.«

»Na ja, wollen ...«

Wir lachen gleichzeitig. »Matti und seine Überredungskünste«, sage ich, und Noah zieht sein Shirt leicht hoch, sodass ein Teil der tätowierten Krähe sichtbar wird. »Ich bin das beste Beispiel.« Ich schiebe sein Shirt noch höher, taste über die Schürfwunden an seiner Seite.

»Ich glaube, ich bin nicht gut für dich«, sage ich und lege meine Hand auf die Wunden, als könnte ich sie so heilen.

Noah beugt sich zu mir. »Ich weiß, dass du nicht gut für mich bist. Aber ich will nicht gut. Ich will herausragend.«

Er steht auf, reicht mir seine Hand. Sein Blick ist verhangen. »Habe ich dir eigentlich schon mein Zimmer gezeigt?«, sagt er gespielt sachlich.

»Nein. Das solltest du unbedingt tun.« Ich lasse mich von ihm hochziehen, und wir umarmen uns im Stehen. Erst jetzt wird mir klar, wie sehr ich seine Küsse und Berührungen vermisst habe. Wie konnte ich ohne das auskommen?

»Ich habe ein Hochbett«, sagt Noah zwischen zwei Küssen.

»Das muss ich sehen«, murmle ich und könnte mich gleichzeitig mit ihm auf das Sofa werfen, der Weg bis zu seinem Zimmer kommt mir gerade sehr weit vor.

Noah nimmt mich wie ein Kind an der Hand, zieht mich hinter sich her bis zu seiner Zimmertür und stößt sie auf. Jetzt ist er das Kind, absolut stolz auf das schöne, große Zimmer mit einer Hochebene, die gar nicht kindisch aussieht, sondern erwachsen. Abenteuerlich. Sogar sexy, was man wohl von den wenigsten Hochebenen sagen kann.

»Kommen nachts die Bären?«

»Und die Löwen und die Tiger«, sagt Noah und grinst. »Lass uns lieber schnell nach oben gehen.«

Wir steigen die Leiter hoch. Auf der Hochebene liegt eine riesige Matratze, weißes, zerwühltes Bettzeug, der Geruch von Noahs Deo. Ich setze mich, sehe nach unten, und Noah schiebt sich neben mich.

»Wow. Ich will jetzt auch eine Hochebene.«

»Oder du musst immer zu mir kommen«, sagt Noah und küsst mich wieder. Aber bevor ich mich ganz fallen lasse, sollte ich ihm etwas erklären. Oder es zumindest versuchen. Immerhin habe ich beim ersten Mal alles beendet.

»Das mit meiner Mutter war ein ziemlicher Schock damals«, sage ich. »Und ich hatte Julian angelogen. Ich war also ziemlich durcheinander und überfordert. Denn eigentlich fand ich das sehr gut zwischen uns.« Ich atme tief ein. Warum fällt es mir so schwer, es auszusprechen. »Ich meine, ich *finde* es sehr gut.«

Noah blinzelt. »Die Freundschaft?«

Ich grinse. Er will es also wirklich hören. »Das andere.«

Er kommt näher, küsst mich sanft. »Das hier?«

Ich drehe mich zu ihm, meine Hände gleiten unter sein Shirt. »Und das hier.«

FÜNFUNDZWANZIG

Noah

Ich habe davon geträumt, sie hier oben zu küssen, in den Armen zu halten, zu lieben. Ich weiß nicht mehr, warum ich auch nur eine Sekunde geglaubt habe, ein anderes Mädchen könnte sie ersetzen oder die Verletzung heilen, die ihre Zurückweisung mir zugefügt hat. Und das ist gut so. Wenn der Schmerz nicht wäre, wüsste ich nicht, wie wichtig sie mir ist. Niemand wird jemals große Gefühle, Euphorie und Glück erfahren, wenn er nicht gleichzeitig bereit für den Schmerz ist.

Wie immer albern wir herum, ich mag, dass Emmy überhaupt keinen Respekt vor diesem Moment hat, hier oben, auf meinem Bett. Ungemacht und aufgewühlt, weil ich komplett überrascht bin von der Entwicklung des Abends.

Emmy duftet nach frischer Wäsche und Haarshampoo, und ihre Hände leicht nach Motoröl, ihrer XT, eine sexy Mischung. Unschuld und Abenteuer. Ich ziehe sie sanft auf die Matratze, und sie legt ihre Arme auffordernd über ihren Kopf, lächelt mit leicht geschlossenen Augen. Ich schiebe ihr T-Shirt hoch und über ihren Kopf. Wie schön sie ist. Sie trägt einen einfachen weißen BH, und ich bewundere ihren perfekten Körper. Ich muss an den Typen im Tattoo-Studio denken, natürlich reicht schon der Anblick ihrer Haut, um einen verrückt zu machen, sich zu wünschen, mit ihr zu schlafen, sie zu berühren, sie zu spüren. Ich ziehe mein Shirt über den Kopf, lege es beiseite. Sie streicht über meine Wunden und das Tattoo.

Sie lächelt. »War ja klar, dass die Krähe uns nach hier oben folgen würde.«

»Ja, sie kann fliegen.«

Sie zieht mich an sich, ihre Hände gleiten auf meinen Rücken, fahren ihn hinunter bis zum Bund meiner Jeans, unter den Bund. Mein Körper reagiert sofort, aber ich will mir Zeit lassen, es genießen. Ich rolle mich auf die Seite und öffne ihren Gürtel, ziehe ihr die Jeans aus. Wieder muss ich sie betrachten, die perfekte Linie ihrer Taille, den Übergang zu ihren Beinen. Sie wird verlegen unter meinen Blicken, rollt sich auf den Bauch, legt den Kopf zur Seite und beobachtet mich. Ich entdecke eine neue Emmy, scheu und zart. Ich fahre unter den Rückenstreifen ihres BHs, öffne ihn und liebkose ihren Rücken.

»Also hier wären dann die Flügel«, sage ich und streiche nur ganz leicht über ihre Haut. Sie giggelt.

»Und hier der Körper und hier unten«, ich fahre zu der Kuhle zwischen Rücken und Hintern und stoppe vor dem Bund ihres Slips, halte kurz den Atem an.

Sie dreht sich zurück und fängt meinen Blick auf. Ich will sie nicht überreden oder überrumpeln, auch wenn ich mich vor Lust kaum beherrschen kann, was sie genau weiß. Sie streift den BH ganz ab, fasst in den Bund meiner Jeans, zieht mich zu sich heran, öffnet die Knöpfe. *Okay.* Den Rest übernehme ich, meine Erektion ist sowieso nicht länger zu verbergen, und an Emmys Blick sehe ich, dass sie nichts dagegen hat, wenn wir das Tempo etwas beschleunigen.

Trotzdem will ich das Zusammensein mit ihr verlängern. Jeden Moment, denn nichts ist selbstverständlich. Ich küsse mich sanft von ihrem Nabel zu ihren Lippen hoch, ziehe sie an mich, sodass unsere Körper eng aneinanderliegen.

»Verhütung?«, fragt Emmy.

Meine idiotische Verabredung gestern macht auf einmal sogar Sinn. Ich bin vorbereitet.

»Was ist?«, fragt Emmy.

»Manchmal mache ich sehr unüberlegte Dinge«, flüstere ich.

»Leute prügeln?«

»Auch«, sage ich, küsse sie und weiß, dass alles, was gestern mit diesem Mädchen passiert ist, nie wieder geschehen wird. Das Ende einer Zeit, in der es mehr um Sex als um Liebe ging. Habe ich *Liebe* gedacht? Tief in mir weiß ich, dass ich mich mit Emmy auf etwas sehr Großes einlasse, viel wichtiger als mit jedem anderen Mädchen vorher. Die Gefühle ihr gegenüber habe ich nicht unter Kontrolle und kann sie auch nicht wieder abstellen wie sonst. Mit Emmy hat das nie geklappt. Und ich werde ihr gegenüber auch nichts verbergen können. Mit ihr zusammen zu sein bedeutet, mich zu öffnen. Ganz.

»Hey, alles okay?«, fragt Emmy. Sie streicht mit ihrem Daumen über meine Lippen, taucht mit ihrem Blick in meine Augen. Von einem Moment auf den anderen übernimmt sie wieder die Führung, holt mich aus meiner Ecke, dem Schmerz, der Erinnerung.

Sie rollt sich auf mich, setzt sich auf. Betrachtet mich, als würde sie mich zum ersten Mal bewusst sehen.

»Hey, nicht traurig sein, Noah Behrens. Ich hätte ja auch

was dabeihaben können. Dann machen wir nur ein bisschen rum.«

Ich muss breit grinsen und angele nach der kleinen Pappschachtel neben der Matratze. Ich reiche sie ihr.

»Farbig und mit Obstgeruch. Emmy von Manstein, so einfach kommst du nicht davon.«

Sie lacht, und meine Lust und das Verlangen kehren zurück.

Sie packt ein Kondom aus. »Rot, Erdbeer«, sagt sie, schiebt ihre Zunge durch den Gummiring des Kondoms, sodass es sich etwas abrollt, und reicht es mir dann, schiebt sich von mir und überlässt es mir, es überzuziehen. Ich ahne, dass sie es an Erfahrungen durchaus mit mir aufnehmen kann. Und mag das, überhaupt die Sicherheit, mit der sie mich lockt und neckt und sich im nächsten Moment keusch abwendet. Das ist Verführung. Ich beuge mich über sie, und diesmal küsse ich mich von ihrem Bauchnabel weiter nach unten, schiebe ihren Slip beiseite, küsse die Innenseiten ihrer Schenkel, die vor Erregung glühen. Sie stöhnt leise, und ich schiebe den Moment hinaus, bis sie sich leicht gegen meinen Mund aufbäumt und sich mir ganz anvertraut. Mich erregt, wie sich ihre Lust langsam aufbaut, ihr ganzer Körper auf das Spiel meiner Zunge reagiert.

Die Lust pulst durch ihren Körper, ihre Haut wird noch zarter und durchlässiger, als würde alles an ihr sich auf den Höhepunkt vorbereiten. Sie tastet nach meinem Kopf, und ich weiß, was das bedeutet, komme hoch zu ihr.

»Komm!«, flüstert sie und zieht mich ganz auf sich.

In sie einzudringen erlöst uns beide, doch ich nehme das Tempo zurück, möchte so bleiben, ankommen. Nur für einen Moment. Ich sehe in ihre Augen, die ganz offen sind, die Pupillen riesig, wie eine Schlucht, in die ich springen muss. Volles Risiko. Für einen Moment erstarre ich, spüre das Blut durch meinen Körper pulsen, alles wird hyperreal. Sie ist hier. Wir sind zusammen.

Emmy lächelt. Sie ist kein Mädchen, das passiv abwartet und mir alles überlässt, sondern beginnt sich sanft zu bewegen. Ich stöhne, und sie umfasst meine Lenden, schiebt sich nah zu mir heran und nimmt meinen Rhythmus auf. Ich küsse sie, während ich das Tempo langsam steigere und sie dabei nicht aus den Augen lasse. Ihre Bewegungen sind meine und umgekehrt. Ihr Atem wird tiefer und heftiger, aber ich nehme das Tempo wieder zurück, gebe ihr die Zeit, bis sie sanft kommt und sich kurz gegen mich aufbäumt. Ich folge ihr unmittelbar danach, falle leicht auf sie und spüre ihr Herz wild pochen.

»Wow. Was war das denn?«, flüstert Emmy heiß in mein Ohr.

»Ich wollte es genießen.«

Sie schlägt mich leicht auf den Rücken, was ich mal als liebevoll deute.

»Mich quälen, meinst du wohl.«

Ich grinse. »Ja, das hat wirklich Spaß gemacht.«

Emmy liegt in die Decke eingerollt, die Augen halb geschlossen, wie eine Katze nach einem Nachmittagsschlaf.

»Weißt du was?«, sagt sie und blinzelt.

»Du hast Hunger«, sage ich, da mir der Blick sehr vertraut vorkommt.

»Ja, das auch. Das hier verbraucht wirklich sehr viele

Kalorien, und ich habe heute erst einen Obstsalat gegessen.«

Ich ziehe mir im Liegen meine Boxershorts an, suche mein T-Shirt. Aufstehen kann man hier oben nicht, nur sitzen.

»Ich bin bereit. Soll ich dir ein Omelette machen?«

Sie reißt erstaunt die Augen auf. *Sehr süß*. Dachte sie, ich kann nicht kochen?

»Das wäre das Paradies.«

»Oh, wenn das so einfach ist, dann bis gleich in der Küche.«

Sie kommt etwas später nach, in T-Shirt und Slip, und setzt sich an den Küchentisch. Ich schlage gerade zwei Eigelb mit etwas Knoblauch und Kräutern auf und ziehe zum Schluss das Eiweiß unter. Sie hat ihre Knie hochgezogen und den Kopf darauf abgelegt und beobachtet mich.

»Du kannst also kochen ...«

»Zufällig.«

Ich nehme eine der Pfannen und zerlasse Butter.

In Hamburg habe ich abends oft Omeletts gebacken. Nächte, in denen Nele vor Schmerzen nicht schlafen konnte und ich nicht, wenn ich sie nebenan weinen gehört habe. Für einen Moment durchzuckt mich ein Schuldgefühl, ich bin weit weg und tue das alles nun für Emmy statt für Nele.

Sie steht neben dem Herd, sieht mir zu. »Du kannst das ja wirklich.«

»Entschuldigung?!«, sage ich gespielt beleidigt.

Sie stellt sich hinter mich, ihre Hände streichen sanft über meine Seiten. Die Lust flammt wieder auf.

»Und das ist ein wenig unfair. Wie soll ich so kochen?«

Sie lacht laut und lässt mich los. »Ja, so bin ich.«

Ich schwinge die Pfanne vom Herd und halte sie über den Küchentisch.

»Teller?«

Sie hüpft zu unserem Geschirrregal, holt zwei Teller und platziert sie mit einer feierlichen Bewegung auf dem Tisch.

Ich schiebe das Omelett auf ihren Teller.

»Und du nicht?«, fragt sie erstaunt.

Seltsam, Nele hat mich das nie gefragt.

Emmy teilt das Omelett gerecht und schiebt mir eine Hälfte auf meinen Teller. Wir essen, und Emmy genießt. Sie hält die Gabel hoch.

»Das ist ab heute mein Lieblingsgericht. Natürlich«, sie grinst frech, »mit der Vorspeise.«

Genau das liebe ich an ihr.

»Ich hätte auch noch Nachtisch.«

»Ich bin im Paradies!«

Sie seufzt zufrieden, dann runzelt sie nachdenklich die Stirn. »Was ist mit dem Film? Sollten wir uns den nicht vielleicht ansehen?«

Emmy ist das einzige Mädchen, das ich kenne, das eine Leidenschaft für Superheldenfilme hat und mit dem ich vermutlich nie Liebesfilme gucken muss, damit wir zusammen ins Kino gehen können. Ich weiß, es geht ihr eher darum, unsere Freunde nicht zu verletzen und ihr Geschenk zu würdigen, als diesen Film zu sehen, aber gerade haben wir wohl beide genau darauf Lust. Ein Liebesfilm, warum nicht.

»Okay«, sage ich und stelle die Teller in die Spüle. »Kleine Verdauungspause.«

Wir sind in den Wohnraum umgezogen, draußen ist es mittlerweile ganz dunkel.

»*Wie ein einziger Tag*. Hm. Das Cover sieht sehr nach einem schrecklich kitschigen Liebesfilm aus«, sagt Emmy und reicht mir die DVD.

»Außerdem ist da ein Aufkleber: *Was Frauen schauen*«, sage ich.

Emmy lacht. »Okay, Frauen. Was bin *ich* dann?«

Sie nimmt mir die DVD wieder ab, dreht sie um. »Regie: Nick Cassavetes. Ist das der Sohn von John Cassavetes?«

»Ja. Der sollte ursprünglich Regie bei *Iron Man* führen.«

»So schließt sich der Kreis. Und?«, fragt Emmy. »Also, ich hab keine Ahnung, warum sie den ausgesucht haben. Ich habe Kolja nicht auf diesen Film angesprochen. Die männliche Hauptrolle heißt Noah. Vielleicht deshalb?« Sie senkt die Stimme. »Eine geheime Botschaft?«

»Und wie heißt die weibliche?«

»Allie. Das ist nicht Emmy, also keine Botschaft für mich.«

»Also, Allie und Emmy klingt schon sehr ähnlich.«

»Ach ja?«

»So vom Klang her. Ansehen?«

»Gut.«

Ich bereite alles vor, dann setzen wir uns zusammen aufs Sofa. Emmy ist in eine Decke an mich gekuschelt, sie gähnt. »Vielleicht schlafe ich ein. Wie bei *Titanic*.«

»Ich wecke dich, falls ein Schiff untergeht.«

Doch der Film ist überraschend gut, ganz anders, als ich erwartet habe. Liebevoll und ehrlich. Wir sehen ihn entspannt und ohne große Erwartungen, und dann kommt die Szene. Emmy sieht mich an, ich sehe sie an. Noah und Allie tanzen auf der Straße. Ohne Musik.

»Die Szene aus dem Labor.«

»Stimmt«, sagt Emmy.

Darum hat Kolja den Film ausgesucht.

Wir schweigen einen Moment und sehen dem Paar auf der Leinwand zu. Allie und Noah.

»Ich hoffe, sie kommen zusammen«, sage ich.

Emmy kuschelt sich an mich. »Das hoffe ich auch.«

Irgendwann spät in der Nacht ziehen wir wieder um in mein Bett. Emmy rollt sich oben schon zusammen, doch ich muss etwas klären, bevor wir einschlafen.

»Emmy?«

»Was?«, sagt sie mit geschlossenen Augen.

»Ich muss dir noch was sagen.«

Sie schnellt hoch, auf einmal ganz wach.

»Ja?«

»Oh, es ist vielleicht doch nicht so interessant.« Meine Bedenken kommen mir plötzlich unsinnig vor. Ich habe noch nie Albträume gehabt, wenn ein Mädchen bei mir geschlafen hat. Vielleicht ein Grund, warum ich so oft die Nächte mit ihnen verbracht habe, da ich immer Angst vor dem Alleinsein hatte. Aber ich will auch, dass sie es weiß. Langsam, vorsichtig, Stück für Stück begreift, dass ich ein paar Dinge mit mir rumschleppe. Um nicht zu sagen, Probleme.

»Ich habe manchmal Albträume. Heftige Albträume. Hängt wahrscheinlich mit dem Unfall zusammen. Nur ... falls ich schreie.«

SECHSUNDZWANZIG

Emmy

Als ich die Augen öffne, sitzt Noah neben mir an die Wand gelehnt und beobachtet mich. Am Abend hat er mir von seinen Albträumen erzählt, aber in dieser Nacht hat er keinen gehabt, was vielleicht daran liegen könnte, dass wir nur ungefähr drei Stunden geschlafen haben.

»Ausgeschlafen?«, fragt er und lächelt.

»So ziemlich. Wie spät ist es?«

»Neun.« Er blinzelt. »Musst du los?«

»Nein. Ich bin nur nachher mit Fiona verabredet.«

Die Sonne scheint durch das Fenster, ich sehe in den blauen Himmel. Am Morgen ist es noch viel besser hier oben.

»Aufstehen? Frühstücken?«, fragt Noah.

»Kann ich bei euch duschen?«

»Klar.«

Wir steigen von der Hochebene.

»Brauchst du frische Sachen?«, fragt Noah. »Also, wenn du von *Parkway Drive* mal wieder auf *Metallica* umsteigen willst.«

»Gerne.«

Ich gehe ins Bad vor, und Noah kommt nach, fängt mich ein, umarmt mich von hinten, küsst mich in den Nacken.

»Ich müsste auch duschen.«

»Tja, was machen wir da?«

Schon der Gedanke erregt mich.

»Du könntest mir den Rücken einseifen.«

»Ja«, flüstert er an meinem Ohr. »Das auch.«

Der Duschkopf ist riesig, eine Art Teller, aus dem Wasser herabrieselt, und ich staune, wie gut ausgestattet eine WG sein kann, bei uns gibt es nur einen Miniduschkopf.

»Luxus«, sage ich und überspiele die kleine Nervosität. Gestern Abend war großartig, doch normalerweise verschwinde ich am Morgen, und langsam begreife ich, dass es ein Muster gibt. Nicht nur Beziehungsangst, überhaupt Angst, abhängig von einem Menschen zu werden. Ich habe mich nach Noah gesehnt, aber ich hatte vergessen, wie schnell ich mich in seiner Nähe auflöse und alles vergesse. Die Zeit, die Welt um uns herum, mein Leben. Was, wenn ich nicht wieder zurückfinde?

Ich drehe das Wasser auf, strecke eine Hand aus und prüfe die Temperatur. Perfekt. Wir ziehen uns aus und stehen im fast grellen Tages- und Sonnenlicht schutzlos voreinander. Noah streicht mir meine Haare aus dem Gesicht, lächelt. Auf einmal weiß ich es sicher. Ich will das. Diese Verletzlichkeit, diese Intensität, diese Nähe.

Noah lächelt und küsst mich zwischen Hals und Schulter, streichelt meine Brüste. Ich gehe einen Schritt weiter in die Dusche, lege den Kopf zurück und lasse das Wasser über mein Gesicht laufen, die Brüste und Beine hinunter und spüre Noahs Küsse auf meinem Körper. Alles ist eins und ergibt auf einmal perfekten Sinn. Er legt die Hände von hinten auf meine Brüste. Ich lege meine darüber und wende mich leicht zu ihm nach hinten.

»Das Schweißband ziehst du wohl nie aus.«

Er zieht seine Hände zurück, und ich drehe mich zu ihm, das Wasser rieselt über meinen Rücken, wärmt mich, trotzdem fröstele ich kurz. Hätte ich das Tattoo nicht ansprechen sollen? Noah schaut mich an, dann zieht er das Schweißband ab, lässt es achtlos fallen und legt seine Hände auf meine Hüften. Ich greife nach seinem Handgelenk, drehe es sanft und sehe meinen Namen.

»Hier!«, sage ich und reiche Noah das Handtuch, das wir uns teilen. Mein Körper zittert noch nach von der Lust, und ich denke an Fionas Wort. Okay, ich bin einverstanden damit, Teil eines Sexcouples zu sein. Ich denke auch an das Tattoo, obwohl ich kein Wort dazu gesagt habe. Was gibt es dazu zu sagen, dass Noah sich meinen Namen auf seinen Puls tätowiert hat? Ich bin geschmeichelt und geschockt zugleich. So wichtig bin ich ihm?

Wir laufen nackt zurück in sein Zimmer – dass hier andere Menschen wohnen, habe ich schon lange vergessen und erwarte auch niemanden. Die ganze Wohnung ist unser Reich.

Ich ziehe meinen Slip über, die Balkontür steht offen, die Sonne wärmt meine Haut, am liebsten würde ich rausrennen, die Arme ausbreiten und laut rufen: *Ich bin verliebt.*

Ich sehe mich im Zimmer um, das genau wie mein Raum sehr spärlich eingerichtet ist. Eigentlich noch spärlicher, denn außer der Hochebene gibt es nur einen Schreibtisch und Umzugskisten, die nebeneinander an die Wand gestellt sind. Noah hat seine Boxershorts übergezogen und öffnet eine der Umzugskisten. Mein Blick folgt ihm, ich betrachte seinen leicht gebräunten Oberkörper, die Tätowierung, die trainierten Oberarme. Ich weiß, dass ich etwas viel tiefer in ihm liebe, nicht nur seinen Körper, aber es ist ein sehr schönes Extra.

Er kramt in einer der Kisten. »Ich bin noch nicht dazu gekommen, sie auszuräumen. Und ich weiß nie, was in welcher ist.« Er öffnet eine andere Kiste. »Ah, hier sind die T-Shirts.«

Ich trete an den Schreibtisch, mein Blick folgt träge den Lichtstreifen auf der Schreibtischplatte, ein Blatt Papier, ein Stift, ein paar Bücher, dann fällt mir auf, was nicht passt. Ein Sommerschal aus dünner Baumwolle mit feinen Streifen. Ich trete näher, muss ihn in die Hand nehmen. Mein Herz schlägt schneller, ich rieche ein Parfüm. Daneben liegt eine Karte mit einem Namen, eine Handynummer. Mein Herz klopft. Das geht mich nichts an, ich lege den Schal zurück.

»Hey?«

Noah steht auf einmal hinter mir, ich habe ihn nicht kommen hören.

»Das hat jemand hier liegen gelassen«, sagt er nüchtern.

»Jemand?«

»Ein Mädchen. Aus Hamburg.« Er küsst mich sanft in den Nacken. »Nicht wichtig.«

Nicht wichtig? Warum schlägt mein Herz dann so stark? Vielleicht, weil ich wirklich nicht viel von Noah weiß. Ob er ständig Mädchen hier hat? Aber hätte mir Kolja nicht davon erzählt? Der allerdings selber nicht da ist.

»Hey«, sagt Noah, legt seine Arme um mich und zieht mich an sich. »Aber *du* bist mir wichtig.«

Oben auf dem Bett klingelt ein iPhone. Wir ignorieren es, bis Noah seufzt. »Der Verein wahrscheinlich. Es geht um die Lizenz, ich sollte da rangehen.«

»Ja, mach«, sage ich und ziehe mir T-Shirt und Jeans über. Noah sitzt auf der Hochebene, er hat den Anruf verpasst und ruft zurück. Ich mache ihm ein Zeichen, dass ich schon in die Küche gehe, und er nickt.

Die Küche ist erstaunlich aufgeräumt, besonders wenn ich sie mit unserer vergleiche. Nur die Teller von gestern und die gebrauchte Pfanne sehen nach Leben aus, ansonsten ist alles sauber, die Spuren beseitigt, keine benutzten Gläser oder eine halb leere Weinflasche. Ich denke an den Schal in Noahs Zimmer. Hatte er Besuch? Folgen ihm die Mädchen aus Hamburg? Hannah? Wer ist das? *Nicht wichtig*, sage ich mir und beruhige mich. Er hat es selber gesagt.

Auf der Arbeitsplatte steht eine Kaffeemaschine, im Schrank finde ich Kaffeemehl und Filter und beginne ein Frühstück vorzubereiten. Seit ich den Balkon gesehen habe, will ich dort frühstücken, an dem kleinen Balkontisch, und auf die Straße sehen, als ob ich in einer fremden Stadt wäre, irgendwo im Urlaub, nur mit Noah.

Er kommt in Jeans und mit freiem Oberkörper in die Küche, setzt sich, beobachtet mich.

»Was ist?«, frage ich.

Er wartet, bis ich mich umdrehe, ihn ansehe.

»Hast du Lust, morgen mit mir zu einer Feier zu gehen?«

»Feier?«

»Mein Vater wird fünfundfünfzig und macht so eine Art Geburtstagsempfang.«

Ich nicke. Fiona hat davon erzählt, sie geht mit Leo hin. Ich habe gehofft, dass Noah mich dazu einlädt, aber hinzugehen ist eine andere Sache. Seine Eltern kennenlernen, sein Leben. Schon jetzt?

»Ist das nicht eher für Familie?«, frage ich vorsichtig.

Noah lächelt. »Sollen wir uns vorher verloben, damit du dich besser fühlst?«

Ich gehe auf Noah zu, setze mich auf seinen Schoß und lege die Arme um seinen Hals. »Ja, okay, oder lass uns gleich heiraten. Jetzt kennen wir uns schon, warte mal, zwei Monate, langsam wird es Zeit für den nächsten Schritt.«

Er grinst. »Hey, verarschen kann ich mich selbst.«

Ich küsse ihn, sauge leicht an seinen Lippen. »Na, dann nicht. Aber beschwer dich nicht, wenn jemand anders vorbeikommt und mir ein Angebot macht.«

»Dieser Typ aus dem Segelclub?« Noah verengt seine Augen, ein kleines Lächeln. »Hatte ich den nicht unschädlich gemacht?«

»Zumindest so eingeschüchtert, dass er nicht mehr bei mir anruft.«

Jetzt grinst Noah offen. »Und?«

»Was?«

»Kommst du mit? Leo kann dich mitnehmen. Er holt mich auch ab.«

»Du fährst nicht auf deiner KTM?«

Noahs Blick verdunkelt sich, ein kleiner Schatten, der über sein Gesicht zieht, dann lächelt er wieder. »Eher nicht, denn das habe ich wohl vergessen zu erwähnen: *Black tie.*«

»Abendgarderobe?«

»Festlich. Es findet am Vormittag statt, in einem Hotel.«

»Tja, mal sehen, ob ich noch einen Termin habe zwischen Aufstehen und Ins-Bett-gehen.«

Er kneift mich in die Seite, ich springe auf, und er fängt mich ein, umarmt mich.

Seine Familie. Okay.

Wir sitzen auf dem Balkon, ich blinzle in die Sonne, habe die Beine auf dem Stuhl hochgezogen und halte meine Kaffeetasse mit beiden Händen. Ich möchte den Moment hier auf dem Balkon mit Noah einsaugen, für immer aufheben, mich an alles erinnern. Gleichzeitig wünsche ich mir noch viele solche Momente. Unübersichtlich viele.

»Und wie sind deine Eltern?«

Noah sitzt mir gegenüber, er seufzt. »Ärzte eben.«

Stimmt, er hat es mir erzählt, sein Vater hat ihn nach dem Unfall operiert.

»Und warum hast du gerade Stress mit ihnen?«

Er grinst schief. »Hauptsächlich mit meinem Vater. Er will, dass ich nach dem Grundstudium zu Medizin wechsle, damit ich später seine Praxis übernehmen kann.«

Ich muss lächeln. Noah, der Motocross fährt und extremsegelt, mit dem Cut über dem Auge und den Schürfwunden. Ein Arzt?

»Warum lachst du?«

»Weil du irgendwie eher auf der anderen Seite stehst. Ich meine, eher einen Arzt brauchst, als einer zu sein.«

Noah wird ernst. »Das denkt mein Vater auch.«

»Ja?«

»Klar. Er sagt, dass es Leute gibt, die immer etwas kaputt machen, und andere, die es zusammenflicken.«

Ich merke, dass ich ihn verletzt habe, dabei ist es einfach nur offensichtlich. Noah ist ein Draufgänger, er will seine Grenzen erfahren, als Arzt kann ich ihn mir nicht vorstellen.

»Nein«, sage ich. »Ich meine es anders. Ich denke, dass jeder das tun sollte, was er am meisten will und am besten kann.«

Er beugt sich über den Tisch. »Und was ist das?«

Ich denke an den göttlichen Sex, die Intensität, das Motorradfahren, das Segeln mit Noah, wie er in Gefahr reagiert.

Ich lächele. »Hey, dein Vater hat nicht recht. Du hast mich gerettet.«

Er lehnt sich zurück, atmet resigniert aus.

»Er würde sagen, ich habe dich überhaupt erst in Gefahr gebracht.«

Wir schweigen. Auf einmal bin ich mir sicher, dass es zu früh ist, seine Eltern kennenzulernen.

Es klingelt. Wir sehen uns an.

»Eine neue Briefbombe?«, fragt Noah, und wir grinsen.

Er lehnt sich über die Balkonbrüstung, zuckt dann mit den Schultern.

»Ich mach auf«, sage ich und gehe zur Tür.

Ich drücke den Türöffner und auf die Sprechanlage und öffne schon mal die Wohnungstür, aber wer auch immer kommt, geht sehr langsam die Treppe hoch. Post? Tatsächlich wieder ein Kurier mit einem Päckchen? Aber der wäre deutlich schneller oben. Oder jemand bringt Werbung und wollte nur ins Haus. Ich gehe ein paar Schritte ins Treppenhaus, laufe barfuß auf dem roten Sisalteppichläufer und schaue durch das Treppenauge. Und sehe ein Mädchen die Treppe heraufkommen. Lerne ich jetzt die Mitbewohnerin von Kolja und Noah kennen? Aber warum sollte sie klingeln?

»Hallo!« Sie winkt mir entgegen, kommt die letzte Treppe hoch und steht vor mir. »Ich bin Nele.«

Ich weiß, will ich sagen, beiße mir aber auf die Lippen. Das Mädchen aus Hamburg. Mein Herz jagt los. *Was macht die hier?*

»Mein Koffer steht noch unten«, sagt sie und wischt sich über ihr erhitztes Gesicht. »Vielleicht kann Noah den gleich hochholen.«

Klar, denke ich. *Warum nicht.* Die Mädchen gehen hier ein und aus.

»Komm rein«, sage ich. »Noah ist auf dem Balkon.«

Sie strahlt. »Sag mal, wir kennen uns doch, oder? Du bist auch aus Hamburg, oder?«

Ich zucke vage mit den Schultern und schlüpfe in meine Stiefel, schnappe mir meine Lederjacke, hole den Helm aus dem Wohnzimmer und meine Tasche.

Sie beobachtet mich, wartet, bis ich zurück im Flur bin.

»Sag Noah, ich musste weg, okay?«, sage ich.

Sie nickt gleichmütig. »Okay, viel Spaß.«

Ich renne die Treppe hinunter und sehe nicht nach oben, als ich draußen vor dem Haus meine XT starte. Ich weiß, ich hätte zurück zu Noah gehen müssen, mich ordentlich verabschieden, die Situation sauber klären. Aber wenn man sich offen und verletzlich macht, dann ist man kein gut organisierter Organismus mehr, sondern manchmal einfach nur eine Wunde, die schnell versorgt werden muss.

Ich fahre bis zur nächsten Straßenecke, halte dann an und hole mein iPhone heraus. Fiona muss mich retten.

»Hey, ich dachte, wir sehen uns um eins?«, sagt Fiona. Es tut gut, ihre Stimme zu hören.

»Können wir uns nicht gleich treffen?«

»Okay, komm zur Charité. Ich texte dir die genaue Adresse.«

SIEBENUNDZWANZIG

Emmy

Fiona hat mir Adresse und Lageplan gemailt, und mit meinem Navi ist es kein Problem, die Charité und das Gebäude der Anatomie auf dem riesigen Gelände zu finden. Ich fahre um das Gebäude zum Hintereingang, wie Fiona es mir erklärt hat, und da steht sie in einem weißen Kittel und winkt. Ich halte direkt neben ihr, reiße den Helm ab.

Die Sonne scheint, Fiona legt ihre Hand über die Augen. »Was ist so dringend?«

»Noah.«

Ich beiße auf meiner Unterlippe herum, und sie hebt eine Augenbraue.

»Em, bist du etwa wieder geflohen?«

»Ein bisschen.«

Ich steige ab, umarme sie. »Es ist eigentlich auch alles gut.« *Fast.* »Danke für den Tritt in den Hintern. Mit Noah. Ihr habt natürlich recht. Ein schöner Film übrigens.«

Fiona runzelt die Stirn. »Sie kommen doch am Ende zusammen, oder? Ich wollte den Film vorher extra ansehen, aber die Jungs waren sich sicher.«

Ich muss lachen.

Fiona holt ihr Handy aus dem Kittel, kontrolliert die Zeit. »Du, ich muss hoch. Aber weißt du was? Komm einfach mit.«

»Wohin mit?«, frage ich skeptisch.

Fiona blinzelt. »Ich denke, das wäre jetzt gut für dich. Mir hat es sehr viel gebracht damals.«

»Was?«, sage ich, obwohl ich es ahne.

»Präpkurs. Du machst einfach mit.«

Ich folge ihr ins zweite Obergeschoss.

»Das sind die Präpariersäle«, sagt Fiona. »Wir sind heute im *Rudolphi*. Komm mit, da drüben kannst du dich umziehen. Ich besorge dir Handschuhe und einen Kittel.«

»Ähm, Fiona? Ich gehöre doch gar nicht dazu.«

Und ich bin auch nicht unbedingt scharf darauf, eine Leiche zu sehen.

»Em, das macht überhaupt nichts. Ich sage, du bist ein Gast aus der Psychologie. Bei meinem Prof habe ich einen Stein im Brett, kein Problem.«

Ich weiß, ich habe nicht wirklich eine Wahl. Jetzt schon wieder weglaufen? Und ein ganz, ganz kleines bisschen bin ich auch neugierig. Ich ziehe den Kittel über und die Handschuhe.

»Und jetzt?«

»Jetzt geht es los«, sagt Fiona, schließt den Spind mit meinen Sachen und winkt mir, ihr zu folgen.

Fiona spricht mit dem Prof, und für einen Moment habe ich die Hoffnung, dass ich gar nicht teilnehmen darf. So käme ich davon, denn auf einmal bin ich nervös und aufgeregt. Ich habe noch nie eine Leiche gesehen. Doch einen Moment später schaut Fiona strahlend aus dem Saal und winkt mich hinein.

Drinnen riecht es nach Kiefernmöbel.

»Das ist das Formalin«, sagt Fiona und stellt mich der kleinen Gruppe von Studenten vor, die alle schon sehr erfahren aussehen. Ich schaue mich vorsichtig um. *Wo ist die Leiche?*

Die Gruppe lacht und albert herum, verstummt aber, als der Körper, eingewickelt in ein Tuch, aus den Kühlräumen geholt wird. Zwei Studenten packen ihn aus. Ich halte den Atem an, aber das, was vor mir liegt, erinnert nicht so sehr an einen menschlichen Körper, wie ich gedacht habe. Ein Mann, die gesamten Körperhaare sind entfernt. Die Haut wirkt ledern und ist gelblich, klebt am Skelett, es ist eher eine Mumie, und der Gedanke, dass es einmal ein lebendiger Mensch war, berührt mich seltsam. Er hatte auch ein Leben und Hoffnungen, hat geliebt und getrauert, hatte Gefühle. Und liegt nun hier.

»Cheer up!«, sagt Fiona und schnippt mit ihren Gummihandschuhfingern vor meinem Gesicht. *Sie hat gut reden.*

Zwei der Jungs drehen die Leiche um, sie ist starr und offenbar auch nicht sehr schwer. Nun liegt sie auf dem Bauch.

»Da ist mein Präparierset«, sagt Fiona und zeigt auf eine Sammlung von Pinzetten, Scheren und Skalpellen. »Wir können es zusammen benutzen.«

Meine Dankbarkeit hält sich in Grenzen.

Ein Tutor, der dem Prof hilft, teilt die Leiche in Abschnitte, und wir werden auf die verschiedenen Körperteile verteilt. Fiona und ich landen an einem Unterschenkel und Fuß. Sie nimmt gleich die Pinzette und das Skalpell und beginnt mit der Arbeit. Als Erstes muss die Haut abgelöst werden. Ich spüre ein Würgen im Hals und muss mich kurz abwenden. Einer der Jungs kommt zu mir.

»He, alles okay?«

Er hat strahlend grüne Augen und ein breites Grinsen.

»Geht schon.«

Was nicht stimmt, stattdessen wird mir schwindelig und schwarz vor Augen. Er stützt mich, und ich reiße die Augen auf, damit ich nicht in eine Ohnmacht abgleite.

»Kurz rausgehen?«

Ich schüttele den Kopf. Ich kriege das hin. »Alles gut.«

Er lächelt wieder, diesmal freundlich. »Zum ersten Mal hier?«

»Ja.«

»Man gewöhnt sich dran. Denk einfach an etwas Schönes.«

Ich atme tief durch, denke an Noah und unsere Nacht. Ich denke daran, dass das Leben großartig ist und man es einfach zu selbstverständlich nimmt. Das hier rüttelt mich wach, und ich bin mir sicher, genau deshalb hat mich Fiona mitgenommen.

Ich drehe mich zurück. Fiona hebt gerade eine Hautschicht an. »Schau mal, Em, hier die Epidermis, Corium, und die gelbe Schicht darunter ist die Subkutis.« Ich habe keine Ahnung, wovon sie spricht, aber die Fachbegriffe sind mir lieber, als an *Oberschenkel* und *Mensch* zu denken.

Der Junge mit den grünen Augen steht neben mir und präpariert am Unterarm der Leiche, öffnet eine Stelle und trennt genau wie Fiona Hautschichten voneinander. Er lächelt mich an, flirtet mit mir. Hier im Präpsaal!

Ich muss wieder an Noah denken. An seinen Unfall, die Vorstellung, dass er auf einem ähnlichen OP-Tisch gelegen hat und sein Vater ihn operiert hat. Leo hat es mir erzählt, er hat nur knapp überlebt. Er hatte innere Verletzungen, die Knochenbrüche waren weniger dramatisch, obwohl sie am längsten heilen mussten. Von den Panikattacken hat er nichts erzählt, aber ich habe es gesehen und kann mir denken, wieso sie kommen. Schließlich studiere ich Psychologie. Jetzt hat er Albträume, aber er lebt. Ist das der Grund, warum er manchmal so unnahbar ist?

»Ich bin Nick«, sagt der Junge mit den grünen Augen.

»Emmy.«

»Nachher noch einen Kaffee?«, fragt er, und ich muss mich konzentrieren, jetzt nicht an etwas Essbares zu denken oder an den Geruch von Kaffee, der damit für immer ruiniert sein könnte.

»Mal sehen«, sage ich vage.

Fiona stößt mich an und flüstert: »Flirtest du hier?«

»Nein«, flüstere ich zurück. Natürlich nicht. Ich versuche, eine Ohnmacht zu verhindern. Und denke wieder an Noah. Ich will nichts mit jemand anderem anfangen. Im Gegenteil, ich vermisse ihn, schon jetzt nach zwei Stunden. Ich muss ihn anrufen, sobald wir hier raus sind.

Eine halbe Stunde später hat Fiona die Hälfte des Unterschenkels freigelegt und bekommt anerkennende Kommentare von ihrem Professor. Sie ist wirklich gut.

Sie reicht mir das Skalpell und eine Pinzette.

»Und jetzt du.«

»Wie?«

Nick mit den grünen Augen grinst neben mir in sich hinein. Okay, das fordert mich heraus. Ich nehme die Pinzette und das Skalpell und sehe fragend zu Fiona.

»Leg hier die unteren Hautschichten frei.«

Meine Hand zittert. Am meisten Angst habe ich vor der ersten Berührung.

»Nicht denken, einfach machen«, flüstert Nick neben mir.

Ich setze das Skalpell auf die Lederhaut und ziehe vorsichtig darüber. Nichts passiert, Haut ist ein gutes Material, sie hält viel aus. Ich drücke stärker, und ein Schlitz wird sichtbar. Ich ziehe ihn länger, hebe das Skalpell an, atme erleichtert aus.

»Bravo!«, flüstert Nick, der mich die ganze Zeit aus den Augenwinkeln beobachtet.

»Jetzt hebe die erste Hautschicht an«, sagt Fiona.

Ich zupfe mit der Pinzette, nehme das Skalpell, schabe vorsichtig. Auf einmal springt mein Bewusstsein um, ich arbeite zwar an einem Menschen, aber das ist gerade nebensächlich. Es geht mehr darum, eine Schicht von einer anderen zu lösen, etwas freizulegen, ein Handwerk. Wie kochen – wobei – ich sollte jetzt nicht an Essen denken.

»Du machst das ja echt super«, sagt Fiona, und ich lächele stolz. Wie gut, ist gerade egal, aber ich habe mich immerhin getraut, das Skalpell anzusetzen.

Mein Respekt vor Chirurgen und ihrer Arbeit wächst ins Grenzenlose. Das alles an einem lebendigen Körper zu tun? Wo jeder falsche Schnitt das Leben des Patienten bedeuten könnte?

Ich schlage mich gut, aber ich bin dann doch erleichtert, als es vorbei ist.

Fiona und die anderen bereiten feuchte Tücher vor und wickeln die angefangenen Körperstellen ein, damit alles frisch bleibt. »Wir sind fertig für heute«, sagt Fiona.

Und die Leiche wandert zurück in den Kühlraum.

»So, und jetzt einen Kaffee«, sagt Fiona, als wir uns etwas später umziehen. Ich habe den Formalingeruch noch immer in der Nase.

»Wo denn?«

»Auf dem Campus gibt es das *CoffeeInn*, das Fachschaftscafé. Nicht doll, eher wie euer Pi-Café, aber ganz nett. Gummischrippen und Blümchenkaffee. Da können wir reden.«

»He, unser Pi-Café ist top.«

»Ja, ja«, sagt Fiona, die Kaffeeexpertin, und grinst. »Ich meine ja nur, erwarte nichts Besonderes.«

Das *CoffeeInn* ist ein typisches Studentencafé, wir bestellen uns einen Kaffee und setzen uns.

»Und? Wie fandest du es?«, sagt Fiona mit glänzenden Augen.

»Beeindruckend. Man denkt sofort ... hattest du das auch? Dass das Leben irgendwie wertvoller wird? Kostbar?«

»Ja, und kurz, oder?«, sagt Fiona. »Morgen könnten wir schon dort liegen.«

»Na ja, hoffentlich nicht. Bekommt ihr Unfallopfer?«

»Nein, es sind freiwillige Spender, die vorher eingewilligt haben. Am Ende des Präpkurses bedanken wir uns mit einem Gottesdienst, den wir für die Angehörigen abhalten.«

Sie winkt, als weitere Studenten aus dem Präpkurs in das Café kommen. Nick ist auch dabei, er kommt an unseren Tisch. »Hey, für den Kaffee bin ich wohl zu spät«, sagt er. »Vielleicht ein anderes Mal?«

Fiona schneidet eine Grimasse hinter seinem Rücken.

»Vielleicht«, sage ich unverbindlich.

Nick geht, und Fiona verdreht die Augen.

»Warst du mit ihm im Bett?«, frage ich leise.

Sie wird rot. Nun, das hätte ich mir denken können.

»Ganz egal, reden wir lieber über dich«, sagt sie und wedelt unwillig mit den Händen. Okay, die One-Night-Stands sind eine Vergangenheit, auf die Fiona nicht gerne angesprochen wird.

»Was ist jetzt mit Noah und dir?«

»Eigentlich ist alles gut. Wir haben den Film gesehen, wir verstehen uns großartig.«

»Hattet ihr Sex?«

Diesmal werde *ich* rot.

Fiona grinst. »Wenn du rot wirst, war es gut, oder? Und? Was seid ihr jetzt?«

Das ist die große Frage.

Tatsächlich frage ich mich, ob wir gerade dabei sind, zu unserer Freundschaft einfach nur den Sex hinzuzufügen. Der zugegeben großartig ist. Denn wenn Noah weiter all die Mädchen trifft, dann kann man wohl kaum von Beziehung reden.

»Friends with benefits?«

Fiona stöhnt empört. »Freunde mit Extras? Freundschaft plus? Freunde, die Sex haben? Em, du weißt genau, dass das nicht klappt. Da muss ich jetzt nicht lauter Filme aufzählen, die das beweisen. Das kann ich dir aus eigener Erfahrung sagen.« Sie zeigt unauffällig in die Richtung, wo Nick sitzt. »Wir haben das probiert. Ein Fiasko.«

»Wusste ich ja gar nicht.«

»Ist auch nicht besonders erinnerungswürdig. Aber du und Noah – ihr seid das süßeste Pärchen, das ich kenne! *Awesome.*« Sie grinst. »Von mir und Leo mal abgesehen. Wieso seid ihr denn jetzt nicht richtig zusammen?«

»Weil es da noch andere gibt?«

»Mädchen?«

Natürlich Mädchen. Das hatten wir schon geklärt.

»Nele aus Hamburg. Sie ist heute Morgen angekommen. Mit Koffer.«

»Da gibt es bestimmt eine einfache Erklärung.«

Klar, sie ist seine Freundin.

»Vielleicht ist sie ein Gast auf der Party von Noahs Vater«, überlegt Fiona. »Eine Bekannte. Kommst du eigentlich? Hat Noah dich eingeladen? Wäre toll, wenn ich da nicht so allein wäre.«

»Noah hat mich eingeladen, aber ...«

»Was?«

»Findest du es nicht etwas früh, seine Familie kennenzulernen? Wir nähern uns gerade erst wieder an. Kennst du schon Leos Eltern? Oder er deine?«

Fiona wehrt entsetzt ab. »Meine Eltern? Meine Mutter hört jedes Mal die Hochzeitsglocken läuten, wenn ich einen Jungen nur in die Nähe der Familie bringe.«

»Siehst du!«

»Okay, gut. Aber du gehst nicht wegen dieser Nele da nicht hin. Denn das ist kein Grund, sich zu drücken. Noah mag dich, und zwar sehr. Man sollte immer das Beste annehmen. Positiv denken, Em, positiv. Das lernen wir schon im ersten Semester. Alles andere klärt sich dann schon.«

»Auch eine Karte mit dem Namen und der Telefonnummer eines Mädchens? Und ihrem Schal daneben, den sie vor Kurzem liegen gelassen hat?«

»Vor Kurzem? Woher weißt du das?«

»Weil er vor Kurzem eingezogen ist und der Schal parfümiert war.«

»Okay, Sherlock. Aber selbst wenn Noah *bisher* mit Mädchen zusammen war, dann ändert sich das bestimmt, sobald du dich mal zu ihm bekennst.«

»Meinst du?«

»Noah macht so was nicht. Hat Leo jedenfalls erzählt. Er ist entweder-oder. Früher war er anders, ständig Mädchen, aber seit er dich kennt ...«

Ich schweige und denke an das Tattoo auf Noahs Puls. Etwas, das er nicht für jedes Mädchen macht. Machen kann. Irgendwann geht der Platz aus. Aber warum bin ich so zynisch? Eigentlich weiß ich ja und spüre, dass das zwischen uns besonders ist. Bleibt also nur noch meine Angst. *Beziehungsangst*. Und dafür kann Noah gar nichts, die muss ich allein bekämpfen.

ACHTUNDZWANZIG

Noah

»Wann kommt denn Leo?«, fragt Nele.

Nele war vor Jahren einmal sehr verliebt in Leo und ist aufgeregt, ihn nach zwei Jahren wiederzusehen.

»Bestimmt gleich.«

Wir sitzen in der WG, im Gemeinschaftsraum auf dem Sofa, und warten.

»Meinst du, das ist fein genug?«, fragt Nele unsicher. Sie trägt eine schwarze Jeans und eine weiße Bluse.

»Perfekt, würde ich sagen.«

Selbst ich habe mir meinen schwarzen Anzug angezogen, allerdings trage ich ein blaues T-Shirt dazu. Mit einem Schlips käme ich mir zu verkleidet vor.

Kolja kommt mit verwuschelten Haaren aus seinem Zimmer und entdeckt uns auf dem Weg zum Bad. Er bleibt überrascht stehen, nickt Nele zu, die ich noch nicht vorgestellt habe, denn wir haben uns gestern nicht mehr gesehen.

»Kolja? Das ist Nele, meine Schwester. Nele: Kolja.«

»Aha, deine Schwester«, sagt er, als wäre das eine großartige Erkenntnis. »Hallo, Nele.«

Nele stutzt. »Wir kennen uns. Du warst doch in Hamburg.«

»Das kann nicht sein«, sage ich.

Nele blinzelt und schiebt ihr Kinn vor. Ich kenne den Gesichtsausdruck, sie hat eine andere Meinung.

»Doch, ganz sicher.« Sie sieht zu Kolja. »Du hast nach Noah gefragt. Vor ein paar Wochen. Zusammen mit dem Mädchen, das gestern hier war.«

»Emmy?«

Ich sehe zu Kolja. Er fährt sich verlegen durch die Haare.

»Doch, stimmt schon, Noah. Ich war mit Emmy in Hamburg.«

Für einen Moment bin ich sprachlos. Emmy war mit Kolja in Hamburg?

»Wann?«

»Na, eine Woche nachdem du aus Berlin gekommen bist«, sagt Nele. »Du warst unterwegs, ich habe dir davon erzählt.«

Langsam erinnere ich mich. Ein Mädchen. *Blond, barfuß*. Mit einem Typen. Aber ich habe nicht an Kolja gedacht.

»Aber warum?«

Kolja lächelt. »Weißt du das echt nicht, Noah?«

Doch, irgendwie schon. Und ich habe ihr kurz danach die Freundschaft angeboten. Jetzt wird mir klar, wie unpassend das war.

»Wieso habt ihr nicht vorher angerufen?«

»Ich habe Emmy bei einem Brunch am Morgen getroffen. Es war ein spontaner Entschluss. Im Übrigen hat sie deine Nummer nicht.«

Stimmt.

Kolja grinst schräg. »Na ja, eigentlich war es ein Deal. Ich sollte ihr helfen, die Sache mit dir zu klären, und sie ...«

»... sollte dir bei Julian helfen«, ergänze ich den Satz. »Verstehe. Deshalb wollte sie, dass Julian hier einzieht.«

»*Ich* verstehe kein Wort«, sagt Nele.

»Sie dachte, Nele wäre, nun ja, deine Freundin.«

Okay, langsam verstehe ich, was die letzten Wochen falsch gelaufen ist. Und warum Emmy gestern so schnell verschwunden ist, als Nele ankam. Aber ich habe nicht vor, sie diesmal einfach gehen zu lassen.

»Nun«, sagt Kolja. »Ich dusche dann mal.« Auf dem Weg zum Bad dreht er sich um. »Und wie ist es jetzt mit Emmy? Ich war erfolgreich, oder?«

Ich halte nur meinen Mittelfinger hoch, und er lacht.

»Bist du jetzt mit Emmy zusammen?«, fragt Nele, als Kolja den Raum verlassen hat.

Ich nicke. Wir sind nicht nur zusammen, ich werde ihr heute meine ganze Familie vorstellen. Und das bedeutet etwas.

»Aufgeregt wegen heute?«, fragt Nele, und ihre Stimme hat diesen neckenden Unterton, als wäre das alles gar nicht wichtig oder bedeutend. Eben so wie alle anderen Mädchengeschichten vorher. Aber langsam müsste sie es verstehen. Mit Emmy ist es anders.

Natürlich bin ich aufgeregt.

»Du bist nett zu ihr, verstanden?«

Nele zieht einen Flunsch, als wäre sie fünf. »Okay, Noah.«

Als es klingelt, springe ich zur Tür.

Ganz ruhig.

Leo kommt hochgerannt, er nimmt zwei Stufen auf einmal.

»Sorry, Noah, für die Verspätung.«

»Wo sind die anderen?«

»Fiona wartet im Auto. Emmy kommt vielleicht später.«

Ich verenge meine Augen. »Vielleicht?«

»Ja, ihr Vater kam gerade, als wir gehen wollten. Es gibt ein Problem.«

»Mit Emmy? Was Ernstes?«

»Nein, nein. Ich glaube, mit Julian.«

»Okay. Kannst du Nele mitnehmen? Ich nehme die KTM.«

»Mit dem Anzug?«

Ich will das jetzt nicht diskutieren. Es kann sein, dass ich diese Party schnell verlassen muss, und dafür will ich vorbereitet sein.

»Ja, ich brauche jetzt frische Luft.«

Leo nickt. »Gut, dann sag mal Nele Bescheid.«

Sie steht schon in der Tür und lächelt schüchtern. Leo hat natürlich nie mitbekommen, dass Nele in ihn verknallt war.

»Nele?«, sage ich knapp. »Ich fahre Motorrad. Du kannst bei Leo und Fiona mitfahren, wir sehen uns dann dort.«

Leo grinst. »Wer eher da ist.«

Mein Vater feiert in einem Hotel in Grunewald, die Geschäftsführer waren Patienten. Das nehme ich jedenfalls an, so läuft das meistens bei ihm. Ich bin mir ziemlich sicher, dass er über ein oder zwei Ecken jeden einflussreichen Menschen in Berlin kennt und um einen Gefallen bitten kann.

Ich halte vor dem Hotel, das wie eine Art Privatschloss aussieht, mit einem großen Garten und weiten Rasenflächen. Es ist sonnig, nicht zu warm, als könnte mein Vater sogar das Wetter für seine Partys bestellen, was ich mir fast vorstellen kann. Leo kommt kurz nach mir an.

Ich nehme den Helm ab und stelle mich an die Fahrerseite. Sein Fenster ist offen, da die Klimaanlage kaputt ist.

»Erster!«

Leo flucht leise, und ich lache. Er wird mich mit seinem alten Polo nie schlagen.

Wir gehen zu viert in das Hotel.

»Sollen wir ihm das Geschenk zusammen geben?«, fragt Nele.

Ich weiß noch nicht mal, was sie besorgt hat.

»Er wollte doch keine Geschenke«, erinnere ich sie. »Sollten wir nicht für irgendeine Organisation spenden?«

»Ich habe nichts dabei«, sagt Leo. »Ich dachte, wir werfen wieder Scheine in irgendeine Plexiglaspyramide.«

Ich grinse. »Das hast du doch noch nie gemacht.«

»Doch! Letztes Mal habe ich fünf Euro gespendet.«

An der Garderobe gebe ich meinen Helm und die Lederjacke ab und wechsle in mein Jackett. Ich sehe in einen Spiegel, der Cut über dem Auge ist immer noch geschwollen und verschorft. Leos Nase sieht auch nicht besser aus.

»Was sagen wir?«, fragt Leo.

»Die Wahrheit.«

»Schlägerei in einem Tattooladen? Echt jetzt?«

Ich habe keine Lust mehr, zu lügen. Etwas zu erfinden oder so zu tun, als ob ich jemand anders wäre. Ich werde immer ausrasten, wenn irgendein Typ mein Mädchen ungefragt angrapscht. Ganz besonders, wenn mir das Mädchen so viel bedeutet wie Emmy. Ich bin, wie ich bin.

Im Garten verteilen sich etwa hundert Leute, ein großes

Büfett ist aufgebaut, und ich halte Ausschau nach meinen Eltern. Wenn sie sehen, dass ich gekommen bin, kann ich jederzeit wieder gehen. Immerhin war ich da.

Meine Mutter hat uns schon entdeckt, ihre Aufgabe ist der Empfang der Gäste.

»Nele, Noah! Ich habe mich schon gefragt, wo ihr bleibt.«

Sie begrüßt uns mit einer angedeuteten Umarmung und entdeckt dann Leo und Fiona. Meine Mutter liebt Leo und würde ihn jederzeit adoptieren, wenn seine Familie mal keine Verwendung mehr für ihn hat. Mit der gleichen Begeisterung schließt sie jetzt auch Fiona in ihr Herz. Fiona schaut kurz zu mir, und ich weiß, was der Blick bedeutet: *Ich dachte, deine Eltern sind Monster, aber sie sind doch ganz nett.* Ja, sie sind nett. Und ich mag sie, aber das ist nicht das Problem, das wir miteinander haben.

»Wo ist Papa?«, fragt Nele und umklammert das Buch und die CD, die sie für ihn besorgt hat.

»Jazzmusik und ein Buch über Gehirnforschung«, raunt sie mir zu. Gut ausgesuchte Geschenke, und ich frage mich, wieso ich so sehr darauf beharre, das schwarze Schaf in der Familie zu sein. Ich weiß doch auch, was mein Vater mag und wie ich es ihm recht machen kann. Zumindest in den kleinen und unwichtigen Angelegenheiten.

»Ich sage, es ist von uns beiden«, sagt Nele.

»Nein, du hast es ausgesucht und dir Gedanken gemacht.«

Nele sollte aufhören, mich in Schutz zu nehmen.

Ich winke Fiona und Leo zu, damit sie mitkommen, denn ich habe meinen Vater entdeckt.

Er steht in einer Gruppe von Männern in schwarzen Anzügen. Sie reden laut und lachen, ich nehme an, es sind Kollegen aus dem Krankenhaus. Als er uns sieht, breitet er die Arme aus und drückt Nele an sich, mir und Leo gibt er die Hand und schlägt uns auf die Schulter. Ich sehe, dass er unsere Verletzungen bemerkt, aber hier im Kreis mit den anderen wird er sie nicht ansprechen.

»Und das ist Fiona, Leos Freundin«, sage ich. »Sie studiert Medizin.« Mein Vater zieht interessiert die Augenbrauen hoch. »Lauter angehende Ärzte, das gefällt mir«, sagt er laut und in Richtung seiner Kollegen. Leo wirft mir einen besorgten Blick zu.

Ich beuge mich zu ihm und raune: »Ach, du studierst jetzt auch Medizin?« Ich kann mir den ironischen Ton nicht verkneifen.

Leo verdreht die Augen, auch den Blick kenne ich: *So ist dein Alter eben, reg dich nicht auf.*

Wir machen etwas Small Talk, dann gehen wir weiter zum Büfett. Ich ziehe Fiona beiseite.

»Kannst du mir Emmys Nummer geben?«

Sie diktiert mir die Nummer, die ich mir gleich in mein Handy notiere. Ich muss mit Emmy sprechen, hören, ob sie kommt. Nur für sie bin ich hier, nur mit ihr werde ich das hier überstehen.

»Ich gehe rein zum Telefonieren«, sage ich.

Innen gibt es zwei salonartige Räume, die meine Eltern vermutlich sicherheitshalber mitgemietet haben, falls es Regen gibt, wonach es im Moment nicht aussieht.

Ich sehe mich nach einer ruhigen Ecke um und beginne zu wählen, doch eine Hand legt sich von hinten auf meine Schulter, und ich drehe mich um.

»Hast du schon wieder genug? Suchst nach einem Ausweg?«

Mein Vater.

»Ich wollte nur eine Freundin anrufen, sie kommt noch.«

»Eine Freundin?«

Es kam falsch heraus und klang nicht so, wie ich es wollte.

»Nicht irgendeine Freundin. Emmy.«

»Emmy, Kelly, Millie – gibt es nichts Wichtigeres in deinem Leben, Noah? Etwas anderes als irgendwelche Mädchen, die ... Was ist mit deinem Auge passiert?«

Etwas verknotet sich in meinem Magen. *Wut*. Es ist vollkommen egal, was ich sage, er hat sich sein Urteil schon gebildet.

»Eine Schlägerei.«

»Natürlich.«

Natürlich? Ich habe mich seit drei Jahren nicht mehr geprügelt. *Wieso?*, wäre die einzig vernünftige Frage. *Wieso, Noah, nach drei Jahren, die du vollkommen clean warst. Wieso der Rückfall?* Denn das ist sein Blick auf mich. Ich, der Ausfall, die Enttäuschung, der Kranke. Weil ich mich gelegentlich einmal prügele? Weil ich Motocross fahre? Weil ich Dinge tue, die er nicht tut? Die Menschen sind nicht alle gleich, Äpfel fallen manchmal verdammt weit weg vom Stamm. Aber ich wollte mich nicht provozieren lassen. Heute nicht.

»Hast du sonst noch was mit mir zu besprechen?«, sage ich beherrscht, bevor wir uns in das alte Vater-Sohn-Klischee verwandeln. Er der strenge Vater, ich der rebellierende Sohn. Dabei rebelliere ich nicht. Ich lebe einfach mein Leben, und zwar so, wie ich möchte. Das ist alles.

»Ich habe gehört, du wohnst jetzt in Berlin.«

»Ja.«

»Gibt es dafür eine Erklärung?«

»Muss es die geben?«

»Was ist mit deiner Schwester?«

»Sie kommt gut ohne mich zurecht.«

»Den Eindruck habe ich nicht. Du hättest wenigstens vorher mit uns reden können.«

Damit er es mir ausredet? *Nein danke.* »Warum? Ich kann doch wohl mein Leben leben. Wie lange willst du mich dafür bestrafen? Woran bin ich überhaupt schuld? Weißt du, dass sich ein Bernd Möller bei mir gemeldet hat? Er sagt, er hat mir damals die Vorfahrt genommen.«

»Ja, und?«

»Ja, und?« Jetzt fange ich doch an, laut zu werden. »Ihr habt jahrelang so getan, als ob ich schuld gewesen bin.«

»So ein Unsinn, Noah, rede dir das doch nicht ein. Wir waren schließlich nicht dabei, wir wussten gar nichts. Und du hättest dir jederzeit die Akten ansehen können.«

»Ihr wolltet ja noch nicht mal, dass ich mir das Motorrad ansehe. Es war überhaupt nicht so kaputt.«

»Um dich zu schonen. Du hast wohl vergessen, in welchem Zustand du damals warst.«

»In welchem Zustand?« Ich lache bitter. »Nein, das habe ich nicht vergessen. Komischerweise erinnern mich Panikattacken und Albträume daran.«

»Und die hätten wir mit dem Reden über den Unfall doch nur vergrößert.«

Er fängt schon wieder an, mir die Worte im Mund zu verdrehen.

»Okay, ich weiß jetzt jedenfalls, dass ich nicht schuld bin.«

»Vielleicht nicht an allem«, sagt er.

Ich spüre das Zittern. Die Hitze. Mein Herzschlag, der sich beschleunigt, mein Puls, der auf einmal in meinem Hals klopft.

Vielleicht nicht an allem. Womit er sagen will, dass ich schon für etwas verantwortlich bin. Schließlich habe ich mich auf das Motorrad gesetzt. Ich bin gefahren.

Ich kann nicht mehr sprechen. Ich setze mich vorsichtig. Mein Vater hockt sich besorgt vor mich, nimmt meine Hand, misst den Puls. Seine Finger liegen auf Emmys Namen, ich habe das Gefühl, er erdrückt etwas in mir. Versucht es zumindest, und ich atme, als würde ich ertrinken.

»Noah?«

Ich will nicht. Hören. Oder sprechen.

»Ich hole Hilfe.«

Er nimmt sein Handy aus der Tasche, und ich greife nach seiner Hand.

»Geht schon«, presse ich hervor.

Ich will nicht, dass andere Leute kommen, mich anstarren. Den Verletzten. Davon träume ich jede Nacht, das brauche ich jetzt wirklich nicht. Ich versuche an etwas Gutes zu denken, etwas, das mir wieder Sicherheit gibt und Vertrauen in das Funktionieren der Welt, meines Körpers. Ich denke an Emmy und dann an die Filmszene. Tanzen, ohne Worte, weil die Musik in einem ist. Ich kann sie hören. *Kadavar* oder *Woodkid*, aber gerade sind es die *Mighty Oaks*.

NEUNUNDZWANZIG

Emmy

Leo, Fiona und ich stehen schon abfahrtbereit in der Wohnungstür, als mein Vater die Treppe hochkommt. Persönlich vorbeikommt, was erst einmal seltsam ist. Kein gutes Zeichen. Etwas mit meiner Mutter?

»Fahrt, ich komme nach«, sage ich zu Leo und Fiona und begrüße meinen Vater. Er sieht ein wenig heruntergekommen aus, unrasiert, die Haare etwas zu lang, er trägt eine Lederjacke und Jeans, aber das kenne ich, wenn er als Booker mit Bands unterwegs ist, dann passt er sich eben an.

Er mustert überrascht Leo in seinem Anzug und Fiona, die ein hellblaues Kleid trägt, und sieht dann zu mir. Ich trage das zarte Blümchenkleid, ich habe ihm eine zweite Chance gegeben, einen Neuanfang mit Noah zu versuchen, einfach noch mal zurückgespult zu dem Abend, als wir uns im Tattooladen getroffen haben und doch wussten, dass wir mehr voneinander wollen. Denn das war unser Neuanfang.

»Oh, willst du gerade weg? Lass dich nicht stören«, sagt mein Vater, aber ich muss mit ihm reden, wenigstens kurz.

»Ist was mit Mama?«, frage ich, noch während ich ihn hereinbitte.

Fiona umarmt mich und flüstert dabei in mein Ohr: »Du kommst aber nach, versprochen?« Ich nicke. Natürlich werde ich nachkommen, auf jeden Fall.

Leo und Fiona laufen los, und mein Vater und ich gehen durch bis in die Küche, setzen uns.

»Mit Charlotte ist alles sehr gut. Ihre Schwester will das Haus kaufen und behalten. Wusstest du das?«

Ich schüttele den Kopf. Ich habe meine Mutter die letzten Wochen nicht mehr gesehen.

»Was ist dann?«

»Julian.«

»Was ist mit ihm?«, frage ich leicht besorgt.

»Er ist ja bei mir eingezogen.«

»Ich weiß«, sage ich ungeduldig. »Seine Eltern? Gab es Stress?«

Mein Vater winkt ab. »Nein, nein.« Er nimmt abwesend ein angebranntes Streichholz, das auf dem Tisch liegt, und malt damit kleine Kreise. »Wir müssen da ja zum Ende des Monats raus.«

Ich atme auf. *Ach, darum geht es.* »Ja, ich weiß. Julian kümmert sich doch schon, da hatte jemand eine Wohnung, ein Spanier, der ...«

»Juan?«, unterbricht mich mein Vater.

»Ein Freund von Juan. Glaube ich.«

Mein Vater lehnt sich zurück, runzelt die Stirn. »Sind Julian und Juan zusammen?«, fragt er und beugt sich wieder vor.

»Weiß nicht, wieso?«

Er soll endlich sagen, was los ist.

»Nun, wir müssen aus der Wohnung und sollten sie auch in einem einigermaßen korrekten Zustand wieder zurückübergeben. Julian sollte sich darum kümmern, aber ich habe den Eindruck, er hat seit zwei Tagen sein Zimmer nicht mehr verlassen. Er sieht nur noch Filme, die Küche sieht aus ... Hat er Probleme? Vielleicht Liebeskummer?«

Ich habe keine Ahnung. Julian ist mein bester Freund, aber irgendwie habe ich in der letzten Zeit keinen richtigen Zugang mehr zu ihm.

»Wir waren am Dienstag zusammen unterwegs. Da war eigentlich alles okay.«

Mein Vater schüttelt den Kopf. »Nein, ganz und gar nicht.«

Jetzt erinnere ich mich an den Zustand der Wohnung.

»Ich dachte, die Band ...«

»Nun, sie sind nicht die Ordentlichsten, aber das Chaos ist neu. Als ich heute Morgen vorbeigekommen bin, lag er noch im Bett, und im Wohnzimmer standen Pizzakartons von mindestens zwei Tagen. Nimmt er Drogen? Alkohol?«

»Eher nicht.«

Mein Vater schweigt, fährt sich durch sein Haar.

»Was denkst du?«, frage ich.

»Kennst du Juan?«

»Ich habe ihn zweimal gesehen. Kurz.«

Er seufzt. »Kann es sein, dass dieser Juan ihm zu nah gekommen ist?«

Ich starre meinen Vater an. Was meint er? »Sex? Dass er ihn ... vergewaltigt hat?«

Mein Vater wirft die Hände abwehrend hoch. »Nein. Nur ... Julian hat sich doch gerade erst geoutet, und Juan, also Juan kommt mir schon ziemlich erfahren vor. Und als ob da die Kommunikation nicht ganz klar wäre.« Er zieht entschuldigend die Schultern hoch. »Ist nur mein Eindruck.«

Und ich hatte den gleichen Eindruck. Ich springe auf.

»Soll ich anrufen? Hinfahren? Sofort?«

Mein Vater winkt ab. »Nein, nein, du hast heute eine Verabredung, geh da hin. Ich wäre gar nicht gekommen, wenn ich nicht zufällig in der Nähe gewesen wäre. Ich wollte nur, dass du Bescheid weißt. Ihr seid doch immer noch beste Freunde, oder?«

»Na klar. Ich habe schon was gemerkt, aber ich wusste auch nicht so richtig, wie ich es ansprechen kann.«

Und ich hatte Vorurteile gegen Juan.

Ich laufe unruhig in der Küche herum, meine Gedanken sind wirr und unzuverlässig. *Soll ich gleich zu Julian fahren?* Aber da ist die Feier von Noahs Vater. Noah oder Julian. Liebe oder Freundschaft. Ich lasse mich wieder auf den Stuhl fallen.

»Willst du einen Kaffee?«, frage ich.

»Musst du nicht los?«

»Ich brauche einen Moment.«

Wenn man das Gefühl hat, zwei Dinge gleichzeitig tun zu müssen, sollte man erst einmal gar nichts machen. Ich weiß nicht, ob das ein asiatischer Philosoph gesagt hat oder es auf einem Abreißkalender stand, aber es hört sich sehr weise an.

Ich mache für meinen Vater und mich einen Espresso in einer kleinen Cafetière. Ich fülle Kaffeemehl in den kleinen Blechfilter, tue Wasser in den unteren Teil der Kanne, setze alles zusammen. Ich mache das mechanisch, dabei rasen meine Gedanken. *Was ist mit Julian? Warum habe ich nicht gemerkt, was da los ist? Wieso habe ich ihn nicht gefragt?* Stattdessen habe ich von mir erzählt, meinen Problemen mit Noah. Aber Noah ist mir nun mal wichtig. Sehr sogar. *Wichtiger als Julian?* Ich stelle die Kanne auf den Herd, setze mich. Ich sollte sofort mit ihm reden. Er ist mein Freund und offenbar in Schwierigkeiten. Das wird Noah verstehen.

»Ich fahre zu ihm«, sage ich.

Mein Vater nickt.

Wir trinken unseren Kaffee, als mein Handy klingelt. Gitarrenriff, Fiona.

»Hey, Emmy.«

»Ich kann nicht kommen«, unterbreche ich sie sofort.

»Darum geht es nicht. Ist Noah bei dir?«, fragt sie aufgeregt.

»Nein, ich sitze hier noch mit meinem Vater.«

»Noah ist verschwunden. Er hat sich mit seinem Vater gestritten, und jetzt ist er weg. Und seine KTM auch.«

»Vielleicht ist er nach Hause gefahren?«

»Wir haben schon mit Kolja telefoniert. Dort ist er nicht. Es ging ihm nicht gut. Und er geht nicht ans Handy. Sag uns einfach Bescheid, wenn er bei dir auftaucht, okay?«

»Klar.«

Ich lege auf. Mein Vater sieht mich fragend an. Für einen Moment bin ich wie versteinert. *Liebe oder Freundschaft, Noah oder Julian.* Dann weiß ich Bescheid.

»Es war Fiona. Ich muss sofort los.«

Ich laufe in den Flur, reiße meine Lederjacke vom Haken, hänge mir meine Tasche um, steige in meine Boots, angele meinen Helm von der Garderobe.

Mein Vater folgt mir in den Flur. »Willst du so Motorrad fahren?«

»Ist ganz in der Nähe«, lüge ich, aber ich kann jetzt keine Zeit verlieren. Ich muss etwas tun. Sofort.

»Zieh die Tür zu!«, rufe ich meinem Vater zu und renne nach unten.

Draußen ist es schwülwarm. Meine XT steht auf dem breiten Bürgersteig, ich wische ein paar der Baumblüten vom Sattel und atme tief ein. Ich muss mich beim Antreten der Maschine konzentrieren, Hektik ist gefährlich, das habe ich schon einmal erlebt. Es klappt sofort, die Maschine rasselt satt los, und ich jubele innerlich. Meine XT und ich sind wieder eine Einheit, und gerade brauche ich sie dringend.

Ich fahre an, im Kleid, ich bin verrückt, ohne Lederhose zu fahren, aber dies ist ein Notfall. Ich weiß, wo Noah sein könnte, die Idee kam mir spontan, aber ich bin nicht sicher, ob ich richtigliege. Das kann ich nur herausfinden, indem ich hinfahre. Ich habe mich entschieden. Nicht gegen Julian, aber für Noah, und ich weiß, dass mir das auch Julian raten würde: *Such ihn, hilf ihm.*

Als ich ankomme, ist das Crossgelände wie ausgestorben. Keine Fahrer, und für einen Moment bin ich enttäuscht.

Falsch gedacht.

Doch dann sehe ich, dass das Vorhängeschloss am Tor offen ist und die Kette nur lose zwischen den beiden Zauntoren liegt. Ich öffne das Tor und fahre hindurch. Mein Puls beschleunigt sich, als ich eine frische Fahrspur im Sand sehe. Ich brauche ihr nur zu folgen.

Die KTM steht am Rand eines der Grashügel. Ich parke die XT daneben, reiße den Helm ab und renne den Berg hoch.

Oben sitzt Noah. Entspannt, in einem schwarzen Anzug, aber mit Turnschuhen, die Beine locker angestellt, die Arme auf den Knien abgelegt, Lederjacke und Helm neben sich. Er sieht mir entgegen.

Ich komme keuchend bei ihm an, meine Haare kleben verschwitzt in meinem Gesicht. Meinen großen Auftritt heute auf der Party habe ich mir anders vorgestellt, aber darauf kommt es gerade überhaupt nicht an.

Ich lege meinen Helm neben Noahs, lasse mich neben ihn fallen. Er blinzelt ungläubig. Ich reiße meine Stiefel von den Füßen und bohre meine Zehen in das trockene Gras, sehe ihn an und lächele.

»Gefunden!«

Noah lächelt sein Noah-Lächeln, ganz leicht. Ich bin so verliebt, dass mein Herz schmerzt, und so froh, dass er hier ist.

»Woher wusstest du, dass ich hier bin?«

»Die anderen haben sich Sorgen gemacht, weil du einfach abgehauen bist. Mit deiner KTM, und da dachte ich …«

Mein Handy klingelt: Gitarrenriff. Fiona.

»'tschuldigung, das ist Fiona.« Ich nehme den Anruf an.

»Wir sind zusammen«, sage ich, ohne den Ort zu erwähnen. »Alles gut.«

Fiona atmet erleichtert aus. »Kommt ihr noch?«

Ich sehe zu Noah. »Kommen wir noch?«

Er zuckt mit den Schultern.

»Keine Ahnung«, sage ich.

»Gut. Dann habt einen schönen Tag. Und, Emmy?«

»Ja?«

»Frag Noah nach Nele.«

»Gut.« Ich lege auf. *Nele.* Jetzt werde ich alles klären. Egal, wie schmerzhaft, egal, wie unangenehm.

»Das war Fiona, die haben sich Sorgen gemacht.« Ich zögere. Ich spüre die Angst, noch kann ich wegrennen. So tun, als ob ich als Freund gekommen wäre, nur um nach ihm zu sehen. Letztendlich unverbindlich. Und wenn Noah mit Nele zusammen ist, kann ich lachen und so tun, als ob mir das nichts bedeutet. Allerdings habe ich das schon alles probiert, und es war nicht sehr erfolgreich.

»Fiona meinte, ich soll dich nach Nele fragen«, sage ich, und meine Stimme zittert leicht, obwohl ich versuche, ganz sachlich zu klingen. »Seid ihr zusammen?«

Er lacht laut, und ich bin ein wenig verletzt. Ich nehme all meinen Mut zusammen, und er lacht?

»Was?«

»Nele ist meine Schwester.«

Ich werde rot. Jetzt fällt mir sogar auf, dass sie sich ähnlich sehen.

»Kolja hat mir erzählt, dass ihr in Hamburg wart«, sagt Noah ernst. »Dachtest du, sie wäre meine Freundin?«

Jetzt wird es wirklich unangenehm. »Es waren nur zwei Namen an der Klingel.«

Noah lächelt kurz. »Wir haben da zu dritt gewohnt. Erst Sandra und ich, und Nele ist dann irgendwann dazugezogen.«

Aha, Sandra.

»Aber mit Sandra bin ich auch nie zusammen gewesen. Also, nie richtig«, fügt er schnell verlegen hinzu, und ich verstehe und grinse. Wir beide sind es nicht gewohnt, so offen zu reden.

»Und warum bist du jetzt hier und nicht auf der Party?«, frage ich weiter. Jetzt, wo ich angefangen habe, ist es auf einmal ganz leicht. »Fiona meinte, du hättest dich mit deinem Vater gestritten.«

Noah schweigt. So leicht wohl doch nicht.

»Du musst es mir nicht sagen. Ich meine, ich kenne deine Familie ja gar nicht.«

Nun, seine Schwester habe ich schon kennengelernt.

»Nein, schon okay«, sagt Noah und fährt sich durch sein kurzes Haar. Ich liebe die Geste. »Es ist immer das Gleiche. Er will, dass ich vernünftig bin. Medizin studiere, mich um Nele kümmere. Aber ich bin eben anders.«

Ich lächele. »Und ich mag das.«

Er schaut über den Platz, dann wieder zu mir. »Sicher? Ich habe Panikattacken und Albträume.«

»Ja, das habe ich irgendwie schon mitbekommen. Letztens hier auf dem Platz. Wegen dem Unfall?«

»Ja.« Noah richtet sich etwas auf, atmet ein. »Dieser verdammte Unfall. Mein Fluch.«

»Wieso?«

Er fährt sich über das Gesicht. »Ich hätte es dir schon länger erzählen sollen, aber es ist keine schöne Geschichte.«

Ich sehe ihn fragend an. Jetzt will ich alles wissen. »Erzähl.«

Er hackt die Ferse seines Turnschuhs mechanisch in den Boden, gräbt etwas Sand aus und lässt ihn durch seine Finger rieseln.

»Ich war nicht allein auf dem Motorrad.«

»Nele«, sage ich, und er nickt.

»Es gab ein Familientreffen bei meinen Eltern. Nele

wohnte da noch zu Hause. Sie wollte unbedingt mal mit der KTM fahren, sie war kurz vor der Motorradprüfung. Ich dachte, wir fahren irgendwohin, auf einen Parkplatz oder so. Es gab einen zweiten Helm bei meinen Eltern.« Noah sieht mich an, als wolle er sichergehen, dass ich das auch wirklich alles hören will.

Ja, ich will.

»Es sollte nur eine kurze Fahrt werden. Ich erinnere mich, wie ich aufgestiegen bin und sie auf mich zugerannt ist und sich hinten bei mir auf das Motorrad gesetzt hat.«

Wie Suse, denke ich. Deshalb die Panik.

»Meine nächste Erinnerung ist das Krankenhaus.«

Wir schweigen. Ich weiß, wie es ist, Dinge zu verdrängen. Den Tod meines Bruders, die Trauer meiner Eltern, die Depression meiner Mutter. Und dass es nicht klappt. Niemals. Aber Noah und Nele haben Glück gehabt.

»Ihr habt beide überlebt.«

»Überlebt, okay.« Er schaut über das Gelände. »Aber Nele hat ein Bein verloren.«

Ich halte den Atem an, mir fällt nichts ein, was ich darauf sagen könnte. Ich denke an all die Dinge, die sie jetzt nicht mehr tun kann, vielleicht immer tun wollte, aber im Grunde habe ich keine Ahnung, was es bedeutet. Nicht annähernd.

»Wie ist es für sie?«

Noah presst die Lippen aufeinander. Studiert er deshalb Psychologie? Um das zu verstehen? Nicht nur sich, auch Nele?

Noah redet langsam, vorsichtig. »Ich weiß es nicht genau. Am Anfang war sie depressiv. Ihr Freund hat sie verlassen. Dann hat sie angefangen, Medizin zu studieren, und jetzt ist es irgendwie normal geworden.«

Normal bis auf die Tatsache, dass sie keine Kleider tragen wird, keine Sandalen, nicht einfach schwimmen gehen kann. Nicht Rad fahren, nicht tanzen, nicht joggen. Zumindest nicht so wie alle anderen.

»Du hast erzählt, dass dein Vater dich operiert hat. Was war mit Nele?«

»Als mein Vater mich operiert hat, war Nele im OP nebenan, und ein anderer Arzt hat versucht, ihr Bein zu retten. Angeblich war ich schwerer verletzt, in Lebensgefahr. Aber ich bin wieder okay. Ich denke immer, mein Vater hätte rübergehen müssen. Sie operieren.«

Noah sieht mich an, blinzelt. »Keiner sagt es so richtig, aber ich spüre, dass sie mir die Schuld geben. Bis vor Kurzem dachte ich, ich hätte die Vorfahrt nicht beachtet, aber es ist egal, ob ich tatsächlich schuld an dem Unfall bin oder nicht. Das ist mir heute klar geworden.«

»Weil du Nele mitgenommen hast?«

Er zeigt auf den Cut über seinem Auge. »Weil ich der Typ bin, der Dinge kaputt macht. Der immer zu viel riskiert, der ständig in Schwierigkeiten gerät.«

Wir schweigen wieder.

»Mich hast du gerettet«, sage ich in die Stille.

Noah will etwas sagen, zuckt mit den Schultern.

Ich suche seinen Blick. »Für mich bist du kein Zerstörer. Im Gegenteil. Eher ein Superheld.«

Er grinst erst schief, dann offen.

Ich stehe auf, strecke meine Hand aus. »Komm!«

Er lässt sich hochziehen.

»Und jetzt?«

»Jetzt fahren wir eine Runde. Ich meine, wenn wir schon hier sind.«

Hier auf dem Motocrossgelände, wo wir beide hingehören.

Er sieht mich überrascht an, mein Kleid, die Lederjacke. Die verrückte Mischung. Das bin ich.

»Echt jetzt?«

»Ja. Ich fahre hinten bei dir mit. Konfrontationstherapie.«

Noah kommt näher, küsst mich sanft, und ich küsse ihn.

»Verstehe«, sagt Noah und zieht mich an sich. »Ich glaube, diese Therapie ist jetzt genau das Richtige für mich.«

»Und für mich«, flüstere ich.

DREISSIG

Emmy

Nur wir beide sind auf dem Gelände. Ich sitze hinter Noah auf seiner KTM, mein Kleid und meine Haare flattern im Wind. Wir tragen keine Helme und keine Lederjacke, nur die Stiefel. Ich halte mich an Noah fest, der sein Jackett abgelegt hat, ich spüre seinen Körper, fühle sein Herz schlagen, rieche den Geruch von Moschus, sein herbes Aftershave. Es ist Mittag, die Sonne steht direkt über uns, aber es ist nicht heiß, eigentlich genau richtig. Wir haben geredet, aber unsere Körper haben eine eigene Sprache miteinander, tiefer und intensiver. Meine Angst ist verschwunden – wenn ich Noah spüre, weiß ich, dass alles richtig ist. Mit ihm, hier.

Noah fährt eine Runde, dann hält er.

»Komm, wir wechseln.«

Wir tauschen die Plätze, ich setze mich nach vorne und Noah hinter mich. Ich brauche die Maschine nicht anzutreten und fahre direkt los, eine einfache Strecke, auf der ich schnell sicherer werde, eine ganze Runde. Ich mag, dass Noah mir vertraut, sich hinter mir ganz entspannt. Seine Hände liegen auf meinen Hüften, streichen meine nackten Oberschenkel entlang, er flüstert an meinem Ohr:

»Lass uns zu dir fahren.«

Wir fahren langsam zurück durch die Stadt. Noah fährt hinter mir, ich halte vor dem Haus und schicke ein kleines Dankgebet in den Himmel und verspreche: *Nie wieder im Straßenverkehr ohne angemessene Bekleidung.* Das war eine Ausnahme. Ich nehme meinen Helm ab, atme den besonderen Geruch dieser Straße, meiner Gegend, dieses Sommers.

Oben in der Wohnung ist es ruhig, ich ziehe meine Stiefel aus, wir legen unsere Jacken und Helme ab.

»Was trinken?«, frage ich, und wir gehen in die Küche.

Das Wasser ist kühl, wir stehen nebeneinander, trinken. Ich stelle mein Glas ab und sehe Noah an, der Anzug steht ihm gut. Ich denke an die Feier im Segelclub, die vielen Anläufe, die wir genommen haben, um endlich hier anzukommen.

»Habe ich dir eigentlich schon mein Zimmer gezeigt?«, sage ich und muss grinsen.

»Nein, das muss ich unbedingt mal sehen«, sagt Noah und lächelt.

Die Sonne scheint in mein Zimmer, auf die Matratze, das weiße Bettzeug. Ich liebe mein Zimmer, mein eigenes Leben.

Für einen Moment stehen Noah und ich in der Mitte des Raumes, dann nimmt Noah mich in den Arm, küsst mich.

»Dreh dich um«, sagt er leise.

Ein angenehmer kleiner Schauer läuft über meinen Körper, als er den Reißverschluss langsam öffnet, das Kleid von meinen Schultern streift, meinen Rücken küsst.

»Also hier der Schwan«, sagt er und lacht, als ich stöhne. Das werde ich mir wohl jetzt den Rest meines Lebens anhören müssen. Ich drehe mich zu ihm, das Kleid fällt weich auf den Boden. Ich bin fast nackt, bis auf den Slip, Noah beugt sich zu mir, liebkost meine Brüste, küsst meinen Hals. Eine Welle der Erregung pulst durch meinen Körper, ich will mich fallen lassen, unsere Körper sprechen lassen.

Ich ziehe Noah sein T-Shirt über den Kopf, sage der Krähe *Hallo*, lasse meine Hände über seinen Rücken bis zum Bund seiner Hose gleiten. Uns zu beherrschen ist nicht unsere große Stärke, weder Noahs noch meine. Er hebt mich hoch, legt mich auf die Matratze und beugt sich über mich, küsst mich hungrig, intensiv, leidenschaftlich. Ich mag das, genau das, das Intensive, Wilde, das unsere Beziehung ausmacht. Ich will so leben, auch wenn ich weiß, dass er mich ab jetzt mehr verletzen kann als alles andere in meinem Leben. Dass wir immer an die Grenze gehen werden, das Leben und die Liebe austesten werden, immer auf Risiko, auch wenn wir uns treu sind. Denn die Liebe selbst ist das Risiko, das Abenteuer.

»Du denkst doch nicht nach?«, sagt Noah und schlängelt sich aus seiner Hose.

»Ein bisschen«, sage ich und muss lachen, weil er ungläubig die Augen aufreißt.

»Ich werde dich gleich verführen, ich bin der beste Liebhaber aller Zeiten, worüber denkst du nach?«

»Verhütung?«

Er lässt sich auf den Rücken fallen. »Oh, Scheiße!«

Ich rolle mich auf den Bauch und schiebe meine Hände unter mein Kissen, hole die kleine Folienpackung.

»Oder: Oh, voilà! Ich habe eine Freundin, die an alles gedacht hat.«

Obwohl wir zwischendurch albern sind und lachen, ist alles anders als vorher. Wir wissen es beide. Ab jetzt sind wir zusammen. Als Noah in mich eindringt, ist er vorsichtig und sanft, als wäre es das erste Mal. Wir lassen uns Zeit. Ich streiche über Noahs Handgelenk, meinen tätowierten Namen.

»Hat das sehr wehgetan?«

Er sieht mich ungläubig an. »Du willst doch nicht …?«

Wir sind uns ganz nah, er in mir, ich sehe tief in Noahs Augen.

Warum nicht?, denke ich und lasse mich ganz fallen.

* * *

Sonntag. Ich habe extra angerufen und drei Ruderboote vorbestellt, denn ich weiß, wie voll es am Wochenende meist ist.

»Zwei Stunden, sonst müsst ihr nachzahlen.« Der alte Mann am Bootsverleih zeigt auf drei nebeneinanderliegende Ruderboote. Rot, grün, hellgrün. Ich kenne ihn schon, seit ich ein Kind war, denn er hat den Ruderbootverleih am Schlachtensee schon sehr lange.

Seit ich Noah und Allie in *Wie ein einziger Tag* in einem Ruderboot gesehen habe, wollte ich das machen. Wie damals.

»Ich will das rote«, sage ich.

»Dann nehmen wir das grüne. Das ist so romantisch«, sagt Fiona, und Leo und Noah grinsen. *Mädchen!*

Nele sieht zu Julian. »Dann bleibt für uns das hellgrüne.«

Julian macht eine galante Bewegung. »Ladies first.«

Nele lächelt. »Äh, Julian, könntest du erst einsteigen und mir dann helfen? Mit dem Bein ...«

Julian wird rot. »Oh, ja natürlich.«

Nele grinst. »Hey, ich bin nicht empfindlich deswegen. Nur leicht behindert. Und ein bisschen aufgeregt.«

»Du solltest eine Schwimmweste tragen«, schlägt Noah vor, und wir alle verziehen das Gesicht, weil wir uns an die nach Fisch stinkenden Westen beim Segeln erinnern.

»Ich rette dich, wenn du ins Wasser fällst«, sagt Julian ganz ernst. »Ich habe den Rettungsschwimmer.«

Nele hat mir am Morgen ihre Beinprothese gezeigt. Sie setzt am Knie an und ist eine moderne Hightech-Prothese, mit der sie joggen und Rad fahren kann. »Ich trage auch gerne Kleider, aber nur unter Leuten, die mich kennen, sonst nervt mich das Angestarrtwerden«, hat sie mir erklärt. Ich weiß nicht, warum ich an ein stumpfes Holzbein gedacht habe, als mir Noah davon erzählt hat, dabei weiß ich doch, dass es Paralympics-Läufer gibt, die mit ihren Titanbeinen sehr viel schneller laufen oder Ski fahren als die meisten gesunden Menschen.

Noah umarmt mich von hinten, küsst mich in die Mulde von Hals und Schultern. Ich liebe das.

»Danke!«, flüstert er und küsst sich zu meinem Mund vor.

»Das Pärchen wieder«, sagt Fiona gespielt empört. »Immer müssen sie knutschen. Können wir vielleicht mal ablegen?«

Wir halten Julians Boot von zwei Seiten fest, und er trägt Nele ins Boot, was vermutlich nicht nötig gewesen wäre, aber sie kichert zufrieden.

»Julian, wenn du nicht auf Jungs stehen würdest …«, sagt sie.

Wir stöhnen gleichzeitig und lachen dann albern.

»Ein herber Verlust für die Frauenwelt, aber ein Gewinn für die Menschheit«, sagt Leo.

Ich habe bisher nur kurz mit Julian geredet, denn ich wollte Zeit mit Nele verbringen, die morgen wieder fährt. Ich bin froh, dass er heute dabei ist, denn sonst wäre Nele nicht mitgekommen. Und das wollte ich. Sie kennenlernen. Mit all meinen Freunden zusammen. Oder fast allen. Kolja ist nicht da, er wollte nicht mit. Noah sagt, er hätte noch nie so großen Liebeskummer erlebt, von seinem eigenen abgesehen. Aber ich werde nicht mehr kuppeln. Versprochen, auch wenn ich immer noch glaube, dass Kolja und Julian das ideale Paar sind. Ich habe meine Lektion gelernt.

Leo steigt in das grüne Ruderboot und reicht Fiona eine Hand, doch sie hüpft ohne Hilfe ins Boot. Ganz unromantisch. »Jungs!«, sagt sie und grinst.

»Komm«, sagt Noah und lässt mir den Vortritt ins Boot.

Wir legen gemeinsam ab. Noah hält mir die Ruder hin, aber ich lehne ab.

»Ich will gerudert werden.«

Ich denke an gestern, als wir zusammen auf seiner KTM über das Gelände gefahren sind. Und dann zu mir. Wo wir uns den ganzen Nachmittag geliebt haben. Und dazwischen unterhalten haben. Was neu ist. Ab jetzt sind wir mehr als ein Sexcouple. Noah hat mir von seiner Familie erzählt und ich ihm von meiner. Und am Spätnachmittag sind wir noch mit meiner XT auf das Fest seines Vaters gefahren und haben Leo, Fiona und Nele getroffen.

Ich sitze vorn im Boot, schließe die Augen und genieße die Sonne, das Geräusch des Wassers, wenn die Ruderblätter eintauchen. Das leichte Plätschern. Wir fahren bis zur Mitte des Sees. Noah legt die Ruder ins Boot und kommt zu mir.

»Aha, ich rudere, und du liegst hier faul in der Sonne«, sagt er liebevoll.

»Ich habe drei Stunden geschlafen, und wer ist schuld daran?«

Er küsst mich. »Schlafen kannst du die nächsten Jahre vergessen«, sagt er. »Jedenfalls wenn du vorhast, weiter so sexy auszusehen.«

»Sie knutschen schon wieder«, ruft Fiona. »War das schön, als ihr noch nicht zusammen wart.«

Ich lange ins Wasser, spritze sie nass, und sie lacht nur.

»Ich habe gehört, du warst mit im Präpkurs«, sagt Noah.

»Ja, das war ein kleiner Schock. Auf einmal wird einem klar, dass man nur das eine Leben hat.«

Noah grinst. »Außer man ist ein Superheld.«

»Natürlich. Dann muss man allerdings in einem affigen, engen Anzug rumrennen und die Menschheit retten.«

»Stimmt. Dann bin ich doch lieber mit dir zusammen.«

Julian sitzt doch tatsächlich mitten auf dem See und tippt auf seinem Handy herum.

»Hey, was ist mit *Psycho999*? Spielt der gar nicht mehr?«, sagt er.

»Hat seinen Account gelöscht«, sagt Noah.

»Echt? Warum denn?«

Noah sieht kurz zu mir. Er weiß also auch Bescheid.

»Er meinte, das macht abhängig.«

Julian sieht auf. »Ach, echt jetzt? Habe ich noch gar nicht bemerkt.« Er grinst. »Wir haben noch ein Spiel offen.«

Für einen Moment sehen Julian und ich uns an. Und ich weiß es. *Julian und Kolja gehören zusammen.*

Julian wird rot und steckt sein Handy weg. Und ich sehe es: Julian weiß es auch.

Okay, ich habe ein Gelübde abgelegt und geschworen, nie mehr zu kuppeln. Aber in diesem Fall muss ich eine Ausnahme machen.

»Am Mittwoch ist Videoabend bei Kolja, da kannst du ihn ja fragen«, sage ich.

Julian sagt nichts. Nickt nur. Ich werde wohl nie aufgeben und sehr wahrscheinlich noch meine Enkel verkuppeln.

»He, wir können doch hier nicht nur so rumhängen. Was ist mit Rudern?«, sagt Leo. »Wer schneller ist!«

»Sorry, das kann nicht unbeantwortet bleiben«, flüstert Noah und setzt sich zurück auf die Ruderbank. »Wer wagt es, mich herauszufordern?«

Ich blinzele zu Noah, der mit Leo um die Wette rudert, und zu Julian, der sich entspannt mit Nele unterhält, das Wettrennen interessiert ihn nicht. Ich liebe meine Freunde.

»Wir kapern euch!«, ruft Fiona, als sich die Boote annähern.

»Wir kapern *euch*«, sage ich und halte das grüne Boot fest.

»Kampf der Giganten«, sagt Leo, steht im Boot und deutet auf Noah. Noah steht auch auf, und beide Boote schwanken bedrohlich.

Julian und Nele schließen zu uns auf, unsere Boote schwimmen jetzt eng beieinander.

»Wer als Erster ins Wasser fällt, hat verloren«, sagt Julian und lehnt sich bequem in seinem Boot zurück. Fiona und ich haben einen unserer albernen Lachkrämpfe, und Nele grinst.

Noah und Leo beginnen tatsächlich eine Rangelei von Boot zu Boot, dann kommt Leo in unser Boot, und die beiden kämpfen auf der schmalen Holzsitzfläche, bis Leo das Gleichgewicht verliert und über Bord hechtet. Noah hält die Hände zur Siegergeste hoch, aber Leo klammert sich vom Wasser aus an das Boot und wippt, bis Noah einen Köpper ins Wasser machen muss.

»Tja, dann schwimmt mal an Land«, sagt Fiona und setzt sich an die Ruder. »Los, Emmy, wer schneller weg ist.«

Ich muss immer noch lachen, setze mich auf die Ruderbank und will von Leo und Noah wegpaddeln, aber sie halten meine Ruder fest und kommen von zwei Seiten gleichzeitig ins Boot.

Sie ziehen sich bis auf die Boxershorts aus, wringen ihre T-Shirts und Shorts aus und legen alles ins Boot und die Sonne.

»Na, da kriege ich ja auch noch was geboten«, ruft Julian.

Leo steigt über zu Fiona, und Noah kommt zu mir, umarmt mich, küsst mich. Seine nassen Haare kitzeln meine Haut.

»Das musste sein«, sagt er leise.

Ich nicke. »Das sehe ich ganz genauso.«

Ich liebe ihn, denke ich, halte kurz den Atem an und den Moment fest. Für jetzt, für immer.